EL MANUSCRITO
DE NIEVE

Luis García Jambrina (Zamora, 1960) es Profesor Titular de Literatura Española en la Universidad de Salamanca. Es Doctor en Filología Hispánica y Máster en Guión de Ficción para Televisión y Cine. Asimismo, es crítico literario del suplemento *ABC Cultural*. Entre otros galardones, ha recibido el Premio Fray Luis de León de Ensayo en 1999. Es autor de los libros de relatos *Oposiciones a la Morgue y otros ajustes de cuentas* (1995) y *Muertos S. A.* (2005); algunos de sus cuentos han sido traducidos a varias lenguas y figuran en numerosas antologías. *El manuscrito de piedra* (Alfaguara), obtuvo, en 2009, el Premio Internacional de Novela Histórica Ciudad de Zaragoza a la mejor novela de ese género publicada en español durante el año 2008 por autores de cualquier nacionalidad; asimismo, esta obra fue finalista del Premio de la Crítica de Castilla y León, y está en curso de aparición en diferentes países. Aunque puede leerse de forma aislada e independiente, *El manuscrito de nieve* es una nueva entrega de las andanzas de Fernando de Rojas. Estas dos novelas han sido elegidas por la Fundación Germán Sánchez Ruipérez para un ambicioso proyecto de investigación sobre el uso del libro digital: Proyecto Territorio ebook.

EL MANUSCRITO DE NIEVE
Luis García Jambrina

punto de lectura

PRISA EDICIONES

© 2010, Luis García Jambrina
© De esta edición:
2011, Santillana Ediciones Generales, S.L.
Torrelaguna, 60. 28043 Madrid (España)
Teléfono 91 744 90 60
www.puntodelectura.com

ISBN: 978-84-663-1945-4
Depósito legal: B-30.035-2011
Impreso en España – Printed in Spain

Imagen de cubierta: © Aci Editorial
Diseño de cubierta: © María Pérez-Aguilera

Primera edición: octubre 2011

Impreso por **blackprint**
A CPI COMPANY

Todos los derechos reservados. Esta publicación no puede ser reproducida, ni en todo ni en parte, ni registrada en o transmitida por, un sistema de recuperación de información, en ninguna forma ni por ningún medio, sea mecánico, fotoquímico, electrónico, magnético, electroóptico, por fotocopia, o cualquier otro, sin el permiso previo por escrito de la editorial.

Para mis padres, que supieron salir adelante en tiempos difíciles.
Para mi hija, por todo el tiempo que le he robado para escribir esta novela.

Y todo va de esta manera; que, confesando yo no ser más santo que mis vecinos, de esta nonada que en este grosero estilo escribo, no me pesará que hayan parte y se huelguen con ello todos los que en ella algún gusto hallaren, y vean que vive un hombre con tantas fortunas, peligros y adversidades.
[...]
... y también por que consideren los que heredaron nobles estados cuán poco se les debe, pues Fortuna fue con ellos parcial, y cuánto más hicieron los que, siéndoles contraria, con fuerza y maña remando, salieron a buen puerto.

LÁZARO GONZÁLEZ
La vida de Lazarillo de Tormes,
y de sus fortunas y adversidades

Capítulo 1
(Salamanca, 3 de febrero de 1498)

Cuando caía la noche, Salamanca se transformaba en una ciudad muy distinta. No es que sus calles se despoblaran, como ocurría en otros lugares, para dar paso al silencio y a la oscuridad. Se trataba más bien de un cambio de caras, usos y costumbres. Poco a poco, aquellos ciudadanos que las ocupaban durante el día iban siendo sustituidos por otros más habituados a moverse entre las sombras; de modo que, a esas horas, lo habitual era cruzarse con bandadas de estudiantes camino de tabernas y garitos; con rufianes, jaques y prostitutas a la caza de clientes, a pesar de la prohibición de ejercer su oficio fuera de la Casa de la Mancebía; con ladrones, murcios y maleantes al acecho de posibles víctimas sobre las que dejarse caer; con mendigos, rotos y vagabundos en busca de refugio para pasar la noche; con amantes apresurados para no llegar tarde a la cita con sus impacientes amadas; y, cómo no, con grupos de embozados, bravucones y matasietes necesitados de pendencia y de sangre.

Tampoco era raro ver a algunos muchachos deseosos de aventura por los aledaños de la plaza de San Martín, donde tenían su cónclave nocturno. La mayoría eran mozos de cocina, de cuadra o de taberna o esportilleros del mercado, y acudían, solícitos, al encuentro con aquello que habían logrado sisarles a sus respectivos amos durante el día. Uno de estos mozos tenía su asiento en el mesón de la Solana, que estaba situado en la misma plaza y era uno de los más frecuentados de la ciudad. Allí servía también su madre, viuda y con otro hijo todavía por criar. Mientras ella se ocupaba de limpiar las habitaciones y de atender a los huéspedes, él se pasaba el día yendo por vino, comida, candelas o lo que éstos tuvieran a bien demandar. Aparte de las propinas que le daban, siempre escasas, el muchacho, para resarcirse, se quedaba con una parte de lo que le habían encargado. El vino solía guardarlo en una bota que, con este fin, llevaba escondida bajo la camisa, hasta que, un mal día, un huésped que, por casualidad, se había dado cuenta del trasiego quiso darle una dura lección; de modo que, cuando cogió la jarra, empezó a gritar:

—Maldito bribón, ¿dónde está el resto del vino que te pedí?

—Subiendo la escalera, tropecé, y al suelo iría a parar —contestó el muchacho con fingida inocencia.

—¿Ah, sí? —replicó el huésped—. ¿Y no habrá ido más bien a parar al interior de tu barriga?

—No entiendo, señor, ¿por qué lo decís?

—Ahora lo verás —lo amenazó—. Ven aquí.

—¿Para qué, señor? Desde aquí veo bien.

—Yo a ti, sin embargo, te veo muy mal —repuso el hombre cogiendo un cuchillo que había encima de la mesa.

—Pero ¡¿qué hacéis?!

—Toma, bandido —exclamó el hombre, acuchillándolo por donde sabía que estaba la bota—, para que aprendas a hacer sangrías en los bienes ajenos.

El muchacho, al ver que la camisa se empapaba de rojo, empezó a chillar muy asustado:

—¡A mí, madre, a mí, que este mezquino acaba de clavarme un cuchillo en la barriga!

Y tan convencido estaba de que así era que, al ver que de la supuesta herida no paraba de manar sangre, perdió el sentido y se desmayó. La madre llegó entonces corriendo y, al verlo tendido en el suelo en tan lamentable estado, comenzó a pedir socorro y a clamar justicia contra el agresor.

—Mirad antes —le advirtió éste— lo que guarda el muy bellaco bajo la camisa.

La madre, en cuanto vio la bota agujereada, lo comprendió todo y empezó a darle tales bofetones al muchacho que éste se despertó creyendo que había ido a parar a una de las antesalas del infierno, donde un demonio o, mejor aún, una diablesa lo estaba castigando por sus muchos pecados, hasta que, por las risas del huésped, comprendió claramente lo que había pasado. No obstante, se tentó la carne bajo la camisa para ver si en verdad estaba herido.

Desde entonces, tenía buen cuidado de no llevar encima las pruebas del delito. Para ello, había preparado un pequeño escondrijo, en una de las entradas del mesón, donde al pasar aligeraba las jarras o lo que llevara en las manos y los bolsillos. Después, cuando llegaba el momento, recogía con cuidado su botín y acudía con él a reunirse con los otros mozos, tan avispados como él.

Esa noche, la mayoría había traído tortas y roscas, pues era la festividad de San Blas y solía celebrarse degustando esos humildes manjares. Terminada la cena, uno de ellos se dedicó a repartir unas cintas de colores bendecidas que había robado a la puerta de una iglesia y que, según se decía, protegían a quienes las llevaban de las afecciones de garganta.

—¿Y también protege de la horca? —bromeó uno, entre risas.

—No te burles de estas cosas, que trae mala suerte —le advirtió otro, muy serio.

—La costumbre —les informó el que las había traído— es ponérsela el día de San Blas alrededor del cuello, quitársela el Martes de Carnestolendas y quemarla el Miércoles de Ceniza.

—¿Alguien sabe dónde está Nuño? —preguntó, de repente, el que parecía de más edad.

—He oído decir —respondió el de las cintas— que unos alguaciles del Concejo le dieron una paliza porque lo pillaron robando una fruta en el mercado, y ahora no se puede mover.

Del corrillo de muchachos surgió un murmullo de protesta y desaprobación. Después, uno se quejó de que, esa misma mañana, había sido castigado por otro alguacil, que lo acusaba de haber robado las herraduras de los caballos y las mulas que, como mozo de cuadra, tenía a su cargo, algo bastante habitual entre los de su condición.

Como si ésa hubiera sido la gota que colmaba el jarro, todos coincidieron en que las cosas no podían seguir así, que había llegado el momento de tomar la debida satisfacción. Así que, tras discutirlo brevemente, decidieron vengarse de tan crueles verdugos esa misma noche.

—Propongo —dijo entonces uno de ellos con gran entusiasmo— que vayamos ahora mismo a encordelar una calle.

A lo que se sumaron los otros con gran algarabía, salvo aquel que aparentaba ser el mayor del grupo, que, según les explicó, no podía salir con ellos esa noche, pues tenía cita con una viuda a la que había prometido calentarle la cama y algo más a cambio de no se sabía qué regalos y golosinas, y ya llegaba tarde.

Tras las bromas de rigor, los demás se despidieron, con envidia, de su compañero y se dirigieron de inmediato a la calle de Traviesa, no muy lejos de las Escuelas. Por el camino, se cruzaron con varios estudiantes que habían salido a rotular los muros de algunos edificios del Estudio con los vítores de los doctores recién graduados, y aprovechaban la circunstancia para pintar obscenidades en algunas fachadas. Lo hacían con una mezcla de sangre de toro, pimentón y almagre tan densa y oscura que luego era muy difícil de borrar.

Por fin, los mozos llegaron a la calle donde pensaban llevar a cabo su anhelada venganza. Ésta consistía en tender una cuerda, a un palmo del suelo, de un lado al otro de la calle, y atraer la atención de la ronda nocturna, cuando pasara por allí cerca, cosa que no tardó en ocurrir. Desde el otro extremo de la calle, los muchachos comenzaron entonces a simular una fuerte riña con gran ruido de golpes y entrechocar de metales. Los alguaciles, que lo notaron, dirigieron sus pasos hacia donde tenía lugar la trifulca, con el fin de detenerla.

—Vamos, dejadlo, que viene ya la ronda —gritaron entonces algunos muchachos, poniendo la voz grave para parecer mayores.

Los alguaciles, en cuanto oyeron que los maleantes se disponían a huir, empezaron a correr más deprisa, hasta que el primero de ellos tropezó de repente con la cuerda y salió despedido hacia adelante con tal fuerza que se rompió las narices y varios dientes contra el suelo.

—¡Malditos hijos de Satanás! —exclamó éste, mientras intentaba incorporarse—. Y vosotros —dijo, dirigiéndose a los otros alguaciles—, ¿qué hacéis ahí que no estáis persiguiéndolos?

Para entonces, los muchachos ya habían puesto los pies en polvorosa, excepto el mozo del mesón de la Solana, que, para no perderse el espectáculo, se había quedado un poco rezagado; de tal forma que los alguaciles no tardaron en avistarlo. El muchacho, no obstante, no quiso darse por vencido y trató como pudo de esquivarlos, corriendo a ciegas por las oscuras calles. Mas de poco le sirvió. Cuando se quiso dar cuenta, los tenía tan cerca que veía de reojo el resplandor de sus antorchas. Tras doblar una esquina, recordó que en un rincón de esa calle había una tinaja de regular tamaño. Así que se pegó a la pared y comenzó a tantear, hasta que la encontró y se metió en ella, con lo que logró burlar, por fin, a sus perseguidores. Pero el mozo no tardó en salir de su improvisado escondite dando gritos, para llamar la atención de los alguaciles, y con el semblante demudado, como si hubiera visto un fantasma. Tras varios balbuceos incomprensibles, por fin acertó a decir:

—En la tinaja, en la tinaja..., hay un muerto en la tinaja al que le faltan las manos.

—Como sea otra de tus tretas, te vas a enterar —lo amenazó uno de los alguaciles, mientras acercaba su antorcha a la boca de la tinaja.

Pero el muchacho tenía razón; dentro de la tinaja, había un cadáver en cuclillas y con las dos manos amputadas.

Capítulo 2

Habían pasado ya varios meses desde que Fernando de Rojas concluyera sus aventuras en el interior de la Cueva de Salamanca, tiempo que había aprovechado para obtener, por fin, el grado de bachiller en Leyes. Ahora dudaba entre salir a ver mundo o continuar sus estudios hasta poder alcanzar el de licenciado. «Ser bachiller y ser nada, todo es nada», le decían una y otra vez sus maestros y conocidos, pero él no acababa de verlo claro. Mientras se decidía, ocupaba su tiempo de ocio en aprender a manejar la espada, aleccionado por un estudiante de origen siciliano, buen conocedor del arte de la esgrima, en el patio del Colegio Mayor de San Bartolomé. Allí fue donde lo encontró, a primera hora de la mañana, el maestrescuela de la Universidad. Éste, además de ser el responsable de otorgar los grados universitarios, era el juez supremo del Estudio por la autoridad pontificia y real, y, por lo tanto, el encargado de hacer cumplir el fuero universitario y de defender su jurisdicción. Hacía pocos meses que lo habían nombrado, y ya se había distinguido por su celo en hacer cumplir las leyes y las normas que regían el Estudio y por perseguir a aquellos que las hubieran violado, incluso fuera de la Universidad. Para ello, tenía a su disposición dos jueces para las causas criminales, un tribunal llamado Audiencia Escolástica, varios alguaciles, sus subordinados y una cárcel.

El maestrescuela era alto y delgado, con las facciones algo duras y una mirada penetrante. Se llamaba Pedro Suárez, y, según había oído decir Rojas, había estudiado en París y Bolonia, para luego regresar a su ciudad natal, donde no tardó en obtener una dignidad catedralicia. Él lo había conocido al poco de su nombramiento como maestrescuela, que había tenido lugar justo después de haber terminado sus pesquisas por la muerte del catedrático de Prima de Teología fray Tomás de Santo Domingo, del príncipe don Juan y de una prostituta llamada Alicia.

Era tal la fama adquirida con ese caso que el maestrescuela quiso contar con él como ayudante, con la promesa de nombrarlo juez del Estudio, una vez que obtuviera los grados oportunos. Pero Rojas le había ido dando largas, sin llegar nunca a rechazar del todo su oferta. Las razones aducidas, en aquel momento, eran que antes quería bachillerarse y escribir una obra que tenía *in mente*.

—Amigo Rojas —saludó con entusiasmo—, ya veo que os habéis convertido en un auténtico hombre de armas.

—De un tiempo a esta parte, intento cultivar, con igual empeño, las armas y las letras —replicó Rojas, sin dejar de combatir con su contrario—, pues tengo pensado convertirme en un caballero ejemplar.

—Y, a juzgar por la fiereza de vuestras estocadas —bromeó el maestrescuela—, por nada del mundo me gustaría ser vuestro enemigo.

—Dejaos ya de chanzas —exclamó Rojas, entre jadeos, mientras se defendía de un ataque de su rival—, y decidme de una vez qué os trae por aquí. ¿Habéis venido a tentarme con algún cargo?

—En este caso, se trata de algo más grave y perentorio —le informó el maestrescuela cambiando de tono.

—¿Y a qué esperáis para decírmelo? —se impacientó Rojas, incapaz de adivinar por dónde iba la cosa.

—A que acabéis vuestros ejercicios. Preferiría hablar con vos a solas y sin temor a que se os vaya a escapar alguna estocada.

—Si no os importa —le pidió Rojas a su compañero—, lo dejaremos por hoy. Ahora me aguarda un combate verbal con el maestrescuela.

—Por mí no os preocupéis. Quedad con Dios —se despidió el otro, con una especie de reverencia hecha con la espada.

Rojas le pidió entonces al maestrescuela que lo acompañara hasta su celda, donde estarían más tranquilos y, sobre todo, más a resguardo del frío que hacía fuera. Una vez dentro, el maestrescuela se quedó impresionado de la gran cantidad de libros, papeles, aparatos y utensilios que la ocupaban.

—Ya veo que no sólo os interesan las armas y las letras —comentó el maestrescuela con admiración—; cualquiera diría que ninguna ciencia os es ajena.

—Ya sabéis lo que se dice por ahí: «Aprendiz de todo, maestro de nada».

—Pues a eso es a lo que aspiran últimamente las mentes más preclaras de Florencia. Supongo que habréis oído hablar de un tal Leonardo da Vinci...

—Ese tema me interesa mucho —lo interrumpió Rojas—, pero no es de eso de lo que me ibais a hablar.

—Tenéis razón —se disculpó—. Veréis. Esta noche —comenzó a explicar, con el semblante más serio— han matado a un estudiante de una manera bastante cruel. Lo han hallado dentro de una vieja tinaja abandonada en una calle, con las manos cortadas.

—Ciertamente, parece algo macabro. ¿Y quién lo encontró?

—Un muchacho que huía de la ronda por una trastada que había hecho. Según parece, fue a esconderse en la tinaja, pero al instante salió despavorido. Y no era para menos.

—¿Se sabe ya quién es la víctima?

—Al ver que, por las ropas, podía tratarse de un estudiante, los de la ronda me mandaron llamar, como es preceptivo. Yo fui con dos alguaciles del Estudio y uno de ellos lo ha reconocido. Es don Diego de Madrigal, perteneciente a un conocido linaje de esta ciudad, si bien su familia hace tiempo que vive fuera de Salamanca. Después de hablar con vos, voy a enviarle una carta a su padre comunicándole el suceso. Según parece, no se encuentra ahora muy lejos de aquí.

—¿Y bien? —se atrevió a decir Rojas, temiéndose lo peor.

—Necesito que me ayudéis.

—¿A redactar la carta? —preguntó con fingida ingenuidad.

—A encontrar al que lo mató —respondió el maestrescuela con solemnidad—. Cuando vengan su padre y sus hermanos a buscarlo, quiero ofrecerles también la cabeza del que lo hizo o, al menos, la certidumbre de que lo vamos a apresar. Su familia, no sé si lo sabéis, es muy influyente y querrá pedir cuentas a la Universidad.

—Entiendo bien lo que me queréis decir, pero, como sabéis, yo no trabajo para la justicia.

—Y, sin embargo, lo hicisteis cuando os lo pidió Diego de Deza.

—Eso fue muy distinto —protestó Rojas—; en ese caso, me vi obligado... por las circunstancias.

—También ahora se trata de un caso de especial trascendencia —replicó el maestrescuela—. Si no encontramos enseguida al homicida, el prestigio y el buen nombre de la Universidad se verán en entredicho. Y no hace falta que os recuerde lo mucho que le debéis al Estudio.

—¿Y si fracaso?

—Estoy seguro de que no será así —afirmó el maestrescuela, convencido—. Por otra parte, podéis contar conmigo; yo os daré toda la ayuda y el dinero que haga falta. Y, llegado el momento, recibiréis, claro está, una buena recompensa. Por otra parte, sigue en pie mi ofrecimiento de haceros juez del Estudio.

Rojas se quedó pensativo. No le gustaba sentirse presionado, pero, por otra parte, era consciente de que, si lo solicitaban, era porque había demostrado cierta valía. Desde luego, se daba cuenta de que sus valedores siempre querían utilizarlo, lo que no quitaba para que también le ofrecieran la posibilidad de hacer algo provechoso. Estaba claro, por lo demás, que, en los tiempos que corrían, poco podía esperarse de la justicia ordinaria.

—Y bien, ¿qué me decís?

—¿Acaso tengo otra opción?

—No me gustaría que os lo tomarais de ese modo —se quejó el maestrescuela—. Os lo estoy pidiendo como un favor personal.

—Y yo voy a concedéroslo porque sois vos quien sois, qué remedio me queda —confesó Rojas—. Si no os conociera, pensaría que habéis matado a ese pobre escolar sólo para convencerme de que debo ser vuestro ayudante.

—No es mala idea —reconoció, esbozando una sonrisa—. En cualquier caso, deberíais sentiros honrado de que alguien quiera concederos la oportunidad de demostrar vuestro talento como pesquisidor.

—Eso es precisamente lo malo —replicó Rojas—, que se espera mucho de mí, tal vez demasiado. Por eso me cuesta tanto aceptar esa responsabilidad.

—Entiendo muy bien lo que decís. Todos tenemos nuestras limitaciones, y debemos ser conscientes de ellas, pero eso no significa que tengamos que renunciar a nuestras posibilidades.

—Me alegra ver que sois comprensivo.

—Y a mí comprobar que vos no sois un soberbio ni un imprudente. ¿Puedo contar entonces con vos?

—Os prometo hacer todo lo que esté en mi mano —concedió Rojas.

—Con eso me basta. Decidme, ¿qué es lo que necesitáis?

—De momento, lo que más preciso es examinar el cadáver. Quiero saber, si es posible, cómo murió.

—Siempre y cuando no lo descuarticéis... Bastante terrible es ya que le falten las manos.

—En principio, me conformaré con un examen superficial.

—El cadáver está ahora en el Hospital del Estudio —le informó.

—¿Y el muchacho, el que lo encontró? —se interesó Rojas.

—Probablemente esté detenido en la cárcel del Concejo.

—¡¿Detenido?! ¿Es que los alguaciles sospechan de él?

—Según me han dicho, el jefe de la ronda acababa de romperse las narices y varios dientes por su culpa y la de otros muchachos que estaban con él. Al parecer, éstos habían tenido la feliz idea —dijo con ironía— de tender una cuerda de un lado a otro de la calle, para que, cuando los alguaciles acudieran a detenerlos, tropezaran con ella y se partieran el alma, como así fue.

—Desde luego —reconoció Rojas—, es un hecho reprobable, pero hay que reconocer que estos muchachos son ingeniosos.

—Espero que a los que están en el Estudio no les dé ahora por imitarlos; bastantes problemas tenemos ya con el Concejo, al que, como sabéis, no le agrada que nuestros estudiantes campen por sus respetos, amparándose luego en el fuero universitario.

—Son los riesgos de tener jurisdicción propia.

—Lo malo es que a mí siempre me coge en medio —señaló don Pedro con resignación.

—Duro cargo el de maestrescuela, entonces.

—No lo sabéis bien. Tomad —añadió, alargándole un papel y una talega de fieltro—, os he traído una credencial firmada de mi puño y letra en la que os nombro pesquisidor a mi servicio y una bolsa de monedas de plata para atender posibles necesidades.

—Ya veo que no dudabais de que fuera a aceptar.

—Como vos habéis dicho, no os quedaba más remedio.

—Cualquier día de éstos, abandonaré la ciudad y no me volveréis a ver.

—¿Y dónde vais a estar mejor que aquí?

—Dadas las actuales circunstancias, en cualquier sitio.

—Ya tendréis tiempo de moveros; aún sois muy joven. Y ahora, si me lo permitís, debo ir a enviar esa carta. ¿Necesitáis algo más?

—Me gustaría echarles un vistazo a las habitaciones de la víctima. Me imagino que, siendo hijo de quien era, tendría casa propia y, seguramente, varios sirvientes, a los que por supuesto querría interrogar.

—En cuanto sepamos dónde vivía, os lo comunicaré. Tan sólo os ruego que seáis discreto con lo que averigüéis; no olvidéis que es mucho lo que nos jugamos.

—Por mí, no os preocupéis.

—Entonces, os deseo suerte. Si tenéis algún problema, no dejéis de avisarme.

—Así lo haré.

Cuando entró en el Hospital del Estudio, no pudo evitar pensar en la prostituta que había examinado hacía sólo unos meses. Desde entonces, había asistido a algunas otras lecciones de anatomía, menos dolorosas para él, gracias al empeño del maestro Nicola de Farnesio, con el que había ido descubriendo algunos de los secretos del cuerpo humano, antes y después del momento de la muerte. El del estudiante mutilado estaba sobre una mesa, en una pequeña dependencia del Hospital, fuera de la vista de los estudiantes pobres y necesitados que en él se albergaban. Sería más o menos de su misma edad y de similar estatura, aunque bastante más delgado y con la tez muy pálida, a causa, seguramente, de una mala alimentación, cosa rara en alguien de su alcurnia.

A pesar de que ya estaba sobre aviso, lo sobrecogió comprobar que no tenía manos. La ausencia de sangre en los cortes indicaba, eso sí, que se las habían amputado después de muerto, pues, como bien sabía por sus clases de anatomía, las heridas *post mortem* no sangraban. Esto le hizo pensar que no se trataba de un castigo, sino de un aviso o una advertencia dirigida a terceros.

Tras despojarlo de todas sus ropas, examinó el resto del cadáver, sin encontrar ninguna otra herida ni indicio, salvo algún pequeño golpe o leve rasguño. Por último, le abrió la boca con cuidado y comprobó, con asombro, que tenía la lengua hinchada y teñida de negro, probablemente por efecto de algún veneno, pues sabía de varios que producían esa clase de síntomas. Para asegurarse, tendría que hablar de ello con fray Antonio de Zamora, su maestro en todo lo referido a ese tipo de sustancias. Antes de irse, registró a conciencia las prendas de la víctima, pero no encontró nada, lo que, en principio, hacía suponer que se trataba de un robo. Y si era así, ¿por qué le habían cortado las manos? ¿Sería para indicar que el robado era, a su vez, un ladrón? ¿No era así como castigaban el hurto en algunos lugares? Entonces, ¿por qué lo habían matado? Claro que también podían haberle quitado lo que llevara encima los propios alguaciles. No sería, ni mucho menos, la primera vez.

Después, se fue a ver el lugar en el que había aparecido el cadáver. Se trataba de una callejuela sin nombre conocido entre la Rúa de San Martín y la calle de Sordolodo. A ella daban las puertas de algunas cuadras y la parte trasera de algunas viviendas y tabernas, por lo que siempre estaba llena de inmundicias. La tinaja estaba en un rincón, muy cerca de la entrada, ahora partida en varios pedazos. Rojas supuso que los alguaciles habrían tenido que romperla para poder sacar el cuerpo, que ya estaría rígido. Buscó con atención entre los restos de la vasija, pero no encontró nada que despertara su interés. Cuando se incorporaba, oyó ruido detrás de una puerta, como si alguien lo estuviera observando a través de una rendija.

—¿Quién anda ahí? —preguntó.

—Esto sí que tiene gracia —gritó una vieja desde el otro lado—. Debería ser yo quien preguntara, y no vos, que sois el intruso, ¿no creéis?

—Tenéis razón. Siento haberme adelantado —se disculpó Rojas, con ironía.

—¿Y qué hacíais ahí? —preguntó la mujer entreabriendo la puerta.

Asomó primero la cabeza, sucia y desgreñada, y, cuando vio que el visitante no parecía peligroso, se decidió a mostrarse por entero. Se movía despacio, como si algo la entorpeciera. Rojas no tardó en darse cuenta de que llevaba encima varias capas de ropa para intentar vencer el frío.

—Buscaba algo —le explicó— que me ayude a descubrir al que mató al estudiante que encontraron anoche en la tinaja. Supongo que estaréis enterada.

—¡¿Y cómo no iba a estarlo?! —exclamó—. Apenas me dejaron dormir.

—¿Oísteis algo antes de que descubrieran el cadáver? —preguntó Rojas, con interés.

—Tengo el sueño ligero y por aquí pasan muchos estudiantes borrachos casi todas las noches, incluso vienen a revesar y a hacer sus necesidades en esta callejuela. El que se maten entre ellos no me preocupa —reconoció—. Lo único que de verdad me quita el sueño y no me deja pegar ojo es que puedan robarme la marrana que guardo en la cuadra para los últimos días de mi vejez.

—¿Queréis decir entonces que hubo una pelea esa noche?

—¿Y cuándo no es fiesta para estos estudiantes? Un día sí y otro también —explicó— vienen aquí a armar bulla, sin que nadie pueda decirles nada, que para eso tienen licencia, aunque aún no sean licenciados ni tan siquiera bachilleres. Y lo que yo digo: si quieren pelearse, que vayan al desafiadero que hay junto al Estudio, que los demás tenemos que dormir y, al mismo tiempo, velar por lo nuestro.

—Pero, anoche, ¿visteis algo? —se impacientó Rojas.

—¿Queréis decir que si vi cómo lo mataban y luego lo metían dentro de la tinaja?

—Eso es.

—Pues eso... exactamente no lo vi. Ni, por supuesto —añadió, cautelosa—, oí nada que me hiciera sospechar que había muerto alguien.

—Y después, cuando vinieron los alguaciles, ¿les dijisteis algo?

—¿Qué les iba a decir esta pobre vieja que ellos no supieran?

—Pero es vuestra obligación prestar testimonio.

—¿Creéis que a alguien le gusta verse envuelto en un proceso que ni le va ni le viene y que no puede acarrearle más que trastornos? De todas formas, enseguida vieron que era un estudiante y que lo habían matado a cuchilladas.

—Pero a la víctima no la mataron con una espada —precisó Rojas.

—Pues, por lo que yo escuché, le faltaban las manos.

—Se las cortaron, sí, pero después de muerto; el cadáver no tenía ninguna otra herida.

—¿Lo veis? Ya me estáis enredando. Ahora comprenderéis por qué no quise saber ni decir nada.

—Está bien —la tranquilizó Rojas—. Ya no os molestaré más.

—Un momento —dijo entonces la vieja, con tono suspicaz—. ¿Y quién me dice a mí que no sois vos el que lo ha matado?

—Si lo fuera, no deberíais preocuparos, pues ya he visto que no sabéis nada —le explicó Rojas con ironía.

—Eso me deja más tranquila.

—Y a mí, más liberado. Quedad con Dios —se despidió—, y dadle recuerdos a vuestra marrana.

—Así lo haré —aseguró la vieja, que, al parecer, siempre quería tener la última palabra.

Era ya cerca del mediodía cuando Rojas llegó a la cárcel pública, en la Casa del Concejo. Una vez allí, se dirigió a la dependencia de los carceleros.

—Vengo a buscar al muchacho que apresasteis anoche, el de la tinaja —le dijo al que estaba de guardia.

—Está encerrado en uno de los calabozos —se limitó a contestar éste de muy mala gana.

—¿Era necesario encarcelarlo? —preguntó Rojas.

—¿Sabéis lo que le hizo a un alguacil el angelito? —replicó el otro con ironía.

—Algo he oído.

—Pues sabed —le explicó, de todas formas— que le ha dejado la cara como la de un eccehomo.

—Como podéis ver —le explicó Rojas, mostrándole la credencial—, me envía el maestrescuela del Estudio. Naturalmente, no es nuestra intención hurtárselo a la justicia del Concejo, pero resulta que es el único testigo de que disponemos en un caso de muerte violenta en el que la víctima es un estudiante.

—¿Y pensáis que ha sido obra del muchacho? A mí, desde luego, no me extrañaría.

—De ningún modo —corrigió Rojas—. Él fue quien descubrió el cadáver.

—Una cosa no quita la otra —replicó el carcelero, con simpleza.

—De todas formas, debo llevármelo bajo mi responsabilidad y la del maestrescuela, que es quien me envía. Os lo devolveremos pronto, no os preocupéis. Y estará a buen recaudo, os lo aseguro; nosotros también tenemos cárcel en el Estudio.

—En ese caso —advirtió—, debéis firmarme un documento y dejar la fianza establecida, por si se escapara por el camino.

—Está bien —concedió Rojas, pues no quería que el muchacho pasara una noche más en los calabozos—. Dadme papel y tinta. Y, mientras tanto, id a buscarlo. Cuanto antes nos marchemos, antes volveremos.

El carcelero, sin embargo, no parecía tener demasiada prisa, como si no estuviera todavía convencido de lo que tenía que hacer. Pero, al ver la bolsa con el dinero, le cambió el semblante y se le disiparon las dudas. Así que cogió las monedas y se fue a buscar al prisionero, no siendo que el enviado del Estudio fuera a arrepentirse. Al poco rato, llegó con el muchacho. Rojas lo tomó entonces de un brazo y, sin pararse a saludarlo ni a despedirse del otro, lo condujo hacia la calle. A la luz del día, comprobó que el mozo tenía la cara llena de golpes y de heridas y los brazos y piernas salpicados de moratones.

—Ya veo que te han zurrado bien los alguaciles.

—Hasta decir basta —confirmó el muchacho con ironía—. Pero yo no confesé nada, ni siquiera cuando me amenazaron con cargar a mi cuenta el muerto que apareció en la tinaja.

—Por ése no te preocupes. Ahora te llevaré a tu casa, que te estarán esperando. Dime dónde vives.

—Por aquí cerca, en el mesón de la Solana —explicó—; en él sirve mi madre desde hace algún tiempo, y yo me dedico a hacer recados a los huéspedes.

En efecto, la cárcel no estaba lejos del mesón, cosa que no debía de alegrarle mucho al muchacho. Nada más traspasar la puerta, apareció su madre, que lo aguardaba con impaciencia.

—Pero ¿dónde te habías metido, desgraciado? —comenzó a gritar la mujer, mientras lo amenazaba con una mano—. Dime, malnacido, ¿qué has hecho ahora? ¡Y mira cómo te han dejado la cara! ¿Has vuelto a meterte en alguna pendencia?

—El muchacho os contará luego lo que ha pasado —la interrumpió Rojas—. Ahora dadnos de comer y de beber, que necesito hablar con él de un asunto importante que en nada lo compromete. Y por la paga no os preocupéis, que yo corro con todos los gastos. Traed también algo para curarle las heridas de la cara.

—¿Y los vicios del alma quién se los va a curar? —rezongó la mujer, camino de la cocina del mesón.

—Mientras tu madre pone la mesa —le dijo Rojas al muchacho—, tú vete al patio a lavarte las manos y la cara, y cámbiate de ropa —añadió—, que el sitio donde has estado estaría lleno de chinches y toda clase de inmundicias.

Para su sorpresa, el muchacho lo hizo todo con diligencia y sin protestar. Recién aseado parecía otro. Cuando volvió su madre con la comida y un jarro de vino, se sentaron en una mesa bien apartada, para poder charlar con más tranquilidad.

—¿Qué es lo que queréis saber? —se adelantó a preguntar el mozo.

—Antes dime cuál es tu nombre.

—Todos me llaman Lázaro de Tormes.

—Lo primero está muy claro, pues hoy, sin ir más lejos, has vuelto a la vida. En cuanto a lo de Tormes, ¿de dónde viene?

—De que nací en el río, en una aceña que hay en la aldea de Tejares, donde mi padre trabajaba como molinero, y donde a mi madre, una noche que estaba de visita, le tomó el parto, y allí me tuvo.

Dicho esto, le dio varios besos al jarro, antes de empezar a comer.

—Pues, para haber nacido en el Tormes, parece que te gusta mucho el vino.

—¿De qué os asombráis? —replicó Lázaro, risueño—. ¿No habéis oído decir que el vino que se sirve en Salamanca está bautizado para que nadie lo tome por judío o por moro? Si no con agua del Tormes, al menos con la de alguna fuente o pozo próximo.

—Ya veo que tienes respuesta para todo y que no se te escapa nada —comentó Rojas, con admiración—. ¿Y tu padre?

—Mi padre, por lo que yo sé, está en la cárcel —confesó el muchacho con naturalidad—; dicen que por robar de los costales de trigo que le llevaban a la aceña para moler, pero hace ya bastante de eso. Mi hermano es hijo de un moreno que nos ayudó durante un tiempo y que, al cabo, terminó más o menos como mi padre, por lo que ya nadie quiere juntarse con nosotros.

—En cuanto a eso —comenzó a decir Rojas, para consolar al muchacho—, debes saber que son muchos los que, acuciados por el hambre, se ven obligados a hacer cosas que, en otras circunstancias, no harían, pues la necesidad es enemiga de la virtud...

—Todavía no me habéis dicho de qué queríais hablar —lo interrumpió el muchacho para cambiar de tema.

—Tienes razón —admitió Rojas—. Sólo quería preguntarte si conocías al hombre que estaba en la tinaja.

—Yo, al muerto, lo que se dice verlo, no lo vi, la verdad. Tan sólo sé que no tenía manos —explicó—, pues sentí sus muñones en mi cuerpo, mientras trataba de acomodarme en la tinaja. Y después, cuando lo alumbraron los alguaciles, no quise acercarme a él.

—Y la tinaja, ¿la habías visto antes?

—Llevaba ahí puesta varios días —explicó—; así que sabía bien dónde estaba. Pero ignoro si llena o vacía. En mala hora se me ocurrió meterme dentro, ya que al final no sólo me cogieron, sino que me he visto envuelto en un asunto más negro todavía.

—Eso ahora no debe preocuparte —lo tranquilizó—. Nadie te culpa de esa muerte, y a nosotros nos has prestado un gran servicio. Si no te hubieras metido dentro de la tinaja, sabe Dios cuándo habría aparecido el cadáver. Y el tiempo es primordial, en estos casos, para poder descubrir al culpable.

—Y vos, ¿cuándo me vais a decir de una vez quién sois? —preguntó el muchacho, de repente.

—Mi nombre es Fernando de Rojas, nacido en La Puebla de Montalbán, muy cerca de Toledo, e hijo de Hernando de Rojas, que, como tu padre, también fue perseguido y condenado por un tribunal.

—¿Es cierto eso? —preguntó el muchacho, sorprendido.

—¿Por qué habría de mentirte en un asunto como éste?

—Tenéis razón. Mi madre dice —añadió luego— que, a los perseguidos por la justicia, el Evangelio los llama bienaventurados, pues de ellos es el reino de los cielos.

—Así será, sin duda, en algunos casos —concedió Rojas—. ¿Quieres saber algo más?

El muchacho asintió y, tras una pausa, se atrevió a preguntar:

—¿Por qué os interesa tanto el muerto de la tinaja?

—El maestrescuela del Estudio me ha pedido que averigüe quién lo mató.

—¡¿Acaso sois alguacil?! —preguntó Lázaro, poniéndose en guardia.

—La verdad es que soy un simple bachiller en Leyes, pero el maestrescuela, que es quien administra la justicia en la Universidad, se ha empeñado en que lo ayude a resolver este misterio.

—¿Y os gusta esa tarea?

—Desde luego, no es algo que yo haría por propia voluntad, pero, ahora que me lo preguntas, debo reconocer que le estoy cogiendo gusto.

—¿Y si tuvierais que perseguir a un ladrón?

—Por eso no debes preocuparte. A mí sólo recurren cuando se trata de casos de muerte violenta en los que la víctima tiene algo que ver con la Universidad —se justificó Rojas—. Y los acepto porque no me queda más remedio y para que ningún inocente tenga que cargar con el delito. Como sabrás, los alguaciles no suelen ser muy eficaces ni muy escrupulosos en su trabajo.

—Vaya si lo sé —confirmó el muchacho, sonriendo.

—En cuanto a tu problema con cierto alguacil, hoy mismo trataré de resolverlo con la ayuda de un buen amigo mío, que es abogado. Pero, hasta que eso suceda, no quiero que salgas del mesón. ¿Me lo prometes?

—No tenía intención de hacerlo hasta que no amainara el temporal.

—Sin duda, es una medida juiciosa. Y ahora, si te parece, vamos a curarte esas heridas y a hablar con tu madre de lo que te ha pasado.

—Si no os importa, contádselo vos —le pidió el muchacho—, pues a mí no me creería.

Capítulo 3

Cuando Rojas regresó al Colegio Mayor de San Bartolomé, bien entrada la tarde, le comunicaron, en portería, que un enviado del maestrescuela le había dejado un papel. Se trataba de las señas del estudiante muerto. De modo que volvió a salir. Éste vivía en la calle de los Escuderos, en una casa de dos plantas con blasón sobre la puerta y pretensiones de palacio. Cuando Rojas hizo sonar la aldaba, acudió a abrir, presuroso, uno de los criados.

—Mi señor no está, ¿qué queréis? —se anticipó a decir antes de que le preguntaran.

—Me envía el maestrescuela del Estudio para hablar con vosotros de la muerte de don Diego.

—¿De su muerte? Nosotros no sabemos nada —explicó—. Acabamos, como quien dice, de enterarnos del suceso, y estamos muy apenados.

—En cualquier caso, tienes que dejarme pasar —insistió Rojas—. Estoy autorizado por el maestrescuela para registrar las cámaras de tu señor, por si encuentro algún indicio.

Tras dudarlo un buen rato, el hombre le franqueó la puerta. El zaguán daba directamente a un patio, donde aguardaba, expectante, una mujer vestida de negro.

—Es mi esposa —le informó el criado—; nosotros somos los únicos sirvientes de la casa. Lo manda el maestrescuela del Estudio —añadió, dirigiéndose a su mujer—, para hacer algunas averiguaciones sobre don Diego.

—Pero nosotros muy poco os podemos decir —explicó la mujer, visiblemente asustada.

—Dice que quiere ver sus habitaciones —le aclaró su marido.

—¡¿Sus habitaciones?!

—Tal vez en ellas pueda encontrar algo que me ayude a descubrir quién lo ha matado —explicó Rojas.

—¡¿Aquí?!

—Me imagino que en su cámara habrá papeles y algunos objetos.

—Si os referís a los papeles del Estudio —informó el hombre—, no encontraréis nada. Los pocos libros que tenía debió de venderlos hace tiempo en la calle de los Serranos —mientras hablaba, comenzaron a subir unas escaleras de piedra que había en el patio.

—¿Por qué lo dices?

—Porque hacía ya mucho tiempo que no asistía a las lecciones.

—¿Quieres decir que pasaba mucho tiempo en casa?

—¡De ningún modo! Aquí no venía más que a dormir y a comer, y, por lo general, no llegaba hasta bien entrada la madrugada; lo sé, porque le tenía que abrir. Se acostaba algunas horas, comía cualquier cosa y se volvía a ir hasta el día siguiente.

—¿Por qué no le escribiste a su familia?

—Nosotros, señor —se justificó—, no sabemos escribir. Por otro lado, amenazó con echarnos a la calle, si le contábamos algo a su padre. Y la verdad es que nosotros no teníamos queja; él era siempre muy generoso y no nos daba mucho que hacer, dado su modo de vida.

—¿Y cómo eran las relaciones con su padre?

—Según parece, don Diego estaba aquí contra la voluntad de su padre, que no quería que estudiara en Salamanca.

—¿Por qué motivo? —se interesó Rojas.

—Al parecer, tenía miedo de que le pudiera pasar algo.

—¿Había recibido alguna amenaza? —inquirió.

—No lo sé. De todas formas, don Diego no le hacía ningún caso.

—¿Sabéis con qué compañías andaba? —les preguntó.

—No, señor.

—No me mintáis —les advirtió—. Vuestro señor ya no está aquí para reprenderos, y, si lo que queréis es guardarle fidelidad, tenéis que ayudarme a encontrar a la persona que lo mató.

—Una vez —comenzó a decir la mujer— vino a buscarlo un hombre de muy mala catadura que decía que nuestro señor le debía dinero. Como no estaba, quiso llevarse alguna cosa en prenda, pero mi marido no le dejó.

—Cuando se fue —continuó éste—, el hombre nos dijo que volvería, y que para entonces no se andaría con contemplaciones; así que más valía que se lo dijéramos a nuestro señor.

—¿Y no volvió?

—Nosotros no hemos vuelto a verlo —informó el marido.

—¿Qué dijo vuestro señor cuando se lo contasteis?

—Que no nos preocupáramos, que no volvería a ocurrir. Mirad —dijo el hombre abriendo una puerta—, aquí tenéis sus aposentos.

En la cámara tan sólo había una mesa con dos sillas, un bargueño mediano y dos arcas para guardar ropa. Al fondo, tras unas cortinas, estaba la alcoba, con una cama más bien pequeña, y sin dosel. En efecto, no se veía ni un solo libro en toda la estancia. Después de mirar bajo la cama y entre las prendas que había en las arcas, probó fortuna en los cajones del bargueño, pero sólo encontró varios mazos de naipes.

—¿Y esto? —preguntó Rojas, intrigado.

—El desencuadernado —contestó el hombre, con un gesto de complicidad—, también conocido como libro de Vilhán o de Papín, por ser éstos los nombres de sus posibles autores. Os aseguro que ése es el único libro que nuestro señor tenía a bien estudiar últimamente. Otro no encontraréis por más que busquéis. El poco tiempo que aquí pasaba, cuando no estaba durmiendo, lo empleaba en manosear esos naipes. Teníais que haber visto con qué destreza los manejaba. Según me dijo una noche, se sabía todos los juegos. Y hasta era capaz de adivinar la carta que yo había cogido del montón sin que él pudiera verla.

—¿Estás diciéndome que tu señor era un tahúr?

—Eso él nunca me lo declaró, pero, a juzgar por sus conocimientos en la materia y la vida que últimamente llevaba, no me extrañaría nada.

—Desde luego, eso explicaría lo de su deuda con aquel hombre —señaló Rojas pensativo, como si de repente algunas cosas comenzaran a encajar.

Volvió a mirar en los cajones del bargueño, por si se le había escapado algo. Y, cuando estaba cerrándolos, vio que uno de ellos no cedía, como si hubiera algo que se lo impidiera. Lo sacó del todo, metió la mano en el hueco y se encontró con una pequeña tabla. En un principio, pensó que se trataba de la tapa de un doble fondo, pero enseguida vio que, en una de sus caras, alguien había pintado un retrato del propio don Diego. En el reverso, podía leerse: «Esto salda la deuda de los 140 maravedís», y luego una firma ilegible.

—¿Conocíais este retrato?

—No, señor —contestaron a la vez los dos criados con asombro.

—Se parece mucho a vuestro señor, ¿no es cierto?

—Yo diría que es su viva imagen —confirmó la mujer.

—¿Por qué lo habrá escondido? ¿Sabéis si tenía amistad con algún pintor?

—Lo ignoramos, señor —contestó ahora el hombre.

A Rojas le llamó la atención la mirada febril del retratado y las profundas arrugas que se le formaban en la frente, como si estuviera muy concentrado en una tarea y totalmente ajeno a todo lo demás.

—Voy a llevarme este retrato —les comunicó—; podría serme de gran utilidad. Yo mismo se lo entregaré a su padre, cuando venga; a él le servirá de recuerdo de su infortunado hijo.

—Como vos digáis —convinieron los criados.

Con el retrato bajo el manto, se dirigió al establecimiento en el que recibía a sus clientes el abogado converso Alonso Juanes. La taberna de Gonzalo Flores estaba en la calle del Pozo Amarillo y hacía esquina con la plaza de San Martín. Cuando entró en ella, el bodeguero le hizo una seña para indicarle que el licenciado estaba dentro de su cubículo y no había ningún cliente en ese momento.

—¿Se puede entrar? —preguntó Rojas, después de llamar a la puerta.

—Adelante, querido amigo —contestó Alonso, de inmediato.

Cuando entró Rojas, se dieron un abrazo muy efusivo. Desde su reencuentro, hacía unos meses, habían vuelto a hacerse muy amigos. De hecho, había surgido entre ellos una gran complicidad, como la de dos personas que comparten algunos secretos que no están dispuestos a revelar a nadie más.

—Aquí estoy de nuevo envuelto en un asunto para el que necesito vuestra ayuda —anunció Rojas a su amigo.

—Ya sabéis que, si se trata de corregir abusos o de hacer justicia, podéis contar conmigo.

—En realidad, se trata de dos asuntos —precisó Rojas, mientras tomaba asiento frente a la mesa—. En primer lugar, quiero que libréis a un pobre muchacho de ir a la cárcel.

—¿Y cuáles son los cargos contra él? —preguntó Alonso, sorprendido.

—Lo cogieron anoche, cuando en compañía de otros mozos se burló de la ronda haciendo que uno de los alguaciles se partiera las narices, tras tropezar con una cuerda que aquéllos habían tendido en la calle...

—Conozco la broma —lo interrumpió el abogado, con gesto divertido—. Y el muchacho, ¿dónde se encuentra ahora?

—Ha pasado la noche en la cárcel del Concejo, pero lo he sacado esta mañana bajo fianza con el pretexto de que pueda servir de testigo en un caso de muerte violenta.

—No me habíais dicho que hubiera una muerte violenta —objetó Alonso.

—Precisamente, ése es el otro asunto del que quería hablaros. En su huida —explicó—, el muchacho se escondió en una tinaja que había en la calle y resultó que dentro había un cadáver. Así que salió despavorido, y por eso lo cogieron.

—¿Y el cadáver?

—De eso os hablaré luego. Ahora quiero que penséis en el muchacho.

—Está bien; si eso es todo, podré resolverlo con un buen soborno. ¿Tiene bienes su familia?

—El padre del muchacho está, según parece, en la cárcel y su madre es sirvienta en el mesón de la Solana...

—No me digáis más —lo interrumpió, haciéndose cargo.

—Pero no os preocupéis, yo lo pagaré todo.

—No sabía que hubierais heredado.

—Lo cargaré a la cuenta del otro asunto, que es el que en verdad a mí me concierne.

—Vaya, ¿no iréis a decirme que han vuelto a enredaros?

—Esta vez ha sido el maestrescuela, pues se trata de la muerte de un estudiante —explicó Rojas.

—¿El que estaba dentro de la tinaja?

—Ese mismo —confirmó—. De él sabemos que se llamaba Diego de Madrigal, que pertenecía a un conocido linaje de la ciudad y que se pasaba la vida jugando a los naipes. Esto último lo he averiguado en una visita que acabo de hacer a su casa.

—¿Queréis decir que era un tahúr?

—Eso parece. También sé que tuvo deudas no hace mucho y que alguien pudo saldar las que tenía con él pintándole un retrato, de muy buena factura, por cierto. Mirad —añadió, mostrándole la pequeña tabla.

—¿Es él?

—Sin duda alguna.

—No lo conozco, pero puedo aseguraros que he visto esa misma mirada en todos aquellos que viven esclavizados por un vicio o una pasión, ya sean las mujeres o los propios naipes.

—¿Y cómo sabéis tanto de estas cosas?

—No olvidéis que soy abogado, y no sólo de conversos —aclaró—; y, como tal, he sido testigo de cómo los vicios y las pasiones llevan a muchos a la ruina, y ésta, a delinquir.

—Puedo entender lo de las mujeres —admitió Rojas—, pero no sabía que los naipes tuvieran ese poder.

—Cómo se nota que vivís enclaustrado. ¿Sabéis cuántos garitos o casas de tablaje hay en Salamanca? Seguramente, cuatro veces más que iglesias y conventos, que ya es decir. Y es raro el estudiante que no ha pasado al menos una vez por alguno, aunque para ello haya tenido que robar a sus compañeros o a sus propios padres.

—Yo no he estado en ninguno, podéis creerme.

—Pues ya va siendo hora de que conozcáis alguno, si algún día pensáis ejercer de abogado o de juez. Por lo que veo —añadió Alonso entre risas—, no tiene ningún mérito ser tan virtuoso como vos, ya que no os ponéis casi nunca en ocasión de pecar. Así cualquiera puede ser santo.

—¿Y sabéis vos dónde se encuentran esos garitos? —preguntó Rojas, haciendo caso omiso a sus comentarios.

—Bastará con que una noche sigáis a algún estudiante que corra apresurado con un brillo febril en los ojos. Pero no creáis que están abiertos sólo durante la noche o que se encuentran en una parte concreta de la ciudad. La verdad es que están por todos los sitios; y no sólo en mesones, tabernas y posadas, sino también en muchas casas particulares.

—¿Y cómo es que lo consiente el Concejo?

—Los alguaciles, amigo mío —explicó el abogado, guiñándole un ojo—, hacen la vista gorda, siempre y cuando les caiga algún soborno, y lo mismo cabe decir de los que forman parte del Concejo, incluidos los alcaldes y regidores, que están a partir un piñón con los coimeros, cuando no son ellos mismos los propietarios del garito. Pensad que hasta en las cárceles se juega. Por otra parte, hay muchos caballeros que recaudan dinero de las casas de tablaje.

—¿Y la Iglesia?

—La Iglesia también se lleva sus buenos ingresos en forma de mandas y donativos —explicó—, con lo que todos mantienen la conciencia tranquila. Por otra parte, son muchos los clérigos y frailes aficionados al juego.

—¿Y qué me decís del maestrescuela?

—Me consta que es honrado, al menos de momento. Pero ¿qué puede hacer él, salvo velar para que no se juegue dentro de la Universidad ni en sus aledaños? Así y todo, son muchos los que lo hacen en el claustro de las Escuelas e incluso dentro de las aulas, en plena clase.

—Pero ¿es que nadie los ve?

—Cuando algún compinche les avisa de que el maestro o el bedel o el alguacil del Estudio se acerca, suelen echar una capa o un manteo encima de los naipes para que no los descubran.

—¡Jamás lo hubiera pensado! —exclamó Rojas con asombro.

—No sé de qué os extrañáis; es bien sabido que la mayoría de los estudiantes vienen a Salamanca no para aprender las leyes, sino para quebrantarlas. El problema con los naipes, amigo mío, es que la gente acaba haciendo lo que sea para seguir jugando. Si ganan, para poder ganar más; si pierden, para intentar desquitarse. Hay tahúres tan desalmados que han llegado a apostar a sus esposas y hasta la doncellez de sus hijas en una partida. Entre los escolares del Estudio, es muy habitual vender el voto al mejor postor, cuando hay oposiciones a cátedra, y así tener algo para jugar. Y son muchos los que se gastan todo lo que les mandan sus familias en un solo día, por lo que tienen que pasar el resto del mes pordioseando la comida o empeñando los libros y demás enseres. Los hay también que recorren los pueblos vecinos con la intención de engañar a los incautos, prevaliéndose de su condición de estudiantes. Y todo ello para seguir jugando, pues ya sabéis lo que se dice de Salamanca, que a unos sana, a otros manca, y a todos deja sin blanca.

—No creo yo que ése fuera el problema de don Diego.

—Con los naipes, amigo Rojas, nunca se tiene suficiente. Si yo os contara lo que son capaces de hacer, en estos casos, algunos que presumen de prosapia e hidalguía. Recordad que soy abogado y que, por tanto, ninguna bajeza humana me es ajena. Por lo demás, hay que reconocer que, dejando aparte la muerte, el juego es lo único que a todos nos iguala. Todos dispuestos en rueda alrededor de una mesa hasta quedarse tiesos.

—¿Creéis, pues, que lo que le ha pasado a don Diego de Madrigal tiene algo que ver con todo esto?

—Si de verdad era un tahúr, no me extrañaría nada. Morir de mala manera —sentenció— es el destino habitual de los que se pasan la vida tentando la fortuna.

Capítulo 4

Al día siguiente, fue Fernando de Rojas a visitar a su amada Sabela, que seguía ejerciendo en la Casa de la Mancebía. Por lo general, se veían tres o cuatro veces a la semana durante unas horas, siempre a eso del mediodía. Dado que, por el momento, él no tenía ningún medio de subsistencia fuera del Colegio Mayor de San Bartolomé, ella se negaba a abandonar el prostíbulo. Según decía, prefería trabajar de meretriz a servir en una casa de la ciudad o a vivir de tapadillo. Ese día, después de holgar, se fueron a comer a una taberna que había junto al río, cerca del puente, abastecida de toda clase de peces recién pescados en las aguas del Tormes, entre los que no faltaban las truchas, los barbos, las rubias y las anguilas.

—Te noto preocupado —comenzó a decir Sabela, mientras esperaban la comida—, y un poco ausente.

—Debo confesarte —admitió Rojas— que ando metido en otro asunto.

—¿Qué quieres decir? —preguntó ella con cierta inquietud.

—Verás, antes de anoche... encontraron el cadáver de un estudiante de la Universidad, y el maestrescuela me ha pedido que lo ayude a descubrir al que lo mató.

—¿Y tú has aceptado? —preguntó Sabela.

—No me ha quedado más remedio, créeme, aunque sólo sea por lealtad al Estudio.

—Entonces, ¿no escarmentaste con lo de la otra vez?

—Gracias a ello nos conocimos, ¿o es que no te acuerdas? —intentó justificarse Rojas.

—Si es por eso —replicó Sabela—, también estuvieron a punto de matarme, ¿o ya no recuerdas la angustia que pasé?

—Precisamente, he venido para pedirte que no nos veamos mientras dure todo esto. No creo que sea mucho, la verdad. En principio, se trata de la muerte de un tahúr, seguramente por alguna pendencia de juego.

—¿Y si te matan a ti? Algunos tahúres son gente peligrosa y más aún los coimeros y todos los que se mueven a su alrededor; los conozco bien.

—En estos meses, he aprendido a valerme —proclamó Rojas muy serio.

—Te estoy hablando —replicó ella— de personas que matan a sangre fría por defender su negocio.

—Sea como fuere, ya no puedo echarme atrás. Me he comprometido con el maestrescuela. Y lo peor de todo —añadió, tras un pequeño titubeo— es que me he dado cuenta de que hacer esto me gusta.

—No te entiendo —repuso Sabela, sorprendida.

—Con permiso —se disculpó el tabernero por tener que interrumpirlos—, aquí traigo las truchas escabechadas y el estofado de anguilas. Si queréis algo más, sólo tenéis que pedirlo.

Además del pescado, dejó sobre la mesa un cuarto de hogaza de pan reciente y un buen jarro de vino.

—Verás —prosiguió Rojas, mientras se servía un poco de estofado—, no se trata de que yo lo busque o lo desee, no es eso. Pero lo cierto es que, una vez que estoy metido en ello, me siento más a gusto, más vivo, con una fuerza y una determinación que habitualmente no poseo. Me lo ha hecho ver un muchacho que he conocido...

—¡¿Un muchacho?! —preguntó Sabela, intrigada.

—Se llama Lázaro; él fue quien encontró el cadáver —le explicó—. El muerto estaba metido dentro de la tinaja en la que Lázaro fue a esconderse por casualidad, cuando estaba huyendo de unos alguaciles por una travesura que había hecho. Y ésa es, por cierto —añadió—, la otra razón por la que ya no me puedo echar atrás. Algo me dice que tengo que velar para que ese muchacho no acabe convertido en carne de prisión.

—Por lo que veo, tus intenciones son muy loables —reconoció Sabela—. Pero, por desgracia, cada día son más los que, de una manera u otra, van a parar injustamente a la cárcel, y ni tú ni nadie lo puede remediar.

—No obstante, se me ha presentado la oportunidad de librar a un muchacho de su destino...

—En ese caso —lo interrumpió—, haz lo que te dicte la conciencia, que yo lo sabré comprender.

—Si quieres que te sea sincero, te diré que no es sólo la conciencia; es también el corazón.

—Me alegra mucho que sea como dices. Eso habla muy bien de ti.

—De algún modo —le explicó Rojas—, me veo reflejado en ese muchacho. Probablemente su vida haya sido muy diferente de la mía, pero hay algo en él que me resulta familiar. Al igual que Lázaro, yo sé lo que es pasar necesidades o que persigan a tu padre y lo condenen o que, en la calle, todos te señalen con el dedo. ¡Sabe Dios lo que habría sido de mi vida si no hubiera podido acudir a estudiar a Salamanca! Y si, al final, vine a parar aquí, fue gracias a la ayuda de unas personas que vieron en mí algo que las conmovió y las animó a socorrerme.

—Pero, en tu caso, seguramente ya habías dado muestras de tu gran valía.

—También este muchacho, te lo aseguro.

—Se me hace tarde —dijo Sabela, mirando al cielo.

—Pero si apenas has comido —le dijo Rojas, preocupado.

—Tengo que irme. Tú haz lo que creas que debes hacer —le aconsejó—. Lo aceptaré de buen grado, si ése es tu deseo.

—Nos veremos entonces en cuanto acabe todo esto. Procuraré que sea pronto —le prometió Rojas.

—Ya sabes que te estaré esperando —se despidió Sabela, con cierta frialdad.

Rojas se quedó pensativo, durante un buen rato. Él también había perdido el apetito. Estaba confuso y desorientado a causa de la reacción de Sabela. Había algo en ella que se le escapaba, algo en lo que no se atrevía a indagar. Después de dejar la taberna, decidió olvidarse del asunto por un tiempo e ir a ver a Lázaro. Quería saber cómo se encontraba y comunicarle que su problema con los alguaciles tenía fácil arreglo, gracias a la intervención de su amigo Alonso Juanes. Y esa idea ya le hizo sentirse mejor. Al fin y al cabo, estaba haciendo algo útil y bueno; de modo que lo demás podía esperar.

Encontró a Lázaro en el mesón, vareando unos colchones de lana. Mientras el muchacho terminaba su trabajo, Rojas le contó todo lo que le había dicho su amigo el abogado.

—Pero ¿cómo pensáis sobornar a los alguaciles? —preguntó Lázaro, intrigado—. Ni mi madre ni yo tenemos nada que ofrecerles.

—Eso no va a ser ningún problema, créeme —lo tranquilizó Rojas—; yo me ocupo de todo; recuerda que eres el único testigo en el caso que ahora tengo entre manos.

—¡Ojalá pudiera serviros de alguna ayuda! —exclamó Lázaro.

—Tal vez puedas hacerlo —dijo Rojas—. Necesito hablar con alguien que conozca bien los garitos de juego de Salamanca. Es posible que algunos de los muchachos con los que andas por ahí puedan decirme algo.

—¡Eso está hecho! Nadie conoce mejor que mis amigos todo lo que se esconde en esta ciudad.

—¿Y estarían dispuestos a hablar conmigo?

—De eso me ocupo yo. ¿Podéis pasaros, cuando se haga de noche, por el cementerio de la iglesia de San Martín?

—Allí estaré. Pero no olvides andar con cuidado —le advirtió Rojas—. Los alguaciles no han recibido todavía su soborno. Así que puede que aún te tengan ganas.

—Ahora no penséis en mí, yo sé cuidarme solo —replicó Lázaro con firmeza.

Nada más dejar al muchacho, notó una fuerte aprensión. Todo parecía ir bien, y, sin embargo, no estaba tranquilo ni menos aún satisfecho. Mientras hablaba con Lázaro, había visto cómo surgía entre ellos cierta complicidad. Por otra parte, estaba convencido de que, con el tiempo, podría redimirlo de su pobreza y así librarlo de su destino. Pero lo cierto es que ahora se sentía culpable por haberlo embarcado en una aventura que podía estar llena de peligros. De todas formas, parecía evidente que, tomara el camino que tomara en este asunto, siempre encontraría alguna espina. No en vano la experiencia le había enseñado que nada en la vida era totalmente bueno o totalmente malo, sino una mezcla de ambas cualidades en la que sólo variaba la proporción.

Desde que se había sincerado con Sabela, no hacía más que indagar en los posibles motivos por los que le había cogido tanto afecto a ese muchacho. Y esto le había llevado a pensar en su infancia en La Puebla de Montalbán, de la que apenas recordaba nada, o al menos eso era lo que él había creído hasta ese momento. Lo cierto es que ahora le venían reminiscencias de aquella época en la que su familia todavía tenía contacto con sus parientes judíos, a pesar de su condición de conversos desde hacía cuatro generaciones, y él solía jugar con sus primos en la antigua aljama del pueblo. De repente, recordó que una tarde aparecieron por allí varios cristianos que acusaban a los judíos de haber secuestrado a un niño para sacrificarlo. Sus parientes, aterrados, recogieron a toda prisa algunos alimentos, ropas y enseres y se prepararon para esconderse. Fue entonces cuando descubrió que todas las casas de la vieja aljama tenían debajo una cueva que se comunicaba con las demás a través de una serie de galerías. Éstas habían sido excavadas en la tierra, antes de construir las viviendas, y estaban cubiertas por arcos y bóvedas de ladrillo; cada una de ellas, además, tenía acceso directo al pozo de la casa.

Allí permaneció escondido con sus familiares durante varios días. Mientras los mayores dirigían sus súplicas a Yahvé o leían la Torá, sus primos se juramentaban para vengarse de los perros cristianos, en cuanto tuvieran la menor oportunidad. Una vez pasado el peligro, fueron abandonando las cuevas, no sin antes comprobar que sus vecinos cristianos no les habían tendido alguna trampa, como otras veces había sucedido. Durante mucho tiempo, Rojas había soñado por las noches que se quedaba solo y perdido en ese laberinto subterráneo. Por eso, le parecía asombroso que, hacía apenas unos meses, no se hubiera acordado de todo aquello, cuando entró en la Cueva de Salamanca en pos del criminal que había matado a fray Tomás de Santo Domingo. Ahora, sin embargo, no hacía más que pensar en la suerte de sus primos; primero, perseguidos y acosados, como en ese momento lo eran los conversos; y, por último, expulsados de su casa y de su verdadera nación.

Casi sin reparar en ello, sus pasos lo habían conducido al convento dominico de San Esteban, donde tenía su celda fray Antonio de Zamora. Preguntó por él en portería, y, tras mirarlo con desprecio y reticencia, los frailes le dijeron que no estaba. Rojas sabía de sobra que no era muy bien visto en el convento, sobre todo por su prior, que se la tenía jurada, a causa de sus pesquisas sobre la muerte de fray Tomás. De modo que se hizo el remolón, con la esperanza de que su amigo apareciera por allí camino del huerto. Pero los porteros no tardaron en exigirle que aguardara fuera. Y estaba ya a punto de salir a la calle, cuando oyó a sus espaldas la voz de fray Antonio:

—Fernando, amigo mío, ¿adónde vais?

—Vuestros cancerberos me habían dicho que no estabais.

—No les hagáis caso a esos mentecatos.

—Eso decídselo a ellos —se quejó Rojas—, que, en cuanto me ven, no me quitan el ojo de encima.

—En fin, dejemos eso ahora. ¡No sabéis la alegría que me da veros! Pero decidme, ¿qué os trae por aquí?

—Os mentiría si os dijera que es una visita de cortesía —le advirtió Rojas.

—Sea cual sea el motivo, me alegrará mucho hablar con vos y poder ayudaros en lo que sea preciso. Venid conmigo —le rogó, agarrándolo del brazo—; en el huerto estaremos mucho mejor, a pesar del frío.

Cuando pasaron por delante de los porteros, éstos no se molestaron en disimular su enfado. Fray Antonio, sin embargo, hizo como si no los viera.

—Veréis... —comenzó a decir Rojas cuando llegaron al lugar en el que el fraile tenía su plantel.

—Dejadme que antes os cuente un secreto —lo interrumpió éste—. ¿Sabéis lo que voy a plantar aquí?

—Creía que ya no os interesaba el huerto —comentó Rojas, recordando sus últimas conversaciones con fray Antonio.

—Lo cierto es que he vuelto a trabajar en él —le explicó en voz baja— desde que conseguí nuevas semillas de esa maravillosa planta llamada tabaco. Eso sí, para cuando crezcan —añadió con un gesto de burla—, yo ya no estaré aquí. Pero el prior se llevará una tremenda sorpresa, ya lo veréis. Ahora ya podéis proseguir.

—Como os decía, el maestrescuela del Estudio me ha pedido que haga las pesquisas relativas a la muerte de un estudiante que ha aparecido dentro de una tinaja con las manos cortadas.

—¡¿Dentro de una tinaja?! ¡¿Y con las manos cortadas?!

—Eso he dicho.

—El asunto entonces promete —proclamó fray Antonio sin poder evitarlo—. Pero ¿por qué no habéis venido a verme antes?

—La verdad es que apenas llevo un día con el caso —se justificó— y no he tenido un momento de respiro. El cadáver lo encontró, por casualidad, un muchacho que podría serme de gran ayuda...

—Ya veo cuál es la razón de que no me hayáis avisado —lo interrumpió el fraile—; ahora tenéis un nuevo ayudante.

—¿Y qué es lo que hago entonces aquí?

—Ya, pero teníais que haberme avisado nada más tener noticia del caso —replicó.

—Ya sabéis lo necesario que es examinar el cadáver lo antes posible o hablar con los testigos y los allegados de la víctima. Por otra parte —añadió, cambiando de tono—, he tenido que ocuparme de Lázaro.

—¿Y quién es Lázaro?

—Pues el muchacho que encontró el cadáver.

—¡Acabáramos! Otra vez ese dichoso muchacho.

—Es muy astuto, ya lo veréis —le informó Rojas, con entusiasmo—. Lo detuvieron por gastarles una broma, junto con otros mozos, a los alguaciles de la ronda, y tuve que sacarlo de la cárcel.

—¡Conque de la cárcel! ¡Valiente amigo os habéis echado! —exclamó fray Antonio con ironía.

—Como vos muy bien sabéis —comenzó a explicar Rojas, armándose de paciencia—, en la cárcel, no son todos los que están, ni están todos los que son. Y, por si eso no os bastara —añadió, antes de que el otro lo interrumpiera—, recordad que es de buen cristiano ser compasivo con los que sufren tribulaciones, y más aún si se trata de un niño.

—Sin duda, tenéis toda la razón —admitió, por fin, el fraile—. Y os ruego, por ello, que me perdonéis. La verdad es que llevo unos meses muy alterado, y, para colmo, creía que os habíais olvidado de mí.

—Pero eso no es cierto —rechazó Rojas—; de hecho, he venido a buscaros en varias ocasiones y nunca estabais, o al menos eso me dijeron.

—Probablemente fuera verdad.

—El caso es que, por más que preguntaba, nunca quisieron darme razón de vos.

—¡Tampoco a mí me la han dado de vuestras visitas! Sabed que, durante estas últimas semanas, he estado en Sevilla y otros lugares haciendo gestiones para irme con Colón en su próximo viaje, pues no soporto la idea de permanecer un año más en este maldito convento. De ahí, por cierto, lo de las semillas —aclaró.

—Ahora sois vos quien tiene que perdonarme a mí, pues lo había olvidado.

—Dejémonos ya de tantos cumplidos y vayamos al grano, que estoy deseoso de saber lo que ha pasado con vuestro cadáver.

—Pues veréis; en el examen, descubrí que las manos se las habían cortado después de muerto. Pero lo más importante es que tenía la lengua negra e hinchada, por lo que deduje que había sido envenenado. ¿Estoy en lo cierto?

—Desde luego, hay varios venenos que producen esos síntomas, incluido el de alguna serpiente.

—Luego he averiguado que podría tratarse de un tahúr...

—¿Un tahúr? ¡Esto se pone más interesante! ¿Creéis que ha muerto por una cuestión de deudas o por haberse envuelto en una pendencia?

—Eso es justamente lo que me gustaría saber. Para ello, tengo que averiguar a qué garitos iba y con qué otros tahúres se relacionaba.

—¿Y cómo pensáis hacer esas pesquisas?

—Con la ayuda del muchacho del que os he hablado.

—Esperad. No me digáis que también es asiduo de ese tipo de lugares.

—De ningún modo —repuso Rojas—, pero conoce a las personas apropiadas. Precisamente, esta noche he quedado con él para que me las presente.

—Ya me imagino cuáles pueden ser esas personas —comentó el fraile con ironía—. Tan sólo espero que, en este caso, no se cumpla aquello de dime con quién andas y te diré quién eres.

—Cuando conozcáis al muchacho, estoy seguro de que sentiréis por él lo mismo que yo.

—¿Por qué no me dejáis entonces acompañaros a vuestra cita para comprobarlo?

—Porque no creo que sea muy conveniente; un dominico, a esas horas —le explicó—, resultaría harto sospechoso. Prometo, eso sí —añadió para contentarlo—, venir mañana a contaros todo lo que averigüe esta noche.

Capítulo 5

Aún quedaba bastante para que anocheciera, de modo que se fue a ver al maestrescuela para pedirle más dinero. Por suerte, el padre de don Diego ya se había ofrecido, en una carta, a pagar todos los gastos que fueran necesarios para capturar lo antes posible a los que habían matado a su hijo e, incluso, a pagar una recompensa; de hecho, había mandado por adelantado una bolsa llena de monedas de plata. Así que no tuvo ningún problema en conseguir la cantidad que su amigo le había pedido para sobornar a los alguaciles.

—¿Y no va a venir el padre a hacerse cargo del cadáver? —preguntó Rojas—. Me gustaría hablar con él.

—Los que trajeron el dinero y la carta ya se lo han llevado, por expreso deseo de la familia —le informó el maestrescuela.

—¿Y en la carta no dice nada más? ¿No menciona a algún posible sospechoso?

—Tomad, leedla vos mismo —le dijo el maestrescuela, alargándole la carta.

Ésta era bastante escueta. Dejando aparte las fórmulas de rigor, se limitaba a hacer el ofrecimiento del dinero y a dar las autorizaciones e instrucciones oportunas para que sus criados pudieran proceder al traslado de los restos. No obstante, a Rojas le llamó la atención la actitud del padre. Aunque se percibía, por sus palabras y el trazo de la letra, que estaba muy afectado, no parecía demasiado sorprendido por la muerte de su hijo. Por otra parte, le extrañó que no hubiera venido él mismo a buscar el cadáver.

Después de dejar el dinero a buen recaudo y descansar un poco en el Colegio de San Bartolomé, se dirigió a la iglesia de San Martín. Ésta se encontraba dentro de la plaza del mismo nombre, muy cerca de los puestos fijos del mercado. En su costado norte, estaba el pequeño cementerio parroquial. A la luz de una antorcha que llevaba consigo, vio varias sepulturas dispuestas en forma de cruz. Se acercó con cuidado a las que estaban junto al muro de la iglesia y creyó oír un leve cuchicheo.

—Lázaro —preguntó—, ¿estás ahí?

—Tranquilos —apuntó éste—, es el amigo del que os hablé. Y estos que están conmigo —añadió dirigiéndose a Rojas— son el Gramático y el Bejarano.

Se trataba de dos muchachos de unos diecisiete años, tal vez alguno más, con el semblante adusto, la mirada desconfiada y la ropa algo castigada por la intemperie.

—Lo de Bejarano puedo imaginarlo, pero ¿a qué se debe lo de Gramático?

—Sabía que ibais a preguntármelo —comentó Lázaro—. Su apodo le viene de que, aunque habla poco, lo hace siempre con mucha propiedad, ya lo veréis. No en vano estudió en las Escuelas Menores durante algún tiempo, pero luego su carácter inquieto e impaciente lo llevó a dejarlo.

—¿Y tú en qué escuela has estudiado para hablar con tanto desparpajo?

—Por aquí y por allá —contestó Lázaro entre risas—. Ya sabéis que todo se pega, salvo la hermosura, según dicen las viejas. En cuanto al Bejarano, debo confesaros que no tiene estudios, pero ha peregrinado mucho. Los dos conocen muy bien los garitos de Salamanca, pues llevan frecuentándolos desde hace años. Y, aunque ahora andan metidos en otros asuntos de mayor importancia, siguen teniendo trato con los coimeros y tahúres.

—Está bien. ¿Sabéis algo acerca de un tahúr al que mataron la otra noche? —preguntó Rojas dirigiéndose a los dos muchachos.

—Por lo que hemos oído —empezó a decir el Gramático—, son varios los tahúres que han desaparecido en estos últimos días. Esto no quiere decir que hayan muerto o que los hayan matado por ahí; puede que simplemente hayan huido a donde no los conozcan o se hayan refugiado en alguna parte por no poder pagar sus deudas o por cualquier otro motivo.

—¿Y en cuanto al estudiante que apareció en la tinaja? —insistió.

—Tal vez, si nos lo describierais con detalle, podríamos deciros algo.

—Tengo algo mucho mejor —anunció Rojas, alargándoles la tabla que había encontrado en el bargueño—; es una especie de retrato.

El Gramático lo cogió con cierto recelo y lo acercó a la antorcha, para poder verlo mejor. Al cabo de un rato, el otro hizo lo mismo.

—Yo lo conozco —proclamó este último enseguida—. Era un fullero.

—¿Qué es un *fullero*? —preguntó Rojas.

—¡Pues qué va a ser! Alguien que hace flores en el juego de naipes —explicó el Bejarano con condescendencia.

—¿Y qué significa *flor*? —volvió a inquirir Rojas.

—Pues lo mismo que engaño, trampa o fullería —aclaró el Gramático.

—Ahora comprendo —afirmó Rojas, al fin—. Pero ¿por qué me habláis en jerigonza?

—Es la costumbre —explicó el Bejarano, quitándole importancia al asunto.

—Lo hacemos —añadió el Gramático— para no ser entendidos por quien no conviene.

—Ya veo. ¿Y tú también lo conocías? —le preguntó Rojas.

—No me atrevería a jurarlo, pero creo que sé quién es.

—Y tú —se dirigió ahora al Bejarano—, ¿estás seguro de que era un fullero?

—Al menos, tenía fama de ello. Pero lo cierto es que los búzanos nunca le descornaron la flor...

—No te entiendo —lo interrumpió Rojas.

—Lo que mi compañero os dice —terció el Gramático— es que, a pesar de todo, los conocedores del juego nunca le descubrieron la trampa.

—Era un tahúr muy hábil —explicó el otro—, y, con el tiempo, eso le hizo ganarse el respeto de sus rivales, que no veían la forma de conocerle la flor.

—¿Y tú lo has visto jugar?

—Bastantes veces, y os aseguro que era algo digno de contemplarse. Era como en ese juego de manos que llaman *de maese coral* o *de pasa pasa,* donde los dedos van tan rápidos que te engañan la vista.

—¿Quieres decir que era muy ágil con las manos?

—Ágil es poco —encareció el muchacho—, y no sólo con las manos; también con la cabeza —añadió, palmeándose la suya—. Yo creo que tenía tratos con el Diablo.

—¿Por qué lo dices? —inquirió Rojas, sorprendido.

—Porque no parecía cosa de este mundo —respondió con seriedad.

—¿Y qué más cosas sabes de él?

—Que era muy aficionado al vino.

—¿Hasta qué punto? —se interesó Rojas.

—Ésa era su única debilidad, aparte del juego —aclaró—. Al parecer, le gustaba emborracharse, si bien es cierto que, durante el juego, bebía con moderación.

—¿Podrías decirme qué garitos frecuentaba?

—Debido a su fama, cambiaba mucho de sitio, la verdad.

—Si lográis averiguar el garito en el que jugó su última partida, os pagaré bien —les prometió—. De momento, tomad estas monedas, por haberlo reconocido.

—No ha sido muy difícil —confesó el Bejarano—, pero se agradecen igual.

—También quiero que me enseñéis a jugar a los naipes y, sobre todo, a moverme por un garito sin levantar sospechas, y que me contéis qué labor hace cada uno de los que allí se encuentran y todo lo demás. Asimismo, me gustaría aprender las señas que emplean los tahúres y esa dichosa jerigonza que hablan entre ellos.

—¿Y para qué queréis saber todas esas cosas, si se puede preguntar? —inquirió el Gramático.

—Digamos que, hablando con vosotros, se me ha despertado el interés por el juego y el deseo de poner los pies en un garito. Ya os he dicho que os compensaré con creces por todo ello.

—¿Y quién nos dice que no vais a traicionarnos luego?

—Os lo digo yo —intervino Lázaro con rotundidad—. Él me sacó ayer de la cárcel y va a impedir que vuelva a ella con la ayuda de un amigo suyo que es abogado.

—Está bien —aceptó el Gramático, tras una mirada de complicidad con su compañero—. ¿Dónde queréis que nos veamos mañana al mediodía?

—¿Conocéis la taberna que está en la esquina de la calle del Pozo Amarillo? Es un lugar muy discreto y...

—Sé dónde decís —lo interrumpió el muchacho—. Ahora tenemos que irnos. Lázaro y vos esperad a que nos hayamos alejado un poco.

—Podéis marchar tranquilos —se despidió Rojas—, que no os seguiremos.

Los dos muchachos se deslizaron por entre las tumbas sin necesidad de ninguna antorcha. Enseguida dejó de oírseles.

—Por ellos no os preocupéis —aseguró Lázaro—. Mañana los tendréis allí.

—¿Y estás seguro de que puedo confiar en ellos?

—Sin la menor duda. Mejores no los hay, ya lo veréis.

—Entonces, vámonos a dormir, que a cada día con su afán le basta.

—No os entiendo.

—Es un versículo de la Biblia; quiere decir que no debemos preocuparnos por el día de mañana, por lo que haremos o lo que comeremos. Dios proveerá.

—Si vivierais como yo, no predicaríais eso —replicó Lázaro.

—¿Por qué lo dices? —preguntó Rojas, intrigado.

—Porque tengo la impresión de que Dios sólo provee a los que ya tienen. Los demás siempre nos acostamos preguntándonos si comeremos o no comeremos mañana.

Rojas se quedó pensativo durante un momento.

—¿Sabes que tienes razón? —reconoció—. Hasta ahora no lo había visto desde ese lado.

A la mañana siguiente, nada más levantarse, Rojas acudió a la capilla del Colegio para oír misa, como era su diaria obligación, aunque no siempre satisfecha, pero sus pensamientos estaban en otra parte. De buena gana le habría pedido a Dios que lo ayudara a salir con bien de la difícil empresa en la que se había metido. Pero prefirió no mezclarlo en asuntos tan oscuros y mundanos. Además, no era de esos que se acordaban de Santa Bárbara solamente cuando tronaba. Después del oficio religioso, pasó por la casa de la víctima y se llevó, con el permiso de los sirvientes, uno de los mazos de naipes que había dentro del bargueño. Por último, se dirigió a la taberna de Gonzalo Flores, donde lo aguardaba su amigo.

—Aquí os traigo el dinero para el soborno —anunció Rojas, alargándole la bolsa que llevaba escondida bajo el manto.

—En estos casos, me gustaría ser yo el sobornado —dijo su amigo, mientras la guardaba en un cajón disimulado bajo la mesa—, pero hasta la fecha me he tenido que conformar con ser el alcahuete o portador de las monedas.

—Tened paciencia, que todo llegará. Por cierto, quería pediros otro favor.

—Vos diréis.

—¿Podríais prestarme este cubículo durante algunas horas?

—¿Vais a ejercer por fin de abogado? —preguntó Alonso con tono de broma—. Si es así, os doy la enhorabuena.

—Dejaos ya de chanzas —protestó Rojas—. Lo necesito para reunirme, dentro de un rato, con dos aprendices de rufianes, que van a darme cuenta de sus averiguaciones sobre la muerte del estudiante y, de paso, a enseñarme una pequeña parte de lo mucho que saben sobre naipes y garitos.

—Ya veo que os tomáis muy en serio vuestro trabajo —comentó Alonso con ironía—. ¿Y no queréis que yo os acompañe?

—La verdad es que no me vendría mal un compañero de juego.

—Iré entonces a avisar a nuestro amigo el tabernero para que nos los mande para acá, en cuanto lleguen.

—Decidle también que nos prepare algo de comer, que invito yo.

—Se va a quedar muy sorprendido, pues nunca le hago tanto gasto.

—La ocasión lo merece, ¿no creéis?

Los dos muchachos llegaron bien pasado el mediodía, con cara de no haberse acostado aún. Cuando entraron en la cámara donde recibía el abogado, se pusieron en guardia, como si creyeran que les habían tendido una trampa.

—Éste es mi amigo Alonso Juanes —lo presentó enseguida Rojas—. No debéis preocuparos por él; es abogado, y, como tal, está de vuestra parte.

—Siempre que tengáis dinero para pagar mis servicios —bromeó el aludido.

—Sentaos, por favor. ¿Habéis averiguado lo que os pedí?

—Pudiera ser —dijo el más locuaz.

—Pues ¿a qué esperáis para empezar a referirme lo que sepáis?

En ese momento sonaron unos golpes en la puerta, lo que hizo que los muchachos volvieran a levantarse, al tiempo que metían su mano debajo de la capa.

—Es el tabernero, que nos trae algo de comer y de beber —informó Alonso con naturalidad—. Adelante, Mateo —añadió, mientras abría la puerta—, puedes pasar a servirnos.

—Os he traído un guiso de liebre recién hecho. Supongo que os agradará.

—Si sabe tan bien como huele —aventuró Alonso—, no nos defraudará. En cuanto al vino —explicó a los otros—, es de la casa y no lo hay mejor en toda la plaza y alrededores.

—Don Alonso es muy generoso —aclaró el hombre—, y, para mí, es ya como de la familia. Así que, a este respecto, no conviene hacerle mucho caso. De todas formas, se agradecen los elogios. Quedad con Dios y buen provecho.

En cuanto se fue el tabernero, los dos muchachos se abalanzaron sobre la liebre como si llevaran varios días sin probar alimento. Tenían tal destreza devorando tajadas y mondando huesos que muy pronto la cazuela se vio demediada. Tan sólo dejaban de dar bocados para besar las jarras. Así que Rojas no veía el momento de reanudar la conversación. Cuando, por fin, terminaron con lo suyo y buena parte de lo ajeno, se animó a sugerir:

—Ahora que los estómagos están llenos y las lenguas, según espero, más sueltas, tal vez podamos seguir donde lo dejamos.

—Por lo que hemos oído —comenzó a decir, inopinadamente, el que hasta entonces había permanecido callado—, el estudiante murió mientras jugaba, en acto de servicio, como quien dice, sin que ninguno de los allí presentes le hiciera nada. Acababa de recoger los naipes que le habían tocado en suerte, y, cuando los estaba mirando, se desplomó sobre la mesa. El coimero, al ver que no rebullía, lo examinó por encima, moviéndolo con un palo, y después mandó que lo sacaran a la calle, para evitar problemas con la justicia, como es costumbre en estas situaciones; de modo que lo que pasara después ya no es cosa suya.

—¿Y no se molestó en averiguar qué podría haberle sucedido?

—En tales casos, no suelen hacerse muchas averiguaciones. Cuanto menos se sepa del asunto, mejor para todos. Por lo demás, nadie dudó de que se tratara de una muerte natural.

—Pero yo sé que no lo fue —insistió Rojas.

—Como os he dicho —replicó el mozo, algo amoscado—, nadie lo tocó.

—Tal vez lo envenenaran —sugirió Rojas.

—Si fuera así —apuntó el otro—, podrían haberlo hecho antes de que entrara en el garito.

—O alguien podría habérselo dado sin que los demás se dieran cuenta de ello —razonó Rojas—. ¿Nadie notó nada extraño?

—Eso parece. De hecho, siguieron jugando, como si no hubiera pasado nada.

—En cuanto a la persona que os ha informado, ¿es fiable? —inquirió Rojas.

—Totalmente —confirmó el Gramático—. Y habéis de saber que se juega mucho al contarnos todo esto. Por eso hemos tenido que ofrecerle la mitad de lo que vais a darnos.

—Ya os dije que os pagaré bien, pero antes tenéis que decirme dónde está el garito y cómo acceder a él.

—No os lo aconsejo —le advirtió, tajante.

—¿Por qué?

—Porque sería peligroso para vos...

—Eso es cosa mía, ¿no crees?

—Y, sobre todo —añadió, suspicaz—, porque podrían sospechar que somos nosotros los que os hemos conducido hasta allí; y esto sí que es cosa nuestra.

—Si no me lo decís, seré yo mismo quien os delate.

—Entonces, ateneos a las consecuencias —amenazó el Bejarano, poniéndose en pie.

—Haya paz, haya paz —intervino el abogado—. Mirad —añadió dirigiéndose a los dos muchachos—; lo que os pide mi amigo es muy razonable, y él está dispuesto a cargar con los posibles riesgos del asunto, dejándoos totalmente al margen.

El Bejarano y el Gramático se miraron, sopesando mentalmente los motivos a favor y en contra. Rojas, por su lado, permanecía expectante.

—Se trata del *garito de en medio* —dijo el Gramático, por fin—. Lo llaman así por estar entre la iglesia de San Pelayo y la de San Isidro, en una casa de dos plantas que parece abandonada. Pero sólo podréis entrar si sois presentado por un asiduo, que es el que, si pasara algo, ya me entendéis, tendrá que responder por vos.

—Hablad entonces con vuestro amigo.

—No creo que se avenga —se resistió.

—Seguro que sabréis cómo resultar convincentes —insistió Rojas, haciendo sonar una bolsa de monedas.

—Y ahora que las cosas están claras —comenzó a decir el abogado—, enseñemos a nuestro buen amigo Rojas a jugar a los naipes.

—Antes querría que examinarais esta desencuadernada —les pidió Rojas, mostrándoles la baraja que había tomado prestada—, para ver si observáis en ella alguna cosa que os llame la atención.

Los dos muchachos la miraron con cuidado, por el anverso y el reverso, sin encontrar nada extraño.

—En un principio, no se aprecia nada —concluyó el Gramático.

—Nadie diría, pues, que son los naipes de un fullero, ¿no es cierto? Sin embargo, son del estudiante al que mataron —les informó.

—Eso no significa nada —replicó el Bejarano—; don Diego no era precisamente un mayordomo del naipe.

—Mi compañero quiere decir —aclaró el otro— que no era uno de esos tahúres que engañan a los otros preparando los naipes o trucando la baraja. Lo suyo era otra cosa.

—En los garitos, además —continuó el Bejarano—, no está permitido jugar con naipes propios. Éstos los pone la casa. Y, si alguien sospecha algo extraño, siempre puede pedir que los cambien por unos nuevos.

—Yo os enseñaré unos auténticos naipes de mayordomo —anunció Alonso, de repente—. Miradlos con atención. Me los dio un cliente al que libré de la horca en el último momento. Me aseguró muy convencido que a mí me traerían suerte, pues a él, con lo de haber salvado el cuello, ya se le había agotado. Si os fijáis bien —añadió, mostrándoles algunos—, en el dorso se aprecian unas pequeñas marcas o señales hechas con una aguja.

Tanto el Gramático como el Bejarano observaron los naipes con gesto de entendidos, pasando muy despacio la yema de los dedos por el lugar indicado.

—¿Y qué tipos de juegos hay? —preguntó Rojas, muy interesado, pues lo de las fullerías le parecía demasiado sutil para él.

—Por un lado, están los llamados *inocentes* o *de sangría lenta* —comenzó a explicar el Gramático—, porque es poco el dinero que en ellos se apuesta; la mayor parte de ellos son lícitos. Y, por otro, tenéis los *de estocada,* que son de mucho riesgo, puesto que las pérdidas pueden ser muy fuertes.

—¿Podrías citar algunos?

—Entre los primeros, los más conocidos son la *treinta y una,* las *quínolas* y el *quince;* y, entre los segundos, están el *parar* o *andaboba* y el *siete y llevar.*

El resto de la tarde lo pasó Rojas aprendiendo las reglas y peculiaridades de los distintos juegos, así como algunos consejos para reconocer los ardides y las fullerías propios de la ciencia vilhanesca. Al final, jugaron unas manos de prueba en las que Rojas resultó ganador.

—Eso se llama la suerte del principiante —comentó el Gramático, un tanto molesto—, y no conviene fiarse de ella —advirtió—, pues muchas veces es propiciada por los otros jugadores, para que el nuevo se confíe y acabe perdiéndolo todo.

—Gracias por el aviso, lo tendré en cuenta —dijo Rojas con ironía—. Creo que ya es suficiente.

—Un último consejo —apuntó el Bejarano—. En las casas de tablaje, no está bien visto que alguien lo deje cuando va ganando.

—Si es por eso, aquí tenéis vuestro dinero —indicó Rojas, mientras se lo alargaba—. Pero ahora tenéis que iros. Y no olvidéis hablar con vuestro amigo, para que me introduzca esta noche en el *garito de en medio.* Avisadme del lugar y la hora de la cita a través de Lázaro. Yo aguardaré aquí.

Capítulo 6

Ya había anochecido, cuando llegó Lázaro a la taberna, para decirle que un hombre lo aguardaba en la puerta del Sol. Sin perder un instante, fue a encontrarse con él y, tras ponerse de acuerdo en algunos detalles, accedieron al garito, que a esa hora estaba muy concurrido. A Rojas lo asombró ver la cantidad de gorrones y sanguijuelas que pululaba en torno a los jugadores. En primer lugar, estaba el coimero o dueño del garito, que, solícito, no paraba de moverse de un lado para otro, cuidando de que todo estuviera en orden. Luego, estaban sus ayudantes o colaboradores, atentos a cualquier gesto que él les hiciera. Entre éstos, se encontraban los ganchos y dancaires, encargados de traer gente nueva al garito y animarla a participar en el juego, y todos aquellos cuya misión era velar por la paz del garito, impedir la entrada a los que no fueran conocidos o no vinieran avalados por otro, reprimir los excesos, evitar las peleas y los robos y, desde luego, meter en cintura a los fulleros que no fueran de la casa.

En los garitos, era costumbre que los tahúres ganadores repartieran una parte del dinero conseguido entre aquellos que, de uno u otro modo, les habían prestado algún servicio, así como entre los mirones y pobretes que solían acudir a las casas de tablaje. A esto lo llamaban *dar el barato*. Entre los que lo aguardaban, estaba también el mozo encargado de ir a una taberna cercana a buscar comida o bebida para los tahúres. De esta forma, éstos no tenían que levantarse de la mesa ni dejar la partida en ningún momento. Incluso, había un mozo cuya única misión era acercarles la bacinilla a los jugadores para que pudieran hacer sus necesidades sin moverse del sitio. Tan arrebatados estaban por los naipes que parecía que lo demás no existía.

Rojas lo contemplaba todo con fingida naturalidad. Pero lo cierto es que, desde que había entrado en el garito, estaba muy inquieto, pues el coimero no le quitaba ojo. Seguramente, estaría calibrando su conocimiento de los naipes o la capacidad de su bolsa o tal vez su experiencia en el mundo del juego. En un principio, como buen neófito, Rojas no se desenvolvió mal, pero enseguida las cosas cambiaron. Parecía como si los demás jugadores se hubieran puesto de acuerdo para desplumarlo como a un pollo metido en corral ajeno.

Entre los asistentes, no se admitía ninguna conversación que no tuviera que ver con el juego; de modo que, cada vez que intentaba hacer alguna pregunta o comentario sobre el asunto que en verdad le interesaba, sus compañeros miraban hacia otro lado o cambiaban de tema, el coimero lo censuraba con la mirada y los ayudantes se removían en sus asientos. A Rojas no le cabía duda de que si seguía intentando hacer averiguaciones, acabarían echándolo del garito sin ningún miramiento. Por otra parte, no tardó en perder todo el dinero que llevaba consigo. Así que aprovechó el momento en que el mozo tuvo que ir de nuevo al mesón para abandonar la partida.

—Está visto —se justificó— que esta noche no es la mía. Nos veremos mañana, si os parece oportuno.

—Por supuesto, seréis bienvenido —se apresuró a decir el coimero, que andaba todavía con la mosca tras la oreja, pero no quería renunciar a una presa tan fácil.

Cuando Rojas llegó a la calle, ya no se veía ni rastro del mozo. De modo que esperó a que éste volviera no muy lejos de la entrada al garito. Por fortuna, no tardó mucho en aparecer con una nueva provisión de vino y viandas.

—Aguarda un momento —le dijo Rojas en voz baja, en cuanto lo tuvo cerca—, necesito hablar contigo.

—Ahora no tengo tiempo —se disculpó el muchacho, con miedo—. Arriba me aguardan, ya lo sabéis.

—Tan sólo quiero hacerte una pregunta. ¿Estabas tú aquí la noche en que murió el estudiante?

—No sé de qué me habláis.

—Del estudiante que encontraron en la tinaja.

—Yo no sé nada de eso, señor.

—¿Estás seguro?

—Totalmente; llevo muy poco tiempo en este garito.

—¿Y qué pasó con el mozo que te antecedió?

—Tan sólo sé que dejó de venir, y me trajeron a mí en su lugar.

—¿Por qué motivo?

—Lo ignoro.

—Pero seguro que a él lo conoces, ¿no es cierto?

—¿Y por qué había de conocerlo?

—Porque, si no fuera así, no estarías tan asustado.

—No lo estoy —replicó.

—Entonces deja de temblar.

—Tengo frío —mintió.

—Para frío, el que vas a pasar en la cárcel, si no me dices la verdad.

Cuando el mozo oyó la amenaza, se le redoblaron los temblores. Por un momento, debió de pensar en arrojarle a Rojas todo lo que llevaba encima y salir corriendo, pero enseguida cambió de parecer.

—Acude a buscarme por la noche —balbuceó, por fin—, para saber si, en el garito, han dicho algo acerca de él.

—¿Y han comentado algo?

—Que yo sepa, no.

—¿Qué es lo que le preocupa a tu amigo?

—No es mi amigo —protestó—. Y él nunca me lo ha contado. Pero seguro que tiene que ver con ese estudiante por el que preguntáis.

—¿Y dónde soléis encontraros?

—Me espera en la iglesia de la Magdalena, cerca de la puerta de Zamora; yo vivo por allí.

—Está bien, puedes irte. Y no comentes nada de esto ahí arriba —le advirtió—, si sabes lo que te conviene. En el caso de que te pregunten por la tardanza, di que han intentado robarte la comida.

Cuando Rojas llegó al lugar indicado por el mozo, faltaba poco para que amaneciera. Se acercó despacio, dirigiendo la antorcha hacia la puerta de la iglesia.

—¿Hay alguien ahí? —preguntó.

No contestó nadie, pero Rojas no tardó en oír el ruido de una respiración agitada.

—Vengo de parte del mozo del garito —explicó—. Traigo un mensaje para ti.

—¿Ha pasado algo? ¿Alguien ha hablado de mí? —inquirió éste, asustado.

—Eso parece —mintió Rojas—. Pero no debes tener miedo; yo podría ayudarte.

Acuciado por el deseo de averiguar qué era exactamente lo que ocurría, el muchacho salió, al fin, de su escondrijo. Era más bien bajo y enjuto, con la cara picada de viruelas, y llevaba una capa tan raída y pequeña que apenas le protegía del frío.

—¿Qué es lo que vos sabéis? —se atrevió a preguntar.

—Sé que el estudiante murió envenenado y que, por fuerza, el tósigo tuviste que dárselo tú.

—¿Por qué habría yo de hacer eso? —replicó el mozo, dando un paso hacia atrás—. Don Diego era muy generoso conmigo.

—Yo no creo que tú lo envenenaras por propia iniciativa, pero es posible que alguien —se aventuró Rojas— te pagara para que lo hicieras, ¿no es cierto?

El muchacho estaba cada vez más confuso y asustado. Miraba a un lado y a otro, como si estuviera buscando el mejor camino para emprender la huida.

—Es cierto, ¿verdad? —insistió Rojas, cada vez más convencido.

—Yo no sabía que era veneno —explicó el muchacho por fin—. El hombre me dio unos polvos y me pidió que los echara en el vino, cuando don Diego me mandara a buscarlo a la taberna, como era su costumbre. Me aseguró que eso sólo lo dormiría un poco y así los otros podrían aprovechar para ganarle la partida; que se trataba de una broma entre compañeros de juego.

—¿Conocías a ese hombre? ¿Dónde lo encontraste?

—Era la primera vez que lo veía. Él me abordó en la calle; debía de saber que yo era uno de los mozos del garito.

—¿Y cómo era?

—La verdad es que no pude verlo bien, pues iba embozado. Sólo recuerdo que era alto y de modales corteses. Decía las cosas de tal forma que era muy difícil resistirse. ¡Cómo iba yo a desconfiar de él!

—¿Te dijo algo más?

—Me dio las gracias de antemano y me alargó unas monedas, con la promesa de que me entregaría otras tantas si todo salía bien, pero ya no lo he vuelto a ver. Recuerdo que, cuando las cogí, brillaban tanto en mi mano que parecían recién acuñadas.

—¿Y luego qué hiciste?

—Lo que él me había pedido. Cuando esa noche don Diego me mandó por vino, eché los polvos en la jarra y esperé a que se la bebiera, cosa que hizo de un solo trago. Pasado un rato, cayó sobre la mesa y dejó de rebullir. Al ver que el coimero lo daba ya por muerto, me asusté un poco y decidí escapar.

—¿Por qué no fuiste a denunciarlo ante un juez?

—Porque eso habría sido tanto como declararme culpable. En el mejor de los casos, me habrían condenado por cómplice, por más que yo dijera que no sabía lo que había hecho, ¿no creéis?

—Es muy posible —reconoció Rojas—. Pero estarás de acuerdo conmigo en que ahora tu situación se ha vuelto mucho más complicada. De todas formas —prosiguió—, yo podría interceder por ti, si tú a cambio me ayudas a encontrar al hombre que te pagó para que lo hicieras y te comprometes a declarar contra él en el juicio.

—¿Y si el hombre no aparece? —preguntó, cauteloso—. Prefiero arriesgarme y huir de nuevo. Dejadme pasar —le ordenó, amenazándole con un cuchillo mellado y con la punta rota que llevaba escondido entre las ropas.

—Si te escapas ahora o me haces algo —le advirtió Rojas—, el maestrescuela del Estudio mandará que te persigan hasta el mismísimo infierno.

—¿Y si el otro se entera de que lo estamos buscando e intenta matarme?

—Desde luego, ésa es una posibilidad. De modo que, para evitar riesgos, lo mejor será que te lleve a la cárcel del Estudio. Allí estarás más seguro y no tendrás que preocuparte de nada.

—¡¿A la cárcel?! —exclamó, sorprendido.

—Será sólo por unos días —le explicó Rojas—. Considérala como una especie de posada. Tendrás un techo y comerás caliente. Y allí nadie te tocará.

Capítulo 7

La noche había sido larga e intensa para Rojas. Después de dejar al muchacho a buen recaudo, se dirigió al Colegio de San Bartolomé para descansar un poco, pues llevaba ya muchas horas sin probar el lecho. Estaba a punto de dormirse cuando comenzaron a golpear con insistencia en la puerta de su celda.

—¡Fernando, Fernando! Despertad, soy Lázaro.

—Vuelve más tarde, que me acabo de acostar —consiguió balbucir.

—Es urgente —insistió el mozo—. Debéis acompañarme; han encontrado a otro estudiante muerto.

—Pero ¿qué estás diciendo? —preguntó Rojas, mientras se incorporaba y se dirigía a abrir la puerta.

—Lo que habéis oído. Y, si no os dais prisa, llegarán antes los alguaciles del Concejo.

—Pasa y cuéntame lo que sepas, al tiempo que me visto. Por cierto, ¿cómo has entrado en el Colegio?

—Ya os lo comentaré luego. Lo importante —añadió— es que acaban de descubrir un cadáver en una cuadra del mesón del Arco; está dentro de un serón, encima de una mula, como si fuera una carga.

Rojas sabía bien que en el mesón del Arco, al igual que en los situados en los alrededores de la calle de las Varillas, paraban los arrieros o recueros que prestaban servicio a los escolares de la Universidad. Su misión era transportar mercancías y dinero entre los diversos lugares de procedencia de los estudiantes y la ciudad de Salamanca; de ahí que su trabajo estuviera regulado por los estatutos del Estudio, que establecían, con claridad, quiénes podían ser arrieros y cómo debían éstos ejercer un oficio del que tantas personas e intereses dependían. De hecho, la mayoría de los arrieros estaban matriculados en el Estudio, para poder beneficiarse del fuero académico en el caso de que fueran víctimas de algún robo, obstrucción, engaño o maltrato, y garantizar así el desempeño de su importante tarea.

Cuando llegaron al mesón, los curiosos se arremolinaban ya delante de la puerta, preguntando qué había sucedido, quién era la víctima, cuándo y cómo lo habían hecho...

—Dejen paso a la justicia del Estudio —comenzó a gritar Rojas con tono imperioso.

Pero las voces no bastaron, y tuvieron que abrirse paso a empellones. Dentro del patio, encontraron a un arriero sentado junto al pozo. Tenía la mirada perdida y el gesto desolado, como si el mundo entero se le hubiera venido encima.

—¿Quién sois vos? —preguntó el mesonero, que estaba junto al otro, intentando reanimarlo.

—Soy el bachiller Fernando de Rojas y vengo de parte del maestrescuela, pues nos han dicho que la víctima es un estudiante.

—Así parece, por las ropas —confirmó el mesonero—. ¿Y ese muchacho?

—Es quien nos ha avisado. ¿Podríais decirme dónde está el cadáver?

En cuanto el arriero oyó la última palabra, comenzó a proferir maldiciones y a agitarse de forma violenta, como un poseso.

—Ahí dentro, en la cuadra, sobre una mula —respondió el mesonero, cada vez más alterado—. Y llévenselo cuanto antes, o perderé mi buena reputación y, con ella, toda mi clientela.

Desde la puerta, Rojas comprobó que la mula se había detenido en medio de la cuadra, como si estuviera esperando la llegada del arriero para ponerse en marcha.

Después, se acercó con cuidado y vio que, en efecto, el cadáver estaba embutido en un gran serón de esparto, colocado sobre las albardas del animal; la cabeza y los hombros, en un lado; los pies y las piernas, en el otro; mientras que el resto aparecía cubierto por una manta. En ese momento entró el arriero, algo más tranquilo, seguido del dueño del mesón.

—¿Es tuyo ese animal? —le preguntó Rojas al recuero.

—Ojalá pudiera decir que no lo es.

—¿Quién lo encontró así?

—Fui yo mismo, hace un rato. Iba a darles de comer a las mulas, cuando vi que una de ellas estaba ya aparejada para el viaje. Levanté un poco la manta y me encontré con lo que vos habréis visto mejor que yo, pues enseguida me alejé del animal para dar la voz de aviso.

—¿Os importaría ayudarme?

—Preferiría no hacerlo —contestó el arriero—, pero si de esta forma puedo conseguir que lo bajéis y dejéis, de una vez, libre al animal, contad conmigo.

—Lo mismo digo —añadió, por su parte, el mesonero.

—Tú, Lázaro, espera ahí fuera —ordenó Rojas—; será lo mejor.

Entre los tres retiraron el serón de la mula y lo depositaron en el suelo. Después, quitaron la manta y sacaron el cuerpo con cuidado. Cuando por fin pudieron verle la cara, descubrieron con horror que le habían sacado los ojos.

—¡Madre de Dios! —exclamó el mesonero, persignándose.

—¡Por los clavos de Cristo! —blasfemó el arriero, conteniendo a duras penas las arcadas.

—¿Lo conocíais?

—Todos aquí lo conocían —respondió el dueño del hospedaje—. Es el bueno de Pero Mingo, el que hacía pronósticos en el mesón.

Rojas se puso de espaldas a los dos hombres y se agachó, con disimulo, para examinar el cadáver. Dejando aparte las cuencas de los ojos, el cuerpo no presentaba ninguna otra herida. Después, le abrió la boca y comprobó con asombro que tenía la lengua negra e hinchada. De pronto, empezaron a oírse grandes voces en el patio; eran los alguaciles del Concejo.

—¿Qué ha sucedido aquí? —preguntó uno de ellos, asomándose a la cuadra.

El hombre tenía la voz gangosa, a causa de una lesión en la nariz, pues la llevaba vendada. De modo que Rojas supo enseguida quién era.

—Se trata de un estudiante muerto —contestó de forma escueta.

—¿Y vos quién sois?

—El ayudante del maestrescuela.

—¿Y se puede saber qué estabais haciendo junto al cadáver? —inquirió el alguacil.

—Evidentemente, estoy examinándolo, para tratar de descubrir cómo ha muerto —contestó Rojas con sequedad.

—¿Y no sería más bien que estabais ocultando alguna prueba?

—¡Qué sabréis vos de pruebas! —replicó Rojas, irritado—. No las veríais ni aunque os las pusieran delante de las narices, suponiendo, claro está, que las tuvierais, pues en mi vida he visto un alguacil tan romo.

El mesonero no pudo reprimir la risa, a pesar de la angustia que lo atenazaba.

—¡Daos preso! —se revolvió el otro—. Pagaréis cara vuestra impertinencia.

—Vos no tenéis autoridad para detenerme.

—Es posible que no, pero, a cambio, tengo varios hombres a mis órdenes y una espada deseosa de traspasaros.

—¿Y no tendréis por casualidad otra para mí? —se burló Rojas—. Con las prisas, me dejé la mía en la cámara.

—No pienso permitiros que uséis ninguna treta conmigo. A mí, mis hombres —les ordenó—. ¡Detenedlo!

Todos los alguaciles presentes lo rodearon con las espadas desenvainadas y dispuestos a usarlas. Por suerte para Rojas, en ese momento aparecieron los alguaciles del Estudio, que se situaron detrás de los del Concejo.

—Un momento, ¿qué sucede aquí? —preguntó el que los mandaba a voz en grito.

—Estos señores —explicó Rojas— quieren impedir que haga el trabajo que me tiene encomendado el maestrescuela.

—Eso es falso —replicó el alguacil—; el cadáver acaba de ser descubierto y no ha habido tiempo de que le hayan ordenado nada.

—Eso ahora no importa —repuso Rojas—. La víctima es un estudiante, y lo más probable es que su muerte tenga que ver con otro caso que estoy investigando.

—¿No será el del muerto de la tinaja? —preguntó con ironía el alguacil—. Sabed que ese muerto lo encontramos nosotros, y aún estamos esperando que descubráis algo.

—Por desgracia, carezco de vuestro olfato —apuntó Rojas con insolencia, provocando la risa de los alguaciles del Estudio.

—No pienso aguantar ninguna impertinencia más. ¡Detenedlo, he dicho! —añadió dirigiéndose a sus hombres.

—¡Alto ahí! —ordenó el que iba al frente de los otros alguaciles—. No podéis detenerlo. Este hombre es nuestro.

—No hagáis caso —rechazó el del Concejo—; sólo quieren burlarse de nosotros.

—Si no revocáis de inmediato vuestra orden, seréis vos el detenido.

—Adelante, venid por mí —lo retó.

—Vosotros, ayudadme a quitarle la espada y a prenderlo —ordenó el del Estudio a dos de sus hombres—. Los demás, mantened a raya a los otros.

—¿A qué esperáis para venir a protegerme? —gritó el que mandaba a los alguaciles del Concejo—. Y el resto, atacad de una vez.

Aunque los alguaciles de cada bando se resistían a acometer a los otros, para evitar una carnicería de incalculables consecuencias, la tensión se había hecho tan fuerte que en cualquier momento podía desencadenarse la batalla entre ellos; de hecho, todos aguardaban lo inevitable con las espadas en alto. Y así habría ocurrido si, en ese momento, no hubiera llegado el maestrescuela.

—Pero ¡¿qué ocurre aquí?! —preguntó éste, asombrado.

—Mucho me temo que nos encontramos ante un conflicto de jurisdicciones —le informó Rojas con tranquilidad.

—¿Por qué motivo?

—Ha aparecido otro estudiante muerto, y los alguaciles del Concejo no nos dejan hacernos cargo de él.

—¿Es verdad eso? —preguntó el maestrescuela al que dirigía a los otros.

—Aún no sabemos si el muerto era en verdad un estudiante.

—¡Yo mismo os informé! —le gritó Rojas—. Por otra parte, su muerte parece tener relación con la del otro escolar.

—¿Estáis seguro de ello? —inquirió el maestrescuela.

—Hay hechos que así lo confirman —confirmó Rojas.

—Aunque eso fuera cierto —repuso el alguacil—, debo señalaros que vuestro hombre me ha provocado de forma reiterada.

—Empezasteis vos, cuando me tratasteis como a un sospechoso.

—¿Y qué iba yo a pensar? Os encontré manipulando el cadáver.

—Eso es absurdo —protestó Rojas.

—Bueno, basta ya —cortó el maestrescuela—. Como representantes de la autoridad que sois, deberíais trataros con más respeto a partir de ahora y pediros disculpas mutuamente por lo acontecido. En cuanto al cadáver —sentenció—, nos corresponde a nosotros, por ser un estudiante y por su posible relación con el otro asunto. No se hable más.

—Esto no va a quedar así —protestó el alguacil—. Informaré de todo esto al Concejo.

—Andad con Dios. Si dentro de un momento todavía seguís aquí —le advirtió el maestrescuela—, os mandaré detener por desacato.

—Sabed que pienso denunciaros por abuso de autoridad —amenazó el otro, mientras se daba la vuelta para emprender la retirada.

—Haréis muy bien. Y ahora —añadió dirigiéndose a Rojas— vayamos a ver ese cadáver.

—Os aviso de que su cara es bastante desagradable.

—No creo que sea mucho peor que la de ese condenado alguacil.

—En eso tenéis razón —reconoció Rojas, riendo de buena gana.

No obstante, cuando estuvo frente a él, el maestrescuela tuvo que girar la cabeza y mirar hacia otro lado.

—¡Dios Santo! —exclamó—. ¿Quién ha podido hacer esta brutalidad?

—Mi opinión es que se trata del mismo que mató al otro estudiante.

—¿Lo decís por el ensañamiento?

—Y por un detalle aún más importante: los dos tienen la lengua negra e hinchada, lo que quiere decir que ambos han muerto envenenados, y con el mismo tósigo. Mirad —le dijo, mostrándosela.

—Es verdad —confirmó el maestrescuela, tras un breve vistazo—. ¿Y decís que el otro cadáver presentaba los mismos síntomas?

—Así es. También he comprobado —continuó— que los ojos le fueron arrancados después de muerto, al igual que ocurrió con las manos de la anterior víctima.

—¡Al menos les ahorraron ese sufrimiento! —exclamó el maestrescuela.

—Según creo, podría tratarse de una advertencia dirigida a terceras personas.

—Entonces, ¿estáis seguro de que ambas muertes están relacionadas?

—Las dos siguen un mismo patrón —explicó Rojas—, aunque con algunas variantes. Por eso, estoy convencido de que no se trata de dos crímenes aislados; y podrían no ser los únicos —añadió con gesto de preocupación.

—Que Dios nos coja entonces confesados. ¿Sabéis ya de quién se trata? —preguntó el maestrescuela.

—El mesonero lo ha reconocido. Al parecer, hacía pronósticos a sus clientes. La inoportuna irrupción de los alguaciles me ha impedido averiguar más.

—¿Y del otro caso qué sabéis?

—Lo primero que he averiguado es que don Diego era un tahúr.

—¡¿Un tahúr?!

—Y de los buenos. Según parece, murió envenenado en un garito de la ciudad.

—¡No puede ser! —rechazó el maestrescuela.

—Por lo que me han contado, un desconocido le dio unos polvos a uno de los mozos del garito para que se los echara en el vino, con la intención de dormirlo; de esta forma, los demás jugadores podrían aprovechar para ganarle, por fin, una partida, pues, por lo general, era imbatible y tenía fama de fullero.

—¿Fullero?

—Tramposo —aclaró Rojas—. Pero, por lo visto —continuó—, se trataba de un terrible veneno. Y el coimero o dueño del garito, en cuanto comprobó que estaba muerto, mandó que lo sacaran y lo dejaran en la calle, como es costumbre en tales sitios, para evitar problemas con la justicia.

—¿Y quién le cortó las manos a la víctima y la metió dentro de la tinaja?

—Eso es justo lo que me falta por averiguar, pero supongo que el mismo que mandó que lo envenenaran o alguno de sus cómplices.

—¿Qué pasó luego con el mozo del garito?

—Huyó, nada más ver lo que había sucedido, por temor a que lo inculparan. Por fortuna, di con él y ahora está a buen recaudo en la cárcel del Estudio...

—¿Y cómo es que no me habíais dicho nada?

—Ha sido esta misma madrugada. Después, he ido a acostarme, pues he pasado la noche en blanco y no podía ni tenerme en pie.

—¿Y os ha descrito al desconocido?

—No pudo verlo bien, pues iba embozado. Pero se ha comprometido a identificarlo, si damos con algún sospechoso.

—Pues procurad que sea pronto —lo apremió—; no podemos permitirnos que haya otra muerte.

—Lo cierto es que este nuevo crimen viene a complicar todavía más el caso —razonó Rojas—. Pero tal vez pueda arrojar nueva luz sobre el primero. Así que me ocuparé de ambos a la vez.

—Haced lo que estiméis más oportuno, pero quiero que me entreguéis un culpable enseguida.

Después de ordenar a sus hombres que se llevaran el cadáver, el maestrescuela se despidió de los presentes y se volvió al Estudio, donde, según comentó, le esperaban muchos asuntos que atender. Rojas, por su parte, entró a ver al mesonero, que andaba trasteando por la cocina, como si buscara algo útil que hacer, para no tener que darle más vueltas a la cabeza. Sin duda, estaba muy apenado y preocupado por lo que había ocurrido.

—¿Podéis hablar conmigo un momento? —le preguntó Rojas.

—Os mentiría si os dijera que lo haré con gusto —reconoció el mesonero—. Lo que más me apetecería ahora es meterme en la cama y levantarme dentro de tres días, cuando esta pesadilla haya concluido, pero no puedo hacerlo, pues yo soy el único patrón de esta nave...

—Antes me contasteis —lo interrumpió— que la víctima hacía pronósticos. ¿Queréis decir que era astrólogo?

—Eso y muchas otras cosas.

—¿De qué tipo?

—Según me dijo una vez, también era llovista.

—¿Llovista?

—Es aquel —explicó— que mediante el empleo de conjuros o artimañas pretende hacer llover a voluntad. Pero de esto no puedo dar fe, pues nunca lo vi.

—¿Y hacía mucho tiempo que paraba en vuestro mesón?

—Unos cinco meses. Aquí tenía techo, cama y comida casi de balde, pues atraía a muchos clientes con sus pronósticos. A los arrieros les decía si les iba a ir bien en su ruta o si iban a tener algún contratiempo, y qué podían hacer para evitarlo; y, por lo que luego podía oír, casi siempre acertaba. De modo que lo tenían en gran aprecio.

—¿Se le conocía algún enemigo?

—No, que yo sepa, a pesar de que los de su oficio siempre despiertan todo tipo de recelos y desconfianzas. Tal vez alguno le tuviera ojeriza por algo que hubiera dicho o hecho, pero no tanta como para matarlo de esa forma. Es cierto que, cuando llegó aquí, venía huyendo de Alba de Tormes, donde, según me dijo, le habían pagado para que hiciera llover, y lo único que al parecer consiguió, tras muchos vanos intentos, fue que cayera una granizada de mil demonios. Y tan gruesos y duros eran los granos procedentes del cielo que algunos vecinos lo apedrearon con ellos hasta dejarlo maltrecho en medio del campo. Así que ya no volvió a esas andadas. En cuanto se repuso, optó por quedarse en mi mesón haciendo pronósticos; y, por mi parte, puedo aseguraros que nunca tuvo ningún problema con sus clientes, que eran también los míos.

—¿Sabéis si era estudiante?

—Él decía que estudiaba Leyes, pero yo nunca lo vi con libros, aunque conocimientos sobre ese y otros asuntos no le faltaban. Cuando la gente le preguntaba que dónde había aprendido a hacer sus pronósticos, él siempre contestaba que había estudiado en la Cueva de Salamanca, donde se había licenciado en nigromancia y otras ciencias ocultas. Pero nadie se lo creía; era demasiado bueno e inocente como para andar metido en esos antros. La prueba es que, en todo el tiempo que paró aquí, jamás se vio envuelto en una disputa ni engañó a nadie. Como os decía, los arrieros, que por lo general son gente ruda y de áspero trato, sentían por él gran admiración y respeto. Durante el tiempo que, entre viaje y viaje, tenían que permanecer en el mesón, los entretenía con toda clase de juegos y trucos dignos de un mágico: que lo mismo te sacaba una moneda de la oreja que se tragaba un huevo de gallina y, al instante, vomitaba un polluelo sin cáscara. Y lo hacía tan bien y con tanta gracia que nos tenía a todos embobados, con la boca abierta y los ojos como platos.

—¿Tendríais la bondad de enseñarme su habitación? Es por si encuentro algo que me permita aclarar su muerte —se sintió obligado a explicar.

—¿Y qué pensáis hallar que no sean las pocas prendas que poseía?

—Hasta que no lo vea, no sabré deciros.

—Acompañadme, pues —dijo el hombre, con resignación.

Tras subir varios tramos de escalera desgastados por el uso y horadados por la carcoma, llegaron a la última planta, la que estaba debajo del tejado, donde también tenían sus habitaciones las sirvientas y el mozo de la cuadra.

En la de la víctima reinaba un gran desorden: la cama estaba deshecha, el colchón rasgado, las mantas por el suelo, los arcones volcados, las ropas revueltas y los papeles rotos.

—Por lo que se ve —señaló Rojas—, alguien se nos ha adelantado.

—Esto ha tenido que ser obra del mozo de la cuadra —dijo el mesonero, encolerizado—. En cuanto le eche la mano encima, le haré confesar todo.

—No os precipitéis, señor, en juzgarlo —dijo de pronto una voz femenina desde el descansillo de la escalera.

Se trataba de una de las criadas del mesón, una muchacha joven y algo rolliza, de tez lechosa y semblante alegre y mofletudo.

—¿Y tú de dónde sales? —inquirió el mesonero con desconfianza.

—He visto que subíais y he venido a avisaros.

—¿De qué?

—De que el mozo no ha podido ser.

—¿Y por qué no?

—Porque he pasado la noche con él —confesó la muchacha, ruborizada.

—Conque ésas tenemos...

—¿Y no habéis oído nada en la habitación de al lado? —preguntó Rojas, antes de que se enzarzaran en una disputa.

—No, señor. Pero esta madrugada, cuando volvía a la mía —informó—, me encontré con alguien al salir.

—¿Y sabes quién era o qué hacía por aquí? —preguntó Rojas, interesado.

—Nunca lo había visto hasta entonces. Pensé que se trataba de un huésped nuevo que se había extraviado buscando su habitación. Así que lo mandé al piso de abajo. ¿Creéis vos que él fue el que mató a Pero Mingo?

—Podría ser.

—¡Ay, Dios mío! —exclamó la muchacha persignándose.

—Por eso, necesito que me lo describas.

—Recuerdo que era corpulento e iba vestido como un arriero.

—¿Le viste la cara?

—Fue todo muy rápido y había poca luz, la del cabo de vela que yo llevaba, pues él no portaba ninguna.

—¿Y no te dijo nada?

—Creo que se disculpó por estar aquí y luego se marchó corriendo escaleras abajo. ¡Cómo iba a imaginar yo...!

—No le hagáis caso a esta golfa —intervino el mesonero con acritud—. Seguro que todo esto es un embuste para proteger a ese maldito mozo con el que se acuesta. Si a Pero Mingo lo mataron en la cuadra, ¿para qué iba a querer el criminal venir a su habitación?

—Tal vez para llevarse algo —intervino Rojas—. ¿No se os ocurre qué pueda ser?

—Me temo que no os podría decir; es la primera vez que entro en su cámara —dijo el mesonero mirando a su alrededor.

—Está bien —concluyó Rojas—. Si en estos días veis por el mesón a alguien o algo que os resulte sospechoso o recordáis cualquier cosa que pueda ser de interés, mandadme llamar. Me alojo en el Colegio Mayor de San Bartolomé. Y, por ahora, os ruego que no habléis con nadie de este asunto, ¿entendido?

—Así lo haré —respondió el mesonero—. Y tú —añadió, dirigiéndose a la criada—, más vale que también te apliques, si no quieres verte en la calle. Y ya hablaremos luego de tus andanzas nocturnas.

Capítulo 8

A esas horas de la mañana, la calle de las Varillas y alrededores estaba llena de estudiantes que acudían, alborozados y expectantes, a recoger las mercancías que les habían traído los arrieros desde sus respectivos lugares de procedencia o a contratar sus servicios para una nueva expedición. Algunos aguardaban impacientes, desde hacía horas, la llegada del dinero o la comida que les mandaban sus padres, pues, seguramente, llevaban días sin nada que comer. De repente, vio a Lázaro hablando animadamente con un recuero, al tiempo que compartían un trozo de hornazo. Esperó a que terminaran y luego se acercó a él.

—¡Hombre, Lázaro! —lo saludó—. ¿Dónde te habías metido?

—He estado escondido por aquí y por allá —le explicó—, para que no me viera el alguacil al que le rompimos las narices y se liara más la madeja. También he aprovechado para hacer algunas averiguaciones sobre el recuero que encontró el cadáver. Todos afirman que es buen cristiano, aunque un poco pusilánime, que no sé muy bien lo que quiere decir.

—Significa falto de ánimo o valor.

—Pues eso.

—¿Y de la víctima no te han hablado nada?

—Del muerto, curiosamente, todos hablan bien. Y también coinciden en que Pero Mingo no era su verdadero nombre.

—Eso era fácil de imaginar —comentó Rojas—, pues Pero Mingo suele ser un apodo. ¿Y no te han dicho cómo se llamaba en realidad?

—Uno de los recueros me ha contado que, en cierta ocasión, alguien en la calle lo llamó Juan Sánchez. El estudiante entonces se dio la vuelta y le dijo que ése no era su nombre. «¿No eres tú el hijo de Juan Sánchez el Morugo?», insistió el otro. Y Pero Mingo, de muy malos modos, le contestó que ese malnacido no era su padre, que lo dejara en paz. ¿Qué os parece?

—Que no debía de amar mucho a su progenitor —contestó Rojas con ironía.

—Merecido se lo tendrá. Seguro que es un ser vil y despreciable. Hay que serlo para que alguien del que todo el mundo habla tan bien lo repudiara de esa forma.

—Lo importante es que ya sabemos de quién era hijo y cómo se llamaba. Y todo ello gracias a ti, que, según parece, eres persona de recursos y tienes gran olfato para estas cosas.

—La calle enseña mucho —explicó el muchacho, sin darle importancia.

—Serías bueno haciendo pesquisas.

—¿Pesquisas, yo? ¡Ni por pienso! Tan sólo he pretendido serviros de alguna ayuda en vuestro trabajo, pues estoy en deuda con vos.

—Está bien, está bien —admitió Rojas entre risas—. Prometo entonces que no se lo contaré a nadie.

—¿Y a vos cómo se os ha dado?

—No tan bien como a ti. Primero, tuve un problema serio con los alguaciles del Concejo, sobre todo con uno que tenía malas pulgas y la voz gangosa.

—No me digáis más.

—Luego vinieron los del Estudio, dispuestos a enfrentarse con los otros, y, por fin, llegó el maestrescuela, que me sacó del enredo y consiguió que aquello no acabara en tragedia. Sobre la víctima sólo he averiguado que echaba pronósticos y vivía en el mesón.

—¿Y en qué consiste eso de echar pronósticos?

—Los pronósticos —recalcó Rojas— son conjeturas sobre lo que le va a suceder a alguien en el futuro o el tiempo que va a hacer y otras cuestiones que tienen que ver con la bóveda celeste.

—O sea: que era adivino.

—Algo así.

—¿Y cómo no fue capaz de adivinar su muerte?

—A lo mejor sí lo hizo, pero no le sirvió de nada.

—No os entiendo.

—Lo comprenderías si supieras que la muerte es algo inexorable.

—¿Y eso qué quiere decir?

—Que, cuando llega el momento, nadie la puede evitar ni ella se deja convencer con ruegos o promesas ni engañar con ninguna clase de ardid.

—¿Podríais ser más claro en vuestras explicaciones?

—¿Conoces, por casualidad, la historia de aquel guerrero árabe que, al salir de su tienda para ir a combatir contra los cristianos, se encuentra con la muerte y ve que ésta lo mira asombrada?

—No, no la conozco. ¿Cómo sigue? —preguntó el muchacho con interés.

—El guerrero, aterrorizado, montó en su caballo y huyó a galope tendido hacia la ciudad de Granada. Entonces, el rey Boabdil, que había contemplado la escena desde lejos, se dirigió a la muerte y le dijo: «¿Por qué le has hecho un gesto de amenaza a uno de mis hombres, cuando estábamos a punto de entrar en batalla?». «Te equivocas», le respondió la muerte; «yo no le he hecho un gesto de amenaza, sino de sorpresa, pues me ha extrañado mucho encontrarlo aquí, ya que esta tarde tengo una cita con él en Granada».

—Ya entiendo lo que queréis decir —asintió Lázaro—. Por mucho que intentes escapar de la muerte, ella siempre te dará caza a la hora señalada. Me recuerda mucho ese romance que dicen «del enamorado y la muerte».

—Eso es —confirmó Rojas, admirado por las palabras de su discípulo—. Ya veo que, además de despierto, eres un pozo de sabiduría popular. Pero hablemos de cosas menos tristes y, sobre todo —añadió—, intentemos salir de una vez de aquí, pues ya no hay quien pueda dar un paso.

—No sabía yo que hubiera tantos arrieros en Salamanca —comentó Lázaro.

—Ello se debe a que son muy necesarios para el Estudio. Sin su continuo trajinar de un lado para otro los estudiantes apenas podrían subsistir.

—Ahora entiendo por qué se dice: «Estudiante sin recuero, bolsa sin dinero».

—¡Amigo Rojas —gritó de pronto una voz a sus espaldas—, cuánto tiempo hacía que no nos encontrábamos por aquí! ¿No habréis cambiado de arriero?

El que así hablaba era un recuero con la piel llena de arrugas y curtida por el sol y las adversidades.

—¡De ningún modo, amigo Mateo! —aseguró Rojas, dándole un abrazo.

—¿Entonces?

—Veréis. Hace tiempo que le pedí a mi familia que dejara de mandarme comida y dinero, pues a ellos, sin duda, les hace más falta que a mí. Y, como sólo nos escribimos de Pascuas a Ramos...

—¿De modo que os va bien? —se interesó el hombre.

—No puedo quejarme.

—¿Y este mozo que os acompaña? ¿No será vuestro capigorrón?

—Ya sabéis que yo no lo necesito ni puedo permitírmelo.

—¿Qué quiere decir eso de capigorrón? —preguntó Lázaro, con fingida ignorancia.

—Es el criado —explicó Rojas— que le lleva a clase el cartapacio, con los bártulos y el tintero, a su señor, le coge sitio en el aula y le calienta el asiento, si es necesario, con sus nalgas.

—Y, de paso, asiste a las lecciones del Estudio, con más provecho, por lo general, que su amo —completó el recuero.

—Es mi amigo Lázaro de Tormes —aclaró Rojas—. Y él es Mateo Hernández, mi antiguo recuero —añadió, dirigiéndose al muchacho.

—Para serviros —dijo enseguida éste.

—Pues tanto gusto —lo saludó el recuero—. Aún recuerdo las primeras veces que Fernando y yo nos vimos en esta plaza —continuó el hombre—. Parece que lo estoy viendo. A él ya entonces le importaban bien poco la comida y el dinero; se iba derecho a los libros que le mandaba un canónigo de Toledo que lo quería mucho. ¿Os acordáis? —preguntó, dirigiéndose a Rojas.

—¡Cómo no me iba a acordar! Con él fue con quien aprendí las primeras letras —le comentó a Lázaro, un poco avergonzado por las confidencias del recuero.

—En La Puebla de Montalbán —prosiguió el arriero—, su madre siempre me pedía que le diera noticias de Fernando: que si tenía buen aspecto, si creía yo que comía bien o si pensaba que le faltaba algo. «¿Y por qué no se lo preguntáis vos misma en las cartas que le mandáis?», le respondía yo. «Pues claro que lo hago», me comentaba la buena mujer, «pero él nunca me contesta; ya sabéis que siempre anda enfrascado en sus libros. Temo que alguna vez se olvide hasta de comer o de dormir». Así que era yo quien tenía que decirle que, desde luego, tenía buen aspecto, aunque tal vez se le veía un poco pálido, pero que eso se le pasaría con unos días en La Puebla, durante las vacaciones. Y así la mujer se quedaba más tranquila y yo me iba más contento.

—Por eso, no es de extrañar —apuntó Rojas— que en las cartas nos refiriéramos a él como el tío Mateo.

—¡Ay, si yo os contara la de sobrinos que tengo repartidos por esos mundos! ¡Sabed que algunos son hoy grandes dignidades! Y pensar que a muchos de ellos les he tenido que sonar los mocos, cuando venían a buscar el avío.

—Si seguís así, vais a hacernos llorar —comentó Rojas con ironía.

—Es que son ya muchos años y muchas leguas las que llevo encima. Y aún me queda veros a vos hecho catedrático o consejero de los Reyes.

—Sentiré mucho defraudaros —bromeó Rojas.

—Ya me lo diréis dentro de unos años. Y ahora, si me lo permitís, debo atender a mis nuevos sobrinos. Andad con Dios.

—Lo mismo os digo, querido Mateo. Espero veros pronto.

—Y tú, Lázaro —le aconsejó el hombre—, no dejes de seguir los pasos de tu amigo. Mira que no hay mejor vida que la del estudiante ni más trabajada que la del arriero —añadió, entre risas.

Dicho esto, se puso a atender a los escolares que lo aguardaban dando gritos alrededor como polluelos hambrientos a la espera de que la madre les ponga en el pico la comida.

—¿Y bien? —le preguntó Rojas a Lázaro—. ¿Qué te ha parecido lo que ha dicho el arriero? ¿No te gustaría estudiar en la Universidad?

—Si os soy sincero —respondió éste de inmediato—, preferiría estudiar en otra clase de academias.

—¿Y qué academias son ésas? —quiso saber Rojas.

—Aquellas en las que te enseñan toda clase de oficios para vivir sin tener que trabajar.

—Extrañas academias son ésas, la verdad. ¿Y a qué oficios te refieres concretamente? —inquirió Rojas.

—Ya podéis imaginaros —respondió Lázaro, con gesto cómplice.

—¿No estarás pensando en las artes de Caco?

—No conozco a ese tal Caco ni lo he oído mentar nunca como maestro del oficio.

—Era un gigante mitológico que le robó a Hércules una recua de bueyes, haciendo que caminaran de espaldas hacia su escondrijo para que no dejaran huellas claras del delito.

—Pues sólo por esa treta bien merecía ser catedrático.

—De hecho, a los que se dedican a esos menesteres se les llama a veces con su nombre —explicó Rojas.

—No sabía yo que los ladrones tuvieran tan noble prosapia.

—Ni yo que hubiera academias de esas que dices.

—¡Cómo se ve que, al fin y al cabo, sois hombre de libros y apenas sabéis nada del mundo que pisáis! Si no fuera así —añadió Lázaro, muy solemne—, no ignoraríais que aquí en Salamanca se encuentran las más famosas, que, al mismo tiempo, son las más infames.

—Eso último no lo dudo. ¿Y crees tú que es necesario pasar por ellas para ejercer de maleante?

—Desde luego, no es obligatorio —explicó el muchacho—, pero sí muy aconsejable, pues no creáis que en esto de la delincuencia todo es llegar y poner el cazo. Antes tenéis que ir a rendirle pleitesía al maestrescuela de la academia y, una vez que se digne en daros audiencia, rogarle, encarecidamente y con el debido respeto, que os deje entrar en su hermandad. Éste os hará entonces un examen para ver qué cosas sabéis hacer y cuáles son vuestras aptitudes y credenciales. Si superáis la prueba, os otorgará el grado de aprendiz, con el compromiso de respetar a pie juntillas todas las costumbres, mandamientos y ordenanzas de la honorable cofradía. Y, durante el tiempo que dure el aprendizaje, no tendréis derecho a participar en los repartos de lo obtenido en cada jornada, salvo que se trate de ropa vieja o comida. A cambio, recibiréis, eso sí, las lecciones de los mejores titulados en cada género de robo, engaño y estafa. Y, de cuando en cuando, podréis asistir también a las lecciones generales del maestrescuela, que, aunque son menos provechosas para el manejo del oficio, son de mucha utilidad para conocer la filosofía de este peculiar negocio.

—¡A veces me maravilla oírte hablar! —exclamó Rojas, con sincera y renovada admiración—. ¿Y, en total, cuántas de esas honorables hermandades o cofradías hay en Salamanca?

—Ni más ni menos que dos, que, en connivencia con los dos bandos de la nobleza, se tienen bien repartida la ciudad, lo que no quita para que siempre anden a la greña por un quítame allá estas bolsas o un no me ocupes este sitio. Pero las dos tienen una misma sustancia y una divisa común: «Lo que naturaleza no te da, te enseñará a alcanzarlo la hermandad».

—¿Y viene mucha gente de otros lugares y reinos a estudiar en estas academias? —siguió preguntando Rojas, sólo por el placer de escuchar las respuestas.

—Tal es la fama de Salamanca que aquí llegan de continuo aspirantes de todos los sitios, aunque muchos lo hagan so capa de llevar a cabo otro tipo de estudios de más prestigio y consideración.

—Sin duda, la mayoría se matricula en la Universidad para poder gozar de las ventajas y privilegios de su fuero, e incluso para tener amparo en caso de ser perseguidos por la justicia del Concejo.

—Sabed que por aquí ha pasado la flor y nata de la delincuencia no sólo de Castilla, sino también de Aragón y de Sicilia, desde que reina en ella don Fernando el Católico, e incluso de otros lugares.

—Ya veo que conoces bien el asunto —declaró Rojas, sorprendido y un tanto admirado por el desparpajo de su protegido.

—Tanto que, en muy poco tiempo, alcanzaría, si me lo propusiera, el grado de licenciado —proclamó Lázaro con orgullo.

—Y el de doctor, faltaría más —añadió Rojas, con tono jocoso—. Pero, digo yo, ¿no sería mejor dedicar todo tu esfuerzo y tu inmenso talento a unos estudios que, además de sabiduría, te proporcionen honra y honor?

—¿Acaso con esas cosas se puede comer caliente todos los días? Porque, para pasar hambre o necesidad, mejor me quedo donde estoy.

Ante tan contundente respuesta, permanecieron los dos callados durante un buen rato. Al cabo del cual, Rojas volvió a preguntar:

—¿Y si te consiguiera una beca en algún colegio? Así comerías caliente todos los días y te convertirías en un hombre de provecho.

—¿Y yo qué tendría que hacer a cambio? —inquirió Lázaro, receloso.

—Bastaría con cumplir las reglas del colegio y asistir con regularidad a las clases del Estudio. No es difícil, te lo aseguro, y menos para un muchacho tan despierto como tú. Ser estudiante de la Universidad tiene, por otra parte, muchas ventajas, como bien sabes.

—Está bien, está bien —concedió—. Si tanto empeño tenéis, lo podría intentar. Pero, eso sí —advirtió de inmediato—, no os prometo nada.

—Me alegra mucho oírte decir eso —le confesó Rojas—. En cuanto resuelva este caso que tengo entre manos, hablaré de ello con el maestrescuela del Estudio.

Aunque aún no había comido, Rojas decidió pasar por San Esteban, no fuera a ser que fray Antonio volviera a enfadarse con él. Dado que en el convento no era muy bien recibido, y con el fin de evitar posibles incidentes, decidió entrar por el huerto, tras saltar, eso sí, el grueso muro que lo separaba de la calle y del arroyo de Santo Domingo; luego se dirigió a la celda de su amigo, confiando en que se hubiera retirado a dormir la siesta.

—Querido Rojas, ¿cómo estáis? —preguntó éste, sorprendido, cuando lo vio en la puerta—. Me alegra mucho que hayáis venido a visitarme. ¿Qué noticias tenéis?

—Lo cierto es que muchas, tal vez demasiadas —contestó Rojas, apesadumbrado.

—Y ya veo que no todas buenas.

Sin perder un instante, Rojas lo puso al corriente de sus hallazgos sobre la muerte de don Diego y la aparición del nuevo cadáver, lo que entristeció mucho a fray Antonio. Él también pensaba que los dos crímenes podían estar relacionados, pues parecía evidente que su autor seguía una pauta; la forma de matar, desde luego, era la misma y, en ambos casos, iba seguida de una profanación del cuerpo. Luego, también estaba el hecho de que el cadáver estuviera escondido, pero al mismo tiempo a la vista, como si se tratara de un juego o una especie de ritual.

—En el caso del tahúr —continuó Rojas—, parece evidente que, de una manera u otra, lo han matado por algo que tiene que ver con los naipes. Pero ¿por qué han podido matar a Pero Mingo o comoquiera que se llamara?

—Los echadores de pronósticos —explicó fray Antonio— son muy populares, pero también despiertan recelos y el rechazo de mucha gente, que ve en ellos un engaño o, peor aún, la sombra del Diablo.

—Vaya, tenía que salir a relucir —comentó Rojas, con resignación.

—¿De qué os extrañáis? Detrás de una mala acción, se supone que está siempre el Maligno, ¿no es así?

—Ya. Pero obrar bien o mal es cosa de cada uno —replicó Rojas—; para eso Dios nos hizo libres.

—Eso no quita para que podamos ser también un instrumento del Diablo.

—El caso es que —confesó Rojas, pensativo, como si acabara de recordar algo importante—, cuando le preguntaban a Pero Mingo que dónde había aprendido a hacer pronósticos, solía contestar que había estudiado en la famosa Cueva de Salamanca, donde se había licenciado en nigromancia. ¿Qué creéis vos que quería decir?

—Tal vez se tratara sólo de una broma o tal vez lo dijera para darse de alguna manera importancia.

—Pero vos sabéis, igual que yo, que todo eso de que el Diablo da clases de ciencias ocultas en la Cueva no es más que una leyenda.

—Lo importante, en cualquier caso —apuntó fray Antonio—, es lo que crean los demás. Y, según parece, cada día son más los estudiantes que se aprovechan de esas leyendas y de esos supuestos conocimientos para engañar a los pobres incautos. De hecho, algunos van en cuadrilla, de pueblo en pueblo, embaucando a la gente con todo tipo de embustes y embelecos. Y hasta los hay que fingen ser mágicos y van por las aldeas diciendo que son capaces de hacer llover o despejar el cielo, según convenga, hasta que el engaño se descubre y tienen que salir por pies.

—Por lo que me contó el mesonero, eso fue precisamente lo que le pasó a Pero Mingo hace algún tiempo.

—¿Lo veis? Eso demuestra que no era trigo limpio.

—¿Qué insinuáis?

—Que a lo mejor lo mató alguien a quien había engañado. Y lo mismo cabe decir de don Diego.

—Pero ¿por qué?

—Por aprovecharse de alguna ventaja o por hacer trampas, lo mismo da —contestó el fraile—. Se ve que al que lo hizo no le gusta nada esa gente que va por el mundo engañando a los otros, ya sea en la vida o en el juego.

—¿Estáis seguro de lo que decís?

—Naturalmente es tan sólo una hipótesis —reconoció fray Antonio.

—En ese caso, es mejor que me vaya a dormir.

El día, desde luego, había sido largo y agitado para Rojas, pero, cuando llegó al Colegio de San Bartolomé, aún le aguardaba otra sorpresa. El maestrescuela había dejado recado de que se pasara cuanto antes por la cárcel del Estudio. Aunque el mensaje era muy escueto, su tono apremiante no hacía augurar nada bueno.

En efecto, allí le contaron que alguien había matado a su principal testigo. A la luz de una antorcha, Rojas comprobó que la víctima había sido acuchillada. Por otra parte, el carcelero le aseguró que el muchacho estaba solo en su celda cuando lo mataron, y que nadie había entrado o salido de las dependencias después de la hora de comer. Sea como fuere, para Rojas estaba claro que esa muerte no entraba en la serie, pues tan sólo tenía una finalidad práctica. Quedaba por saber, eso sí, cómo el criminal había podido entrar en la cárcel, matar a su víctima dentro de su calabozo y luego huir sin ser visto por nadie.

Capítulo 9

A la mañana siguiente, Rojas no tardó en cobrar conciencia de que, por muy mal que fueran las cosas, éstas siempre podían empeorar. El día había amanecido frío y ventoso, lo que invitaba a quedarse junto al fuego o en la biblioteca del Colegio con un buen libro en las manos, algo que, por desgracia, él ya no se podía permitir. Acababa de oír misa en la capilla cuando vinieron a buscarlo de parte del maestrescuela con orden de llevarlo de inmediato a las Escuelas Mayores. Intentó averiguar el motivo, pero sus acompañantes le aseguraron que no sabían nada. En el claustro, lo aguardaba el maestrescuela, muy alterado.

—¡Ha ocurrido una gran desgracia! —se adelantó a decir, antes de que Rojas le preguntara—. ¡Han matado a otro estudiante, y esta vez en una de las aulas! Esto va a ser un escándalo —añadió, echándose las manos a la cabeza.

Mientras lo escuchaba, Rojas vio que en la puerta de una de las aulas del lado norte había varios alguaciles del Estudio haciendo guardia, para que no entrara nadie.

—¿Cómo os habéis enterado? —preguntó.

—Lo encontraron los escolares que tenían clase a esa hora.

—Me gustaría interrogarlos —solicitó Rojas.

—Los he mandado fuera para que no alboroten —le explicó el maestrescuela—. No obstante, ya hablé yo con ellos. Según parece, cuando llegaron al aula, las puertas estaban cerradas. Todos aseguran que oyeron ruido en su interior. De modo que intentaron abrirlas a la fuerza, pero, como no cedían, avisaron al bedel, que enseguida les franqueó la entrada, y descubrieron el cadáver. En el aula no había nadie más. Como bien sabéis, ésta tiene una puerta lateral que comunica con una sala contigua que no suele utilizarse. El bedel comprobó que no estaba cerrada con llave, por lo que cabe pensar que el criminal huyó por allí. Naturalmente, he mandado registrar la sala y las aulas más próximas, pero no hemos encontrado ningún rastro del mismo. Seguramente, aprovechó el desconcierto reinante para mezclarse con los estudiantes y maestros que se agolpaban en el claustro y salir luego a la calle sin que nos diéramos cuenta.

—¿Y nadie vio nada sospechoso? —inquirió Rojas.

—No, que se sepa.

—En fin, todo esto parece indicar que el homicida conoce muy bien las dependencias del Estudio y puede pasar inadvertido dentro de ellas.

—¿Creéis que podría tratarse de un estudiante o de un maestro? —inquirió el maestrescuela con asombro.

—Aún es pronto para decirlo. Ahora querría ver el cadáver. Pero no hace falta que me acompañéis. Pedidles a vuestros hombres que sigan buscando.

—Os lo agradezco; no podría soportar verlo otra vez. Lo más horrible —le informó con estupor— es que...

—... le han cortado las orejas.

—¡¿Cómo lo sabéis?! —preguntó, sorprendido.

—Como ya os dije —explicó Rojas—, el autor de estas muertes parece seguir una pauta.

—El caso es que ya han fallecido tres estudiantes —se lamentó don Pedro—, y eso sin contar al testigo que mataron dentro de nuestra propia cárcel. Estoy pensando pedirle al rector que se suspendan las clases.

—No creo que sea buena idea —advirtió Rojas—. Eso sería tanto como sembrar el terror en el Estudio. Y no creo que nuestro hombre mate al azar; seguramente tenga algún motivo para elegir a sus víctimas.

—Pero ¿cuánto tiempo tendremos que esperar? ¿Cuántos habrán de morir antes de que logréis detener al culpable?

—Os recuerdo que yo no me presenté voluntario para hacer este trabajo.

—Lo sé, lo sé —reconoció el maestrescuela—. Y no quiero que penséis que...

—De todas formas —lo interrumpió—, estoy haciendo todo lo posible por llevar esta nave a buen puerto. Tan sólo necesito encontrar algún vínculo entre esas tres víctimas para descubrir y detener al culpable.

—En ese caso, no quiero haceros perder más tiempo.

—Os mantendré informado, no os preocupéis.

El cadáver del estudiante se encontraba apoyado en la cátedra desde la que los maestros solían impartir su lección. Rojas subió con cuidado los peldaños que conducían a ella, como si temiera que de un momento a otro fuera a derrumbarse. Enseguida pudo comprobar lo que, en su interior, ya sabía: que las orejas le habían sido cortadas limpiamente, una vez muerto, y que la lengua estaba negra e hinchada. En el atril, halló un cartapacio con todos los papeles en blanco. Después, miró con cuidado entre las ropas de la víctima, pero no encontró nada. Sin embargo, descubrió algo que despertó su atención. Para cerciorarse, volvió a observar con cuidado la cara y las manos del muchacho; sorprendido, tanteó con cuidado por debajo de sus ropas. Los dos pequeños bultos que encontró bajo su camisa no dejaban lugar a ninguna duda. ¡Era una muchacha vestida con ropas de estudiante!

Mientras completaba su examen, oyó voces fuera del aula. Una de ellas le resultaba conocida. Por lo que pudo entender, se trataba del maestro que venía a impartir la clase, al que los alguaciles no querían dejar entrar. Al ver que éste protestaba, Rojas se decidió a intervenir.

—Os ruego le dejéis pasar —les gritó a los alguaciles—; necesito hablar con él. ¡Ah, sois vos! —exclamó al ver de quién se trataba.

Era fray Juan de Santa María, el nuevo catedrático de Prima de Teología, el mismo que había sustituido a fray

Tomás de Santo Domingo, cuya muerte había investigado Fernando de Rojas hacía apenas unos meses. Y, a juzgar por su gesto de sorpresa, el fraile también lo había reconocido.

—¿Puede saberse qué pasa aquí? —preguntó el fraile de manera autoritaria.

—Las preguntas, en este momento, las hago yo —aclaró Rojas—. ¿Teníais clase de Prima de Teología en esta aula?

—Por eso estoy aquí.

—¿Y por qué habéis llegado tan tarde?

—He tenido que atender cierto asunto en el convento, antes de salir, y me he entretenido un poco —se disculpó.

—¿Soléis empezar tan tarde vuestras clases? —inquirió Rojas—. Decidme la verdad.

—¿Por qué me lo preguntáis?

—Esta mañana han matado a un estudiante dentro del aula. Lo han encontrado sus propios compañeros, cuando el bedel abrió el aula, pues la puerta estaba cerrada.

—¡Por Dios Santo! ¡Cómo es posible...!

—Si no os importa —lo interrumpió Rojas—, me gustaría que lo vierais, para ver si lo reconocéis.

—¿Y por qué tiene que ser un estudiante de mi clase?

—Ésa es precisamente una de las cosas que quiero averiguar.

Rojas condujo a fray Juan hasta el fondo de la clase para mostrarle el cadáver, que había vuelto a dejar convenientemente arreglado y con el bonete puesto.

—Desde luego, su rostro me resulta familiar —informó el fraile—. Juraría que se trata —añadió, tras una pausa— de ese escolar tan taciturno que, por lo general, se sentaba en el rincón más apartado de la clase. Pero hace algún tiempo que no lo veía por aquí.

—¿Hablasteis alguna vez con él?

—Que yo recuerde, nunca vino al poste del patio, como es costumbre, para solicitar alguna aclaración.

—¿Podríais decirme si acudía con regularidad a vuestras lecciones?

—Como ya he comentado, tengo la impresión de que llevaba algún tiempo sin venir, pero no podría precisar cuánto. Al principio —añadió—, creo recordar que sí venía con frecuencia.

—¿Habíais notado algo extraño en él?

—¡¿Algo extraño?!

—En sus costumbres o en su manera de comportarse.

—Yo no permito comportamientos extraños en mis clases —proclamó el catedrático, subrayando sus palabras con el dedo índice de la mano derecha.

—Está bien —admitió Rojas—. ¿Cómo era la relación de la víctima con sus compañeros?

—Eso tendréis que hablarlo con ellos, ¿no creéis? Pero ¿por qué me hacéis a mí todas estas preguntas? —protestó, visiblemente irritado.

—Estoy buscando algún indicio para intentar atrapar al que lo ha hecho.

—¡¿Un indicio?! —exclamó—. Esto tiene que ser obra de un hereje o de un maldito converso —sentenció el catedrático, con ánimo provocador—. Y ahora, si me lo permitís, iré a ver al maestrescuela para saber qué ha dispuesto.

Rojas lo vio atravesar el claustro, con su andar arrogante y su gesto indignado, como si lo que de verdad le importara no fuera que hubieran matado a un escolar, sino el hecho de no poder impartir su clase.

Después de dar las debidas instrucciones a los alguaciles apostados en la puerta, Rojas se dirigió a la entrada de las Escuelas, para interrogar a los estudiantes que habían encontrado el cadáver. A esas alturas, tan sólo quedaban tres; los demás debían de haber aprovechado la ocasión para ir a jugar a la pelota o tal vez a los naipes. Cuando se acercó, vio que estaban conversando de forma animosa sobre lo que había sucedido.

—¿Podría alguno de vosotros explicarme qué tiene de apasionante la muerte de un compañero? —les preguntó.

—Perdonadnos si hemos podido dar una falsa impresión —comenzó a decir uno de ellos, con aire circunspecto—. Esta muerte nos ha sobrecogido a todos, desde luego, pero también nos tiene intrigados.

—¿Por qué motivo? —quiso saber Rojas.

—No sabríamos deciros exactamente. Para empezar —razonó el estudiante—, nos han desconcertado mucho las circunstancias en que se ha producido. Hay que ser muy osado para matar a un estudiante en un aula poco antes de que fuera a comenzar la clase. Si hubiéramos conseguido abrir la puerta enseguida, habríamos sorprendido al criminal *in flagranti delicto*. Pero se ve que se sentía muy seguro, a pesar de todo, y la prueba es que nos dio esquinazo.

—¿Sospecháis de alguien?

—No imaginamos a nadie con tanta sangre fría y capaz de semejante crueldad. Pero es evidente que tiene que ser alguien que conoce bien el Estudio.

—¿Y qué podéis decirme de la víctima?

—Poca cosa, la verdad. Hacía ya varias semanas que no venía a clase. Recordamos haberlo visto, sobre todo, en los primeros meses, pero de repente dejó de acudir; y justo cuando vuelve a aparecer...

—¿Sabéis cómo se llamaba, de dónde procedía?

—Va a ser difícil que encontréis a alguien que pueda responderos a eso —puntualizó otro estudiante—, pues nunca hablaba con nadie, ni siquiera cuando le preguntaban.

—Lo cierto es que era muy distinto a los demás —añadió el tercero, de forma inesperada.

—¿A qué os referís?

—No lo sé —contestó, encogiéndose de hombros—; tal vez fuera su manera de moverse, sus gestos, su cara, en fin, todo.

—¿Estáis de acuerdo? —preguntó Rojas a los otros dos.

Uno y otro asintieron, sin querer comprometerse demasiado.

—Y los demás compañeros, ¿qué pensaban?

—Más o menos lo mismo, supongo —prosiguió el otro—. Pero no creo que eso fuera motivo para matarlo, ¿no creéis?

—¿Recordáis haberlo visto hablar con algún maestro después de la clase?

—Ya os hemos dicho que no hablaba con nadie, y menos aún con los maestros.

—Está bien —admitió Rojas, resignado—. Si recordáis algo u os enteráis de alguna cosa por ahí que tenga que ver con la víctima, os ruego que vayáis a ver al maestrescuela. Él os pondrá en contacto conmigo.

Cuando Rojas volvió a entrar en las Escuelas, todo le daba vueltas en la cabeza: demasiados crímenes, demasiadas incógnitas, demasiadas sorpresas... Eran tantos los elementos que había que encajar que cada nuevo dato que aparecía amenazaba con destruir sus anteriores razonamientos. Resultaba todo tan enrevesado que temía que, en cualquier momento, el curso de sus ideas se detuviera, como ocurre cuando algo obstruye las ruedas de un mecanismo e impide que éstas sigan girando. Necesitaba poner en orden todo lo sucedido con la mayor presteza, y nada mejor para ello que hablar con fray Antonio. Pero antes tenía que ir a ver al maestrescuela. Lo encontró en su escritorio dando órdenes a sus alguaciles, al tiempo que consultaba con interés algunos papeles.

—Pasad, Rojas, y contadme lo que habéis averiguado —inquirió con interés.

—Todo parece indicar —comenzó a decir— que se trata del mismo *modus operandi*. La novedad es que, en este caso —titubeó—, la víctima ha sido una muchacha.

—Pero ¡¿qué estáis diciendo?! —exclamó el maestrescuela.

—Que bajo los ropajes de estudiante se ocultaba una mujer.

—¡¿Estáis seguro?!

—Totalmente —confirmó Rojas.

—¡Pero esto es lo peor que nos podía ocurrir! ¡Va a ser una catástrofe para la Universidad! ¡Qué van a pensar de nosotros ahora! ¿Habéis hablado con alguien del asunto? —preguntó, alarmado.

—Con nadie, no os preocupéis —lo tranquilizó Rojas—. Ni siquiera se lo he contado a fray Juan de Santa María, que llegó justo en el momento en que estaba examinando el cadáver.

—Acaba de pasar por aquí, muy ofendido por las preguntas que le habéis hecho. ¿Lo creéis acaso sospechoso?

—Para quien hace las pesquisas, todos pueden ser sospechosos, ya sabéis. Pero no creo que sea éste el caso. También he hablado con algunos de los estudiantes que encontraron el cadáver. Al igual que fray Juan, están convencidos de que se trata de un muchacho. Y, desde luego, yo no les he contado nada.

—Habéis hecho bien, hay que intentar que esto no trascienda.

—No sé si podremos evitarlo —objetó Rojas—, pues es preciso averiguar quién es la víctima y avisar a su familia.

—Me temo que su familia, en cuanto lo sepa —replicó el maestrescuela—, estará tan interesada como nosotros en que las circunstancias de esta muerte no se difundan.

—¿Tenéis noticia de otras muchachas que hayan acudido a clase vestidas de estudiante? —preguntó Rojas.

—Como sabéis, no llevo mucho tiempo como maestrescuela. Naturalmente, he oído hablar de algunos casos en el pasado, pero, según parece, se descubrieron pronto, sin que la cosa pasara a mayores. Por eso —añadió, en un susurro—, tenemos que ser cautos, pues ahora se trata de algo mucho más grave.

—Se hará lo que se pueda —prometió Rojas, escéptico.

Después de examinar detenidamente el cadáver de la víctima en el Hospital del Estudio, sin encontrar nada relevante, aparte de lo ya dicho, se fue a ver a fray Antonio de Zamora. Esta vez pudo entrar sin problemas por la puerta trasera del convento, aprovechando la llegada de varios carros cargados de leña recién cortada, con la que los frailes esperaban soportar el crudo invierno que atenazaba a la ciudad. Tras deambular un buen rato por los pasillos y claustros de San Esteban, procurando que los frailes no lo descubrieran, logró dar, por fin, con el hermano herbolario en la farmacia del convento. La mesa en la que éste laboraba estaba llena de tarros con todo tipo de mezclas, hierbas y potingues. También había almireces, redomas, balanzas y extraños utensilios que Rojas no había visto nunca, y, por supuesto, libros y papeles diversos. En medio de todo ese baturrillo, fray Antonio parecía feliz por primera vez en mucho tiempo.

—Se os ve muy animoso —le comentó Rojas—. ¿Se puede saber qué estáis haciendo?

—Estoy ordenando un poco todo esto, para cuando yo no esté ya en el convento. A vos, sin embargo, os noto de nuevo preocupado. ¿Ha pasado algo?

—El criminal ha vuelto a actuar —respondió Rojas con acento lúgubre.

—¡No es posible! —dijo el fraile—. ¿Por el mismo procedimiento?

—Me temo que sí —asintió.

—¿Alguna amputación?

—En este caso, le han cortado las orejas.

—¡Dios Santo! —exclamó fray Antonio—. De modo que ya no hay duda de que el homicida sigue una pauta.

—Eso parece. Sólo que ahora...
—Hay más cosas, ¿verdad?
—... la víctima —prosiguió— es una mujer.
—¡¿Qué me decís?!

Rojas le refirió todos los detalles sobre el cadáver, así como la conversación que había mantenido con los estudiantes, el catedrático de Prima de Teología y el afligido maestrescuela. Por otro lado, le comunicó que habían matado al antiguo mozo del garito en la propia cárcel.

—¡Es terrible, terrible! —exclamó fray Antonio, llevándose las manos a la cabeza.

—Por mi parte, debo confesaros que todo esto me resulta cada vez más inconcebible —abundó Rojas, con tono desesperado.

—Pero ahora no es momento de rendirse ni de desfallecer —lo animó el fraile—. Hay que pensar, hay que pensar.

—Ojalá bastara con pensar —se lamentó Rojas.

—En estos casos, dos cabezas piensan más que la suma de sus respectivos pensamientos —explicó el fraile—. Veamos. Está claro que la persona que buscáis conoce muy bien las dependencias del Estudio, incluida la cárcel, y puede moverse por ellas sin levantar sospechas.

—Eso parece.

—Por otra parte, no sé si os habéis fijado en que cada órgano o miembro arrancado a las víctimas tiene que ver con un determinado sentido corporal: el tacto, la vista, el oído...

El fraile se detuvo, buscando la confirmación de Rojas, que no tuvo más remedio que asentir.

—Si esto es como digo —continuó fray Antonio—, tan sólo nos faltarían el gusto y el olfato, o, lo que es lo mismo, la lengua y la nariz. ¿Me seguís?

—Os sigo, sí, aunque no me gusta el derrotero que lleváis.

—¿Por qué?

—Porque, si estáis en lo cierto, no resulta muy alentador todo eso que contáis.

—No os entiendo.

—Lo que quiero decir —explicó— es que parece que dierais por sentado que no podré atrapar al culpable antes de que lleve a cabo todo su plan.

—De ningún modo he pretendido daros a entender eso —protestó fray Antonio—. Tan sólo insinúo que nos enfrentamos a un hombre frío y sin entrañas, tal vez a un fanático o a un loco.

—¿Y qué me decís de la nueva víctima?

—¿Os referís al hecho de que fuera una muchacha?

—Así es —confirmó—. ¿Creéis vos que eso ha tenido algo que ver con su muerte?

—Es difícil de conjeturar, a falta de datos. Por otra parte, resulta evidente —razonó— que esa muchacha engañaba a los demás, puesto que fingía ser lo que no era; y eso es algo que, a mi entender, tiene en común con las otras dos víctimas.

—¿En qué estáis pensando exactamente?

—En que los tres hacían trampas, de una manera u otra. Y tal vez alguien haya querido castigarlos por ello.

—Ya veo que os aferráis a vuestra hipótesis.

—Reconoced, al menos, que, si fuera así, estaríamos ante una posible pista.

—No digo yo que eso no tenga sentido. Pero aún es pronto para afirmarlo. Volvamos, si no os importa, a la última víctima. ¿Habíais oído hablar de alguna mujer que se disfrazara de varón para poder acudir a la Universidad?

—Sin duda, no es la primera ni será la última, mientras los estudios estén vedados a las mujeres.

—¿Y conocisteis vos algún caso, cuando estabais en la Universidad?

—Cuando yo era estudiante, oí hablar de una monja franciscana de la que se decía que había asistido a varios cursos en esta Universidad y que iba a clase vestida de fraile, esto es, con el hábito de los franciscanos. Se llamaba Teresa de Cartagena y era de origen converso. Cuando se marchó de aquí, ingresó en el monasterio burgalés de Santa María la Real de Las Huelgas, de la orden del Císter, pues las franciscanas de Santa Clara de esa ciudad no quisieron readmitirla, no sabemos si porque se enteraron de lo que había hecho en el Estudio o por su condición de conversa. Según parece, al poco tiempo de entrar en Las Huelgas, se volvió sorda, lo que sus antiguas hermanas interpretaron como un castigo divino por haber asistido a clase en Salamanca. Inspirada por su dolencia, esta admirable mujer escribió un libro titulado *Arboleda de los enfermos,* del que me han hecho grandes alabanzas algunos de los que lo han leído.

—¡Un caso interesante! ¿En qué época fue eso?

—Hace cosa de medio siglo.

—¿Y no tenéis noticia de algún ejemplo más reciente, alguno que hayáis conocido vos de primera mano?

—¿Habéis oído hablar de Beatriz Galindo, a la que todos llaman La Latina?

—Algo he oído, sí.

—Teníais que haberla visto cuando yo la traté. Era una auténtica *docta puella.* Había nacido en esta ciudad en 1465. Su padre, Juan López de Grizio, era un hidalgo de origen zamorano que vivía en la calle del Ave María, al lado mismo de las Escuelas Menores, donde la pequeña Beatriz tenía, por así decirlo, su lugar de juegos. Al ver su notable disposición para el estudio, un tío suyo le había enseñado la gramática latina a una edad muy temprana, y muy pronto empezó a leer, de corrido, a algunos autores de la Antigüedad. Pero era tal su vocación y deseo de saber que, nada más cumplir los catorce años, comenzó a asistir, en secreto, a algunas clases del Estudio; y lo hacía, según parece, «vestidita de varón», como la doncella guerrera del famoso romance. De esta guisa, parece ser que acudió a las lecciones del maestro Nebrija, al que tenía en gran estima y admiración, y de otros conocidos catedráticos de entonces, a los que causaba gran asombro su inmensa sabiduría y su enorme vocación.

»Sus padres, enterados de las andanzas de doña Beatriz, intentaron disuadirla, por todos los medios, de que acudiera a las aulas. Con este fin, contrataron a un maestro recién llegado de Bolonia. Pero, por lo que se ve, no era suficiente para ella, ya que sabía tanto como su preceptor; así que la muchacha aprovechaba cualquier descuido para volver a las andadas. Al final, sus padres decidieron que profesara en un convento, pues de esta forma estaría a salvo de los peligros y asechanzas del mundo y podría darles alguna utilidad a sus estudios. Por otra parte, no hubieran podido dotarla como se merecía en el caso de que hubiera querido casarse.

»Por fortuna, en esa época, la reina Isabel oyó hablar de Beatriz Galindo a un hermano de ésta, secretario del príncipe don Juan, y la llamó a la corte para convertirla en su maestra particular de latín, incluso durante sus campañas guerreras, y, más tarde, en persona de confianza. Esto sería en torno a 1481, cuando la muchacha contaba sólo dieciséis años. Más tarde, se ocupó también de enseñar la gramática latina a las infantas y a algunas damas de la corte, lo que hizo que muchas otras quisieran imitarlas; de ahí que aprender la lengua del Lacio se haya convertido hoy en una costumbre entre las mujeres de la nobleza. Ya sabéis lo que se dice por la corte: "Jugaba el Rey a los naipes, todos éramos tahúres. Estudia la Reina ahora, todos somos escolares".

»Pero lo más admirable es que a Beatriz Galindo aún le ha sobrado tiempo para escribir algunas obras, como *Notas sabias sobre los antiguos*, *Comentarios sobre Aristóteles* y *Poesías latinas*. Por eso, no es de extrañar que, espoleadas por su ejemplo, muchas doncellas sueñen ahora con convertirse en maestras de gramática, y más aquí en Salamanca, donde vivió y estudió hasta no hace muchos años y donde no faltan buenos maestros, incluso en estos tiempos tan bárbaros, aunque para ello tengan que vestirse de hombre y poner en peligro su honra y el honor de su familia.

Mientras escuchaba a fray Antonio, Rojas no pudo evitar acordarse de las clases que él mismo había impartido hacía algunos años a la hermosa Jimena, por expreso deseo de su padre, y de cómo había terminado para él aquella gozosa y dolorosa aventura. ¿Habría seguido su antigua amada estudiando latín?

Capítulo 10

A pesar de los esfuerzos del maestrescuela, la noticia de la muerte de la muchacha no tardó en extenderse por la ciudad y aun fuera de ella, lo que enseguida dio lugar a todo tipo de rumores sobre la víctima y las circunstancias de su fallecimiento. Como Rojas ya había imaginado, no era ella la única que solía vestirse de estudiante para acudir a la Universidad. Aquí y allá, se empezó a hablar de otros casos, que hasta el momento habían permanecido ocultos. Según se rumoreaba, unas lo hacían por amor al estudio o simplemente por emular a las damas de la corte; otras, sin embargo, se disfrazaban por motivos menos honorables y con la complicidad de algunos estudiantes. Tanto el obispo como los miembros del cabildo estaban escandalizados, los habitantes de Salamanca no daban crédito a lo que oían y los responsables de la Universidad no sabían dónde meterse. A tal extremo llegó el asunto que hasta la propia Reina se interesó por el caso y mandó a la ciudad a un emisario para que hiciera las pesquisas oportunas.

Rojas, por su parte, intentaba permanecer al margen de todo aquello. Bastante tenía con encontrar a alguien que conociera a la víctima y que pudiera aportar algún indicio para resolver el crimen. Pero, hasta el momento, casi todos sus intentos habían resultado infructuosos. Lo único que había logrado averiguar era el nombre de una de aquellas traviesas muchachas. Se trataba de una doncella de noble linaje, llamada Luisa de Medrano, que al parecer vivía con un tío abuelo suyo, don Diego de Medrano, que hacía las veces de tutor, en la plaza de Santo Tomé, frente a la iglesia del mismo nombre. Y hacia allí encaminó sus pasos.

Tras dar con la casa, hizo sonar con fuerza la aldaba de la puerta. Una mujer de edad indefinida, probablemente el ama, le franqueó la entrada y lo condujo a una sala grande, cubierta de tapices. Eran escenas de la guerra de Troya. Mientras esperaba, Rojas se entretuvo en identificar a los personajes que intervenían en ella.

—Veo que estáis admirando mis tapices —dijo don Diego a modo de saludo.

Se trataba de un anciano de pequeña estatura. Tenía el pelo ralo y encanecido y la mirada perdida e inocente. Sus modales eran corteses, pero mostraba cierta negligencia en el vestido.

—Reconozco que estoy impresionado —admitió Rojas.

—Fueron elaborados con esmero en una de las mejores fábricas de Flandes —explicó—. Si se miran de forma sucesiva, girando con rapidez la cabeza en el sentido de las agujas del reloj, parece como si las figuras cobraran vida y movimiento ante nuestros ojos para mostrarnos el desarrollo de la batalla.

—Tenéis razón —confirmó Rojas, con sincero asombro, después de hacer la prueba.

—¿Y a quién tengo el honor de recibir en mi humilde casa? —preguntó el hombre, con la más exquisita gentileza.

—Me llamo Fernando de Rojas y actúo en nombre del maestrescuela del Estudio. Con vuestro permiso —continuó—, quisiera hablar con vuestra sobrina, doña Luisa de Medrano.

—¡¿Con mi sobrina?! —exclamó don Diego, sorprendido—. ¿Y con qué fin?

—No quisiera que os alarmarais —lo tranquilizó Rojas—. Tan sólo pretendo hacerle algunas preguntas.

—¿Tenéis acaso la intención de casaros con ella? —inquirió el hombre con seriedad—. En ese caso, habéis de saber que cualquier pregunta que queráis hacerle, tendréis que formulármela antes a mí, pues sólo tiene catorce años y está bajo mi tutela.

—No son ésas mis intenciones, os lo aseguro.

—¡Vaya por Dios! —exclamó el hombre decepcionado.

—Lo cierto es que ni siquiera la conozco —se justificó Rojas.

—¿Entonces?

—Veréis. Tengo noticia de que doña Luisa suele acudir a algunas clases del Estudio disfrazada de estudiante...

—¡¿Mi sobrina nieta, decís?! ¡¿Vestida de estudiante?! ¡¿En el Estudio?! ¡Ay, Señor, Señor, las cosas que hay que oír! ¡Pero quién me mandaría a mí hacerme cargo de esta muchacha!

—Comprendo vuestra sorpresa, pero no es eso, de todas formas, lo que ahora me trae aquí.

—¡¿Ah, no?! ¿Es que acaso ha ocurrido algo más grave? —preguntó don Diego, todo alborotado—. ¡Qué va a pensar su madre cuando se entere! Vamos, hablad, os lo ruego.

—Sabed que no he venido aquí para detenerla ni es mi intención denunciarla ni reprenderla. Tan sólo quiero hablar con doña Luisa acerca de un suceso que acaba de ocurrir en la Universidad, por si ella supiera algo.

—¿Y por qué iba a saber algo? ¿Es que acaso está ella envuelta en ese suceso que decís? Con razón afirman —se lamentó— que las desgracias nunca vienen solas. Y pensar que fui yo el primero que la alentó para que estudiara. Nunca, nunca podré perdonármelo. ¡Pero cómo iba a imaginar que su pasión por el latín la iba a llevar tan lejos!

—De todas formas...

—No sé si sabéis que ella es hija de mi sobrino Diego López de Medrano, a quien Dios tenga en su Gloria —continuó, sin que nadie ya lo pudiera interrumpir—, perteneciente a uno de los linajes más importantes de Soria. Por desgracia, mi sobrino murió hace apenas unos años en el cerco de Gibralfaro, en Málaga. Por decisión de los Reyes, su viuda, doña Magdalena Bravo de Lagunas, se trasladó a la corte con su hija mayor, Catalina, mientras que yo me hice cargo de Luis y de Luisa, que, desde muy pequeños, mostraron una gran afición por las letras. A ambos les enseñé latín, filosofía, matemáticas... Y juntos leímos a los grandes poetas e historiadores de la Antigüedad, hasta que llegó el momento en el que mis conocimientos y mi biblioteca se quedaron pequeños y yo ya no tenía nada que ofrecerles. Por fortuna, mi sobrino nieto pudo matricularse enseguida en el Estudio. Luisa, sin embargo, tuvo que conformarse con lo que le contaba su hermano, cuando volvía de las clases. Intenté poner remedio a la situación contratando a alguien que quisiera instruir a mi sobrina nieta. Pero ni yo soy rico ni es fácil encontrar a un maestro que pueda estar a su altura.

—Me hago cargo de lo que decís —lo interrumpió, por fin, Rojas—, y os prometo que intentaré ayudaros en cuanto me sea posible, pero ahora, si me lo permitís, debo hablar con vuestra sobrina. Es muy urgente.

—Está bien. Hablad con ella, si ése es vuestro deseo —concedió—. Pero no dejéis de advertirle de los peligros a los que se expone con su comportamiento. Amenazadla, si es preciso, con enviarla a la cárcel del Estudio, no, mejor a la del Concejo —se corrigió—, pues la otra, a lo mejor, le resulta apetecible. Seguro que a vos os hace caso. Yo ya no sé qué hacer, soy demasiado viejo y demasiado blando para ejercer de padre. Aguardad. Ahora mismo voy a buscarla.

Cuando el anciano abandonó la sala, Rojas suspiró con alivio. La conversación con don Diego lo había aturdido y abrumado un poco. Para distraerse, volvió a mirar los tapices. Primero de cerca y en detalle y, luego, de lejos y de manera sucesiva. Verdaderamente, eran prodigiosos.

—Ya veo que los tapices de mi tío abuelo os tienen encandilado —comentó la muchacha desde la puerta.

Aunque su tutor le había dicho que tenía sólo catorce años, a simple vista parecía mucho mayor. Su aspecto era el de una joven desenvuelta y madura y, al mismo tiempo, desenfadada y risueña. Pero lo que más lo sorprendió fue su extremada hermosura. De ahí que, en un principio, no fuera capaz de comentar nada.

—Dice mi tutor que queréis hablar conmigo.

—Así es —balbuceó.

—La verdad es que no esperaba encontrarme con un bartolomico —señaló ella, tras reconocer sus ropas de colegial—. Me pareció entender que erais un simple alguacil del Estudio.

—En realidad, soy un pesquisidor al servicio del maestrescuela.

—¿Sois entonces de verdad colegial de San Bartolomé o se trata tan sólo de un disfraz?

—Vos deberíais saberlo, que sois la experta en disfraces.

—No sé a qué os referís —replicó ella, con fingida inocencia.

—De todas formas, ¿cambiaría eso las cosas?

—En lo que a mí se refiere, preferiría ser interrogada por un bartolomico.

—Entonces, estáis de suerte —le anunció Rojas.

—No sabéis cómo os envidio —suspiró doña Luisa—. ¿Es cierto que vuestro Colegio tiene la mejor biblioteca de la Universidad?

—Si no os importa, las preguntas, de momento, las haré yo.

—De acuerdo, de acuerdo. Yo sólo pretendía ser cortés con vos. Siempre he oído hablar con encomio de la biblioteca del Colegio de San Bartolomé, pero es posible que hayan exagerado un poco.

—Os aseguro que lo que os han dicho es verdad —se apresuró a decir Rojas, sin darse cuenta de que había caído en la trampa que hábilmente le había tendido la muchacha.

—Pues si es así, me gustaría mucho visitarla. ¿Tendríais vos la bondad de conseguirme una autorización? Consideradlo como una obra de misericordia; ya sabéis: «Enseñar al que no sabe».

—Lo haré encantado, si ése es vuestro deseo, pero a cambio me tenéis que prometer que no volveréis a las clases vestida de estudiante. Considerad esto también como una obra de misericordia: «Dar buen consejo al que lo necesita».

—¿Y quién os ha contado ese secreto? ¿Ha sido mi hermano Luis?

—Los que hacemos pesquisas no tenemos la obligación de revelar esas cosas.

—Ni yo de obedeceros a vos.

—Pero sí a vuestro tutor, al que, por cierto, tenéis muy disgustado, y, por supuesto, al maestrescuela del Estudio. Sabed que éste está tomando ya las medidas oportunas para que ninguna doncella vuelva a poner los pies en las aulas de la Universidad. Con ello —aclaró—, no se trata de cumplir los estatutos del Estudio, sino de poner a salvo vuestra vida y vuestra honra. Creedme, lo que hacéis es peligroso.

—¿Lo decís por lo que le ocurrió a esa pobre muchacha? —se le escapó a la doncella.

—Así es. ¿La conocíais? —preguntó Rojas, sin poder disimular su interés.

—¿A quién? —titubeó doña Luisa—. ¿Yo? ¡No!

—Decidme la verdad, es importante —insistió Rojas, muy serio.

—Me gustaría, pero no puedo hacerlo.

—¿Por qué?

—Porque hice juramento de no revelarlo a nadie.

—¿Es que no lo entendéis? —preguntó Rojas, indignado—. Estamos hablando de la muerte de una muchacha. ¿A quién estáis protegiendo con vuestro silencio?

—Ella no tiene culpa de nada —se apresuró a decir.

—¿Y quién es ella? —insistió Rojas—. No tengáis miedo de decírmelo. Si, como afirmáis, es inocente, no le va a pasar nada.

—Está bien, está bien; lo diré, ya que ése es vuestro deseo. Es doña Aldonza Rodríguez de Monroy. La muchacha que murió era una de sus criadas.

—¿Estáis segura de ello?

—A vos no hay quien os entienda —protestó la doncella—. Primero, me obligáis a que os lo diga, y, cuando por fin lo hago, no queréis creerme.

—¿Y por qué no ha denunciado su desaparición?

—Porque tiene mucho miedo de verse envuelta en este crimen —explicó—. Su familia no se lo perdonaría nunca. Es nieta de doña María de Monroy, más conocida como María la Brava; supongo que habréis oído hablar de ella. Y no quiero ni pensar en lo que harían los descendientes de esta buena señora si se enteraran de todo esto.

—Está bien. Contádmelo todo desde el principio.

La muchacha esbozó un mohín de disgusto, pero enseguida se lo pensó mejor y comenzó a hablar antes de que Rojas volviera a pedírselo:

—Aldonza y yo somos muy buenas amigas. No en vano las dos somos huérfanas de padre y aficionadas a las letras. Desde hace un tiempo, suelo visitarla para leer o estudiar juntas en su cámara, puesto que a ella no la dejan salir a la calle, salvo para asistir a los oficios religiosos, siempre acompañada, eso sí, por su madre, doña María, o por su hermano, don Gonzalo Rodríguez de Monroy, con el que vive en una de las casas de esta misma plaza. Se ve que tienen mucho miedo de que pueda pasarle algo, pues, como sabéis, pertenecen a uno de los principales linajes del bando de Santo Tomé, también llamado de San Martín.

—¿Tan enconados están aún los ánimos? —preguntó Rojas, sorprendido—. Según he oído, hace ya tiempo que los dos bandos firmaron una tregua.

—En cualquier caso, éstas son heridas que tardan mucho en cicatrizar. Por otra parte, no es sólo de los de San Benito de los que tienen miedo, sino también de algunos miembros de su propio bando.

—¿Por qué lo decís? —preguntó Rojas, interesado.

—No os sabría explicar. Son historias de familia —añadió, con gesto de no querer hablar en ello— que, vistas desde fuera, no son fáciles de comprender.

—Está bien. Proseguid con lo que me estabais contando.

—Durante un tiempo, yo le enseñé a Aldonza todo lo que había ido aprendiendo con mi tío. En los momentos de descanso, las dos fantaseábamos con llegar a ser algún día como Beatriz Galindo, de la que tanto oíamos hablar aquí en Salamanca y de la que, de cuando en cuando, mi madre me enviaba alguna noticia desde la corte, donde reside. No podíamos imaginar mayor honor para una mujer que ser llamada a palacio para enseñarle latín a la Reina y ocuparse de la educación de las infantas y de algunas de sus damas más próximas. Lo malo era que, por el momento, nosotras no teníamos a nadie de quien poder aprender.

—¿Y cuándo se os ocurrió lo de disfrazaros de estudiante?

—Hace cosa de un año, cuando mi hermano Luis empezó a asistir a las clases del Estudio. Estaba tan desesperada por no tener nada que hacer que una mañana le dije a Aldonza: «¿Y por qué nosotras no podemos hacer lo mismo? Bastaría con recogernos el pelo bajo el bonete, oscurecer un poco la voz —esto último lo dijo con voz grave— y vestirnos con la casaca negra, la loba y el manteo». Parecía tan fácil que ese mismo día me puse manos a la obra. Lo primero que hice fue pedirle a mi hermano que me procurara algunas ropas y útiles de estudiante en la calle de los Serranos. Y lo demás fue coser y cantar. Así que, al día siguiente, en lugar de acudir a la casa de Aldonza, como era habitual, comencé a asistir a las lecciones del Estudio.

—¿Y vuestra amiga?

—Mi amiga, por desgracia, no podía acompañarme en esta empresa, ya que, como os he dicho, tenía prohibido salir de casa. Después de darle muchas vueltas, decidió mandar a Ana López, una de sus criadas de confianza, para que asistiera en su lugar, convenientemente ataviada de estudiante, y tomara buena nota de todo lo que el maestro dijera en clase. El arreglo no fue difícil, pues la propia Aldonza le había enseñado a leer y a escribir, en latín y en romance, y, además, le pagaba muy bien por ello. Por las tardes, solíamos vernos las tres en su cámara, para hablar de lo que se había dicho en las clases del día e intercambiar conocimientos y anécdotas. Sabed que a mí me interesan más las leyes, la gramática y la retórica..., mientras que a mi amiga lo que más le importa es la teología y la filosofía.

—¿Y qué pasó con la criada?

—No lo sé, la verdad. Os aseguro que, hasta entonces, no había habido el menor problema. Yo puedo dar fe de ello. Según Aldonza, cumplía su cometido a plena satisfacción, y a la muchacha, desde luego, se la veía encantada, pues su tarea no sólo le permitía aprender, sino también salir de casa.

—¿Sabéis si llegó a tener relación con algún estudiante?

—No lo creo. Las instrucciones de mi amiga fueron tajantes a este respecto.

—Y la familia de Aldonza, ¿creéis que pudo haber descubierto algo?

—Ella se habría dado cuenta. Os aseguro que todo este asunto se llevó con la máxima discreción.

—¿Sospecháis vos de alguien?

—Si fuera así, ya os lo habría dicho, ¿no creéis? —replicó doña Luisa.

—¿Sabéis si la criada tuvo algún percance?

—Ninguno, que yo sepa. Al principio, como es natural, se sentía algo incómoda y un poco intimidada; después, se fue acostumbrando. Pero nunca la vi preocupada.

—Y vos, ¿no habéis tenido miedo en ningún momento?

—En un comienzo, me hacía acompañar por mi hermano Luis, pero luego le fui cogiendo gusto y comencé a moverme por mi cuenta.

—¿Y qué me decís de las clases? —se interesó Rojas—. ¿Os resultaron atractivas?

—Bueno, no todos los maestros del Estudio brillan a igual altura, si bien es cierto que, como dijo Plinio de los libros, no hay maestro malo que no tenga algo bueno, al menos para mí. De todas formas, echo en falta a esos catedráticos de los que tanto he oído hablar, como el maestro Nebrija. ¿Lo conocisteis?

—Tuve la fortuna de asistir a sus clases, a poco de llegar a Salamanca.

—¿Y es verdad lo que dicen de él? —se interesó doña Luisa.

—No sé lo que se dirá ahora de él. Para mí, fue un gran privilegio escucharlo. Me quedaba tan embobado con sus palabras que me olvidaba de copiar la lección en mi cartapacio. Ciertamente, es una pena que tuviera que irse.

—Mi tío abuelo suele decir que se han ido los mejores.

—Eso mismo afirma un buen amigo mío de su misma edad. Pero algunos volverán, no os quepa duda.

—¿Y de qué me serviría, si no van a dejarme entrar en sus clases?

—Tal vez pueda encontrarse algún remedio para eso.

—¿Lo decís en serio? He oído comentar que una hija de Nebrija, llamada Francisca, piensa seguir los pasos de su padre y convertirse en maestra de gramática. ¿Creéis vos que le dejarán impartir clase?

—Esperemos que sí —le contestó, para no desanimarla—. Y a vos, ¿qué os gustaría cursar?

—Yo quiero estudiar Leyes.

—Pues ya somos dos.

—¿Estáis bromeando?

—Desde luego que no.

—¿Y tenéis pensado convertiros en catedrático del Estudio?

—Aún no lo he decidido.

—Ojalá pudiera yo tomar algún día esa decisión.

—Méritos no os iban a faltar, estoy seguro. Y ahora, si me lo permitís, debo ir a visitar a vuestra amiga Aldonza.

—Dejadme, por favor, que os acompañe —se ofreció doña Luisa.

—Es mejor que vaya yo solo —le aseguró Rojas.

—Entonces, no creo que os dejen entrar —repuso ella—. Su casa es una fortaleza inexpugnable para los hombres ajenos a la familia.

—Pero yo represento al maestrescuela de la Universidad.

—No creo que os convenga invocar esa clase de credenciales en esa casa —le advirtió—, podría ser peor para vos. Y, además, dejaríais a Aldonza en mal lugar. Su familia no tiene por qué saber lo que ha ocurrido.

—Entonces, ¿qué me aconsejáis?

—Que me dejéis ir con vos. Les diré que sois mi primo, el que estudia para clérigo, y que se trata de una visita de cortesía. Nadie desconfiará de mí, ya lo veréis.

Capítulo 11

A Rojas no le quedó más remedio que dejarse convencer por doña Luisa de Medrano. No se trataba sólo de que la muchacha pudiera tener razón, sino de su gran capacidad para persuadirlo con todo tipo de argumentos y razones, incluidos sus encantos personales, que eran muchos.

—Como sabréis, estamos en pleno territorio del bando de Santo Tomé —le informó, cuando salieron a la calle—, llamado así por la iglesia que se alza justo en medio de la plaza. En torno a ella, fueron construyéndose luego las casas y palacios de las familias más destacadas de esta parcialidad. Esa de ahí es la casa de los Rodríguez de las Varillas. Y, al otro lado de la plaza, haciendo esquina con la calle del Concejo, está el palacio de los Solís. Si os fijáis bien, justo debajo de aquella ventana tan hermosa y tan bien trazada, está el escudo de la familia, un sol radiante sostenido por dos salvajes, o lo que queda de él, pues fue destruido hace varios años por algunos partidarios del bando de San Benito. Según se dice por ahí, los Solís no han querido restaurarlo, para mantener viva la memoria de la afrenta. En cualquier caso, es una prueba más de que el sol de los Solís ya no brilla como solía.

—No sabía que fuerais tan ingeniosa —comentó Rojas entre risas.

—Ni yo que vos fuerais tan adulador —replicó doña Luisa, ruborizada.

—No era ésa mi intención, os lo aseguro —se disculpó él—. Pero decidme: ¿de qué linaje son esos escudos que lo flanquean?

—El de la derecha es de los Rodríguez de las Varillas, con quienes los Solís están emparentados, y el de la izquierda, de los Monroy, a cuya casa nos dirigimos ahora.

—¿Sabéis si vivió en ella doña María la Brava?

—Según me ha dicho Aldonza, fue su abuela la que la mandó construir; y luego su nieto don Gonzalo, hermano de mi amiga, la hizo reformar hace unos años. No es muy grande ni suntuosa, pero a mí me gusta mucho.

—¿Y los escudos que la adornan?

—El que está encima del balcón corresponde a los Enríquez de Sevilla, linaje al que pertenecía el marido de doña María; el de la izquierda es el de los Monroy y el de la derecha, el de los Maldonado. Estos dos se colocaron hace ocho años, tras el matrimonio de don Gonzalo con doña Inés Maldonado de Monleón, un enlace que, en su momento, dio mucho que hablar.

—¿Por qué motivo?

—Porque los Maldonado y los Monroy siempre fueron enemigos irreconciliables, ya que pertenecían a diferentes bandos.

—¿Es a eso a lo que os referíais con lo de historias de familia?

—Más o menos —contestó ella, quitándole importancia.

—Espero que doña Aldonza sea más explícita que vos —comentó Rojas, disponiéndose a llamar a la puerta.

—Antes de entrar en la casa, me gustaría mostraros algo en la iglesia de Santo Tomé —le pidió doña Luisa.

—¿No será una de vuestras tretas?

—¿Por qué decís eso? —le preguntó con fingida ingenuidad—. Estoy de vuestra parte, ¿o es que lo dudáis?

—De acuerdo —concedió Rojas—; vayamos antes al templo.

—Como podéis ver, es una iglesia más bien sencilla, como tantas otras de la ciudad; la diferencia es que ésta guarda una historia trágica en su interior. Esas de ahí son las tumbas de los dos hijos de María la Brava, don Pedro y don Luis, que fueron vilmente acuchillados por los hermanos Manzano, de los que eran muy amigos. Según parece, todo empezó por una disputa en el juego de pelota, cosas de muchachos en definitiva. En un lance, los Manzano porfiaron con el más pequeño de los Monroy, que en ese momento estaba solo, y, en el curso de la refriega, lo apuñalaron casi por accidente. Si los hechos hubieran quedado ahí, tal vez la cosa no hubiera trascendido demasiado. Pero los Manzano, temiendo que el mayor quisiera vengarse en cuanto se enterara de lo ocurrido, decidieron llamarlo para que viniera a jugar a la pelota, y allí mismo le dieron muerte, esta vez de forma premeditada.

»Perder de esa manera, y en un mismo día, a dos hijos varones es mucho más de lo que cualquier madre pueda soportar. No obstante, doña María se guardó su dolor y anunció que se retiraba, con veinte de sus hombres, a descansar en una de sus posesiones de Villalba de los Llanos. Pero sus verdaderas intenciones no eran otras que perseguir sin descanso a los que habían dado muerte a sus hijos. De modo que, en Villalba, trocó sus ropas de mujer por la armadura de caballero y se puso al frente de sus fieles servidores. Durante casi un mes, buscaron a los Manzano por tierras portuguesas hasta que dieron con ellos en un hospedaje cerca de Viseu. En plena noche, derribaron la puerta de la posada y se dirigieron a sus habitaciones sin darles tiempo a reaccionar. Doña María entró la primera y de un solo tajo le cortó la cabeza a uno de los hermanos; y lo mismo hizo con el otro. Cuando los demás quisieron darse cuenta, ella ya salía con los dos trofeos en su mano izquierda camino de Salamanca.

»Nada más llegar, lo primero que hizo fue acudir a la iglesia de Santo Tomé y depositar las cabezas de los Manzano sobre los sepulcros de sus hijos, a modo de ofrenda y en señal de desagravio por su muerte. Y ahí permanecieron varios días, sin que nadie, ni siquiera los familiares de los decapitados, se atreviera a quitarlas. El hecho conmocionó tanto a la ciudad que todo el mundo se encerró en sus casas, durante algún tiempo, por miedo a que se agudizara el viejo conflicto de los bandos.

—Los hechos que con tanta viveza me habéis relatado —comenzó a decir Rojas—, aunque todavía cercanos en el tiempo, nos hablan de una época muy oscura en la que los crímenes de sangre se resolvían siempre con una venganza o una ordalía. Eran tiempos, en fin, en los que la familia de la víctima podía tomarse la justicia por su mano sin tener que rendir cuentas a nadie; ya sabéis: ojo por ojo y diente por diente. O, en última instancia, apelar a una supuesta justicia divina, regida casi siempre por un ritual atroz.

—Por suerte, ahora son los jueces los que determinan quién es el culpable del delito y la pena que, según las leyes, debe recaer sobre él.

—Aunque no siempre es así, como muy pronto iréis descubriendo —puntualizó Rojas.

—Sea como fuere, mi amiga Aldonza vive todavía torturada por aquellos hechos y obsesionada por el espíritu vengativo de su abuela, con la que, por cierto, tuvo mucha relación durante su infancia; de ahí que a ella le interesen tanto la filosofía y la teología. Sin duda, busca respuestas a preguntas muy difíciles de contestar. Y más cuando se ha nacido en una familia que parece perseguida por la tragedia.

—Hablando de preguntas, es hora ya de que vayamos a ver a vuestra amiga.

Cuando los criados acudieron a abrir la puerta, doña Luisa se apresuró a decir que venía a visitar a doña Aldonza, en compañía de un primo suyo que estaba a punto de ser ordenado sacerdote, para mostrarle el maravilloso libro de horas que éste le había regalado. Después de ser recibidos e interrogados por la madre de su amiga, que se mostró recelosa y desconfiada, una criada los condujo a la cámara de la doncella.

—Querida Luisa, no sabes cuánto me alegra tu presencia —exclamó ésta, nada más ver a su amiga.

—Vos siempre tan gentil. Os presento a mi primo Fernando, ese del que tanto os he hablado, el colegial de San Bartolomé —añadió, guiñándole un ojo—. Ahora está de visita en mi casa y quería que lo conocierais.

—No recuerdo que me hayáis hablado de ningún primo —comenzó a decir doña Aldonza.

—Si no estuvierais siempre tan distraída —la interrumpió doña Luisa—, os habríais enterado de que mi primo ha estudiado Teología y está a punto de ser ordenado sacerdote. Pero, venid, dejadme que os enseñe el libro de horas que me ha regalado; seguro que ni la Reina tiene otro igual. Escuchadme —añadió en un susurro, cuando la tuvo cerca, a salvo de oídos indiscretos—. Se trata, en realidad, de un ayudante del maestrescuela, y debo advertiros que lo sabe todo. Pero, tranquilizaos, me ha prometido total discreción. Lo único que quiere es averiguar quién es el culpable de la muerte de Ana López. Y para ello necesita que le contéis todo lo que sepáis. Hablad con él, mientras yo distraigo a vuestra criada.

Doña Luisa cogió el libro de horas y se lo fue a enseñar a la criada con mucho encarecimiento. Doña Aldonza, por su parte, se ofreció a mostrarle a Rojas su pequeña biblioteca.

—No tenemos mucho tiempo. Decidme, ¿qué queréis saber? —le preguntó ésta en voz baja.

—¿Por qué no le comunicasteis a nadie que la muerta era Ana López, vuestra criada? —inquirió Rojas, sin más preámbulos.

—Porque no quería que mi nombre o el de mi familia se vieran implicados en ese oscuro asunto. Mi criada, además, no tenía parientes; si los hubiera tenido, yo misma me habría encargado de que los avisaran. Así que, fuera de nosotros, nadie la ha echado de menos. A mi madre y a mi hermano les he dicho que se había marchado a un convento de forma repentina. Para hacerlo más creíble, me deshice de todas sus cosas y preparé una carta de despedida en la que imité su letra, que conozco bien, ya que yo misma le enseñé a escribir.

—¿Sabéis si vuestra criada se vio envuelta en algún incidente dentro del Estudio?

—Ninguno del que yo tenga noticia. Era muy discreta.

—¿Os comentó si alguien del Estudio se había dado cuenta de que, bajo sus ropas de estudiante, se escondía una mujer?

—Nunca me dijo nada de eso. Y yo no creo que sucediera.

—¿Se os ocurre algún motivo por el que alguien quisiera matarla? ¿Tenéis algún sospechoso?

—No, por Dios. ¿Qué mal hacía? Y no me consta que tuviera enemigos o gente que la odiara o envidiara. Además... —se interrumpió.

—¿Sí?

—Hay algo que Luisa no sabe —prosiguió, por fin—. Desde hace algún tiempo, era yo, y no Ana, la que solía ir a clase vestida de estudiante.

—Vuestra amiga me ha dicho que tenéis prohibido salir de casa.

—Y así es —reconoció—. Pero nada resulta imposible cuando el deseo de saber es más fuerte que la obligación de obedecer, y se cuenta, además, con la complicidad interesada de las criadas.

—¿Y ese día?

—Ese día no me quedó más remedio que permanecer en casa —explicó—, pues tenía el mal que nos aqueja a las mujeres todos los meses. Así que le pedí a mi criada que fuera por mí.

—¿Os dais cuenta entonces de lo que esto significa? —se apresuró a preguntar Rojas.

—¿Queréis decir que el que lo hizo seguramente iba por mí? —preguntó, temerosa, al tiempo que su rostro palidecía.

—Eso me temo —confirmó Rojas.

—No creáis que no lo había pensado —reconoció Aldonza—. Y no podéis haceros una idea de lo culpable que me siento desde entonces. Si yo hubiera imaginado por un momento que la vida de Ana corría el más mínimo peligro...

—Lo sé, lo sé. Y, por eso, creo que no debéis torturaros. Ahora sois vos la que podría estar en peligro.

—No dejo de pensar en ello, día y noche.

—¿Y tenéis alguna idea de quién puede haber sido?

—Supongo que algún viejo enemigo de mi familia.

—¿Os referís a alguien del bando de San Benito?

—Supongo, no sé —titubeó—; lo más probable.

—No os veo muy convencida.

—Me han asustado tantas veces con la posibilidad de que eso aconteciera que ahora no se me ocurre otra cosa —reconoció—. Pero sigo sin poder entenderlo. ¿Por qué ese odio? ¿Qué les he podido hacer yo? ¿Para qué tanta venganza?

—¿Y no habéis pensado en contárselo a vuestra familia?

—Tan sólo serviría para provocar un escándalo y dar lugar a nuevas venganzas y derramamientos de sangre. Ya conocéis la historia de los Monroy.

—Comprendo muy bien vuestros motivos e intenciones —admitió Rojas—. No obstante, debo advertiros que este crimen no puede quedar impune. Mi obligación es averiguar quién lo ha hecho y tratar de evitar que haya otras víctimas. Llegado el caso, y para evitar males mayores, trataré de dejaros al margen hasta donde me sea posible. No puedo prometeros otra cosa.

—Eso es más de lo que me hubiera atrevido a pedir.

—Una última pregunta. ¿Encontrasteis algo entre las pertenencias de vuestra criada que os llamara la atención? ¿Algún objeto de valor, alguna carta?

—Nada, os lo aseguro.

—Está bien, lo dejaremos por ahora. Pero si recordáis algo que pudiera ser interesante para el caso, os ruego que os pongáis en contacto conmigo, en el Colegio de San Bartolomé.

—Así lo haré...

—¿Puedo yo hacer algo por vos?

—Ahora que sé que cuento con vuestra discreción, me gustaría hacerme cargo de los gastos del entierro de Ana y sufragar algunas misas para la salvación de su alma. ¿Podría arreglarse de alguna forma?

—Bastará con un donativo, enviado de forma anónima, al maestrescuela del Estudio. ¿Tenéis medios para ello?

—Por eso no os preocupéis. Os agradezco, de todo corazón, lo que estáis haciendo por mí. Pero ahora debéis iros; temo que mi madre se esté impacientando.

Justo en ese momento, se abrió la puerta y entró doña María, seguida de una sirvienta.

—¿No os lo decía yo?

Capítulo 12

Rojas estaba tan sorprendido con las nuevas averiguaciones que se fue a ver de inmediato a fray Antonio. Cuando llegó a San Esteban, tuvo que saltar de nuevo una de las tapias del convento, pues no confiaba en que los porteros avisaran a su amigo o a él lo dejaran entrar. Por fortuna, lo encontró en el huerto. Estaba hablando en ese momento con un hermano mucho más joven. Así que tuvo que esconderse detrás de un árbol y allí esperar a que el otro se fuera. Por sus palabras, Rojas dedujo que fray Antonio le estaba explicando a su discípulo cómo llevar la farmacia del convento, una vez que él se hubiera ido para emprender su anhelado viaje a las Indias. Pero la cosa iba muy lenta. Ni el herbolario parecía muy satisfecho con su futuro sustituto ni éste se mostraba muy atento a las lecciones que su improvisado maestro trataba de darle, lo que hacía que fray Antonio tuviera que repetir una y otra vez las diferencias entre las distintas hierbas y plantas. Estaba ya a punto de perder la paciencia cuando descubrió a Rojas, que estaba intentando llamar discretamente su atención.

—Y esto es todo por el momento —le dijo entonces al joven fraile—. Id ahora a vuestra celda y repasad el Dioscórides, que mañana os lo preguntaré.

Fray Antonio esperó a que el otro se alejara antes de acercarse al escondrijo donde lo aguardaba su amigo.

—Querido Rojas —lo saludó en voz baja—, nunca me alegró tanto veros por aquí. Ese inútil va a terminar de una vez por todas con mi paciencia. No quiero ni pensar en la escabechina que se va a armar aquí en cuanto ese zopenco se haga cargo de la farmacia. Por fortuna, para entonces yo ya estaré muy lejos —añadió, esbozando una sonrisa—. Vayamos, si os parece, a aquellas cuadras; allí no nos verá nadie y vos podréis entrar un poco en calor.

Por el camino, Rojas le fue relatando lo que acababa de averiguar sobre el caso, sin omitir nada, pues sabía de sobra que, con fray Antonio, todo lo que contara estaría tan a salvo como si se lo comunicara a un confesor.

—¿Pensáis entonces —preguntó el fraile, cuando Rojas concluyó— que a la criada la envenenaron y mutilaron por error y que a quien de verdad querían matar era a doña Aldonza Rodríguez de Monroy?

—Eso parece, sí.

—¿Y por qué motivo?

—Tal vez se trate de una venganza relacionada con la vieja querella de los bandos. No sé lo que pensaréis vos.

—La verdad es que hace ya mucho tiempo que apenas se oye hablar de los dichosos bandos, lo que no significa que ese espinoso asunto esté definitivamente enterrado; de hecho, de cuando en cuando, surge algún pleito o suceso que nos recuerda que, a pesar del tiempo transcurrido, eso sigue ahí.

—¿Cuánto hace que empezó este conflicto?

—¡Uf! Según parece, los bandos tienen su origen en la distinta procedencia de las familias repobladoras que se asentaron en Salamanca a comienzos del siglo XII. Los motivos de sus desavenencias tenían que ver, naturalmente, con la lucha por el poder y por la posesión de la tierra. Pero cualquier pretexto era bueno para poner de relieve sus diferencias e iniciar una nueva disputa. Después, la guerra entre Pedro I y Enrique de Trastámara propició la aparición de dos bandos enfrentados, dirigidos por los linajes de los Tejeda y los Maldonado, que apoyaban respectivamente a uno y a otro. Y, enseguida, esta escisión se fue extendiendo a toda la ciudad; de tal modo que, a finales del siglo pasado, Salamanca ya estaba dividida en dos grandes parcialidades.

—¿Y quiénes formaban parte de ellas?

—El bando de Santo Tomé o de San Martín estaba integrado, entre otros, por los linajes de Tejeda, Monroy, Valdés, Varillas, Almaraz, Puertocarrero, Solís y Vázquez Coronado. El de San Benito, por su lado, estaba compuesto por los de Maldonado, Manzano, Fonseca, Acevedo, Paz, Anaya, Pereira, Godínez y Ribas. Pero, como ya he dicho, este enfrentamiento no sólo afectaba a los caballeros y a sus escuderos, sino también al resto de la ciudad, incluidas la Iglesia y la Universidad. Al norte, tenía su asiento el bando tomesino, con las parroquias de Santo Tomé, San Martín, San Julián, Sancti-Spíritus, San Cristóbal, Santa Eulalia, San Mateo, La Magdalena, San Juan de Barbalos y Santa María de los Caballeros, mientras que al sur se encontraba el de San Benito, con dicha iglesia, la catedral, San Isidro, San Blas, San Juan del Alcázar, San Cebrián, San Polo, San Adrián, San Justo, Santo Tomás y San Román. Y, justo en el medio, entre las iglesias de San Benito y San Martín, se situaba el llamado Corrillo de la Yerba, que, durante mucho tiempo, representó la frontera entre los dos bandos, una auténtica tierra de nadie por la que estaba terminantemente prohibido pasar; de ahí que, hasta hace bien poco, en ella no haya cesado de crecer la hierba.

—Supongo que con el tiempo las cosas se irían calmando —aventuró Rojas.

—De ningún modo —aseguró tajante fray Antonio—. Y puedo dar fe de ello. Durante el reinado de Enrique IV, lejos de sosegarse, los ánimos parecían cada vez más soliviantados. Por entonces, todo eran muertes, secuestros, pillajes, desafíos, escaramuzas, ajustes de cuentas... Salamanca se había convertido en una ciudad sin ley y sin temor de Dios donde en cada esquina o en cada bocacalle podía acechar el peligro. Cuando se oían a lo lejos los cascos de los caballos, las madres salían corriendo a retirar a sus hijos de la calle, los vendedores abandonaban con presteza sus puestos y la gente se escondía en sus casas hasta que pasara el peligro. Incluso, algunos caballeros llegaron a reclutar a rufianes y delincuentes para que amedrentaran a los habitantes de una parte de la ciudad. Otros ni siquiera se privaban de perseguir a sus enemigos dentro de los templos, donde no era nada raro que entraran a caballo. Pero nadie se atrevía a levantar un dedo contra ellos o a negarles la comunión en las iglesias.

—¿Fue entonces cuando tuvo lugar la venganza de doña María la Brava?

—Lo de María la Brava no fue sino un episodio más. Visto desde fuera, parece algo propio de la Antigüedad pagana, pero resulta fácilmente explicable por el estado de tensión y violencia en el que vivía inmersa la ciudad en aquella época, hace unos treinta y cinco años. No fue ni mucho menos el suceso más terrible y sangriento, pues antes ya había habido muchas otras muertes trágicas y seguiría habiéndolas después, pero sí el más memorable y conmovedor. De hecho, estoy seguro de que, si esa brava mujer hubiera vivido en la antigua Roma, alguien habría escrito una obra glorificando sus hechos y poniéndola como ejemplo de matrona, amante de sus hijos y dispuesta a hacer lo que fuera por ellos. Yo era aún joven cuando ocurrió y puedo aseguraros que aquello nos impresionó a todos. Durante meses, no se habló de otra cosa en Salamanca, y no sólo en los mentideros o en la plaza pública; también en las aulas del Estudio y en los púlpitos de las iglesias. A la mayoría, el comportamiento de doña María les produjo una mezcla de admiración y terror. Pero no creo que ese suceso agravara de forma notoria el conflicto de los bandos, ya suficientemente enconado por entonces.

—¿Y qué pasó luego, en estas últimas décadas?

—Cuando comenzó la guerra dinástica entre los partidarios de doña Isabel y los de Juana la Beltraneja y el rey de Portugal, el bando de San Benito apoyó de forma decisiva a la primera, mientras que el de Santo Tomé se decantó por la parte contraria. Una vez ganada la ciudad de Salamanca para la causa de doña Isabel, algunos caballeros tomesinos fueron castigados con la muerte o el destierro y la mayoría fueron desposeídos de sus bienes y cargos. Los de San Benito, sin embargo, se vieron recompensados y favorecidos. No obstante, pasado un tiempo, los Reyes se dieron cuenta del grave peligro que entrañaba esta situación para la ciudad y pusieron todo su empeño en conseguir la reconciliación entre los bandos, procurando perdonar a unos sin provocar el descontento de los otros, cosa harto difícil, como imaginaréis. Con este fin, impulsaron la firma de una concordia ya en 1476, pero ésta no sirvió de mucho, la verdad; de hecho, los conflictos continuaron hasta que, en 1493, se firmó el definitivo acuerdo de paz. Naturalmente, esto no quiere decir que las diferencias entre los bandos hayan desaparecido. Basta con darse una vuelta por algunas reuniones del Concejo para comprobar que hay un odio larvado esperando el momento de salir a la luz. Por eso, yo que vos me andaría con cuidado cuando pasara junto al Corrillo de la Yerba.

Capítulo 13

Después de hablar con fray Antonio, la idea de que detrás de esas muertes pudiera esconderse una venganza fue tomando cada vez más fuerza. Sólo un motivo tan poderoso como ése explicaría algunos rasgos de esos crímenes, como la vesania, la premeditación y la crueldad con las que habían sido ejecutados y, por supuesto, su carácter casi ritual. Ahora ya no se trataba sólo de atrapar al criminal, sino de evitar a toda costa que llegara a cumplir sus propósitos, por las terribles e imprevisibles consecuencias que de ello se pudieran derivar. «Pero ¿por dónde empezar la búsqueda?», se preguntaba Rojas una y otra vez. Y es que el hecho de que esos crímenes pudieran tener algo que ver con el viejo conflicto de los bandos no facilitaba precisamente las cosas.

Al poco rato, comenzó a nevar. Primero, de una manera mansa y lenta; pero enseguida de forma más tozuda y continuada. Rojas pensó que nevaría de igual modo sobre los justos y sobre los injustos, las víctimas y sus verdugos, los culpables y los inocentes, los pecadores y los santos... Era como si la nieve todo lo igualara y todo lo cubriera con un manto piadoso, con una máscara que embellecía las cosas y las revestía de renovada inocencia, aunque por poco tiempo, pues esa blanca cobertura no tardaría en llenarse de pisadas, de roderas de carros, tal vez de manchas de sangre que ensuciarían la nieve hasta convertirla en oscuros charcos. Una vez más, la nieve venía a demostrar que la belleza y la inocencia eran algo efímero, pero también que la verdad, por mucho que se oculte, acaba siempre aflorando a la superficie.

De pronto, lo sacó de su ensimismamiento el sonido de unas campanas que parecían tocar a rebato. Era un toque agitado, apresurado y nervioso que indicaba que algo grave había ocurrido en alguna parte, no muy lejos de donde se encontraba. No tuvo que pensárselo dos veces. Se recogió un poco el manteo para ir más deprisa y encaminó sus pasos hacia esa llamada que, sin saber muy bien por qué motivo, creía destinada sobre todo a él.

Se trataba de las campanas del convento de Santa Úrsula o de la Anunciación de la Bienaventurada Virgen María. A pesar de la nieve que cubría la calle y que seguía cayendo sobre sus cabezas, muchos vecinos se agolpaban ya delante de sus muros. Seguramente, querían saber qué pasaba, cuál era el peligro, de dónde venía la amenaza. Por fin, se abrió la puerta y en el umbral apareció la hermana portera, con el rostro desencajado.

—En el convento —consiguió decir—, dentro del torno —precisó casi sin aliento, como si le faltara el aire—, hay un estudiante muerto.

—¡Por Dios Santo! —exclamaron los presentes al unísono, mientras se persignaban.

—Que alguien me ayude a sacarlo —rogó la abadesa, con un hilo de voz—, no quiero que las demás hermanas lo vean.

—Yo os ayudaré —se adelantó a decir Rojas—, soy el ayudante del maestrescuela del Estudio.

—Pasad, os lo ruego.

Una vez en el zaguán, Rojas pudo ver que el cadáver, hecho un ovillo, había sido empotrado dentro del torno. Se acercó a él con cuidado, como si temiera que, de un momento a otro, el mecanismo fuera a ponerse a girar. Enseguida comprobó que, en efecto, por sus ropajes y por su traza, podría ser un estudiante. Después, le levantó con cuidado la cabeza y vio que le habían cortado limpiamente la nariz. Por supuesto, tenía la lengua negra e hinchada.

La portera se había quedado cerca de la entrada, con la mirada perdida, como en trance. Rojas se aproximó a ella y comprobó que estaba temblando.

—Calmaos —le rogó—; contadme cómo descubristeis el cadáver.

—Recuerdo —comenzó a decir por fin la monja— que alguien hizo sonar con fuerza la campanilla que hay junto al torno. Yo me acerqué a ver qué deseaban. «Ave María Purísima», dijo una voz de hombre desde este lado. «Sin pecado concebida. ¿Qué queréis?», le contesté yo. «En el torno», me anunció con naturalidad, «he dejado un regalo para vuestro convento. Quedad con Dios». «Un momento, esperad, ¿quién sois?», le pregunté. Pero, al parecer, ya se había ido. De modo que hice girar el torno, y me encontré con lo que vos mismo habéis visto. Alarmada —añadió tras una pausa para recuperarse—, volví a girarlo, para que ninguna hermana lo viera, y, sin saber lo que hacía, me dirigí a la iglesia para tocar las campanas.

—¿Sabéis de quién se trata? —preguntó Rojas haciendo un gesto hacia el cadáver.

—Lo cierto es que no he llegado a verle bien la cara. Parecía como si se la hubieran golpeado.

—Le han cortado la nariz —le informó Rojas—, después de haberlo envenenado.

—¡Que Dios nos proteja! —exclamó la mujer, mientras se persignaba—. Pero ¿quién ha podido hacer esa barbaridad? ¿Y por qué aquí?

—Eso no podremos averiguarlo hasta que no sepamos quién es la víctima. Me imagino que estaréis muy alterada y que habréis sufrido mucho con todo esto, pero ¿no podríais hacer un esfuerzo más y echarle un vistazo? —le pidió Rojas.

—¿Y de qué serviría?

—Vos sois la hermana portera y a lo mejor lo habéis visto por aquí alguna vez.

—Lo haré —concedió— si me prometéis que no molestaréis luego a mis hermanas.

—Contad con ello.

La monja se dirigió entonces hacia el torno; lo hizo de forma resuelta, como si quisiera acabar cuanto antes con ese desagradable trámite. Rojas levantó de nuevo la cabeza del cadáver con el fin de que ella pudiera verle la cara. La mujer, sorprendida, intentó decir algo, pero su voz se quebró; después, se puso muy pálida y se desmayó. Rojas, azorado, salió a la calle para coger un buen puñado de nieve; ya dentro, lo apretó con fuerza entre las manos y se lo pasó a la monja por las sienes y la frente, hasta que recobró la conciencia.

—Ese hombre —exclamó casi sin fuerza—; llevaos a ese hombre.

—¿Lo conocéis?

—Ahora no puedo hablar; os ruego que lo saquéis de aquí. Su muerte —añadió, angustiada— podría abrir para siempre las puertas del mal, y eso sería una tragedia para este convento.

—Está bien, buscaré ayuda.

En la calle, nevaba cada vez con más fuerza. Desde el umbral, observó que los curiosos se habían refugiado bajo el alero que protegía el muro, en espera de acontecimientos. En ese instante, dobló la esquina de la calle un carro tirado por bueyes que transportaba una carga de leña. Sobre el pescante, venía un hombre cubierto con una capa gruesa de color pardo.

—Para, te lo ruego —le gritó Rojas.

El hombre detuvo el carro en medio de la calle y se quedó mirando a Rojas con gesto interrogante.

—Necesito que me hagas un servicio —continuó—. Soy el asistente del maestrescuela de la Universidad y debo transportar un cadáver con urgencia al Hospital del Estudio.

—Ahora estoy ocupado —se excusó el hombre—; tengo que ir a llevar esta leña a la puerta del Sol, antes de que se eche a perder del todo.

—Eso puede esperar —le replicó Rojas—. Yo no te entretendré mucho y te pagaré por ello.

—Me parece muy bien, pero yo no quiero llevar muertos en mi carro —objetó el hombre—. ¿Quién me dice a mí que no es un apestado?

—A éste lo han envenenado, te lo aseguro. Y supongo que no querrás que su presencia siga turbando la paz de este convento. Si tú me ayudas, las monjas te lo agradecerán rezando por ti y por toda tu familia. Mira que, si no lo haces, podrías condenarte por los siglos de los siglos.

—Está bien, está bien —transigió el hombre, apesadumbrado—. Los clérigos siempre sabéis cómo convencernos.

—Yo no soy clérigo, soy estudiante —repuso Rojas.

—Para el caso, lo mismo da.

El hombre acercó, por fin, el carro a la puerta del convento y se bajó para ayudar a Rojas. Entre los dos sacaron el cadáver del torno, lo trasladaron a la calle y lo colocaron junto a la leña. Los curiosos se habían ido arremolinando alrededor del carro. Cuando vieron de cerca la cara del muerto, comenzaron a santiguarse y a murmurar entre ellos.

—Oídme bien —gritó de pronto un hombre que se había subido a un poyo que había junto al muro—. Esta muerte confirma que el Ángel del Abismo ha vuelto al mundo. ¡Alabado sea por siempre el Señor! ¡Hágase su voluntad!

El que así hablaba era un anciano de largas barbas blancas y aspecto tosco, sucio y desgreñado. El hombre se apoyaba en un cayado e iba vestido con una túnica de lana llena de remiendos y agujeros tan grandes que, aquí y allá, dejaban ver su carne magra y pálida. Parecía un profeta del Antiguo Testamento recién llegado de Tierra Santa.

—Sabed —continuó, con voz lúgubre y amenazadora— que el flagelo de Dios está próximo, pues escrito está que el fin del mundo tendrá lugar en el año 1500.

Esta muerte de hoy es sólo una señal de lo que a muchos les aguarda dentro de unos meses, si no abandonan su conducta depravada y hacen la debida penitencia.

Mientras hablaba, Rojas pudo comprobar cómo la gente que lo escuchaba parecía dar crédito a sus palabras. Por eso, cuando se detuvo, se creó un silencio expectante en torno a él.

—¿Qué queréis decir? —le preguntó Rojas, intrigado.

—Que Dios, Nuestro Señor, ha enviado a un ángel exterminador para que lo castigue —dijo señalando al cadáver— por sus muchos y graves pecados.

—Pero ¿por qué creéis que le ha cortado la nariz?

—Por meterla allí donde está vedado y para que sirva de escarmiento a los demás pecadores. Es un aviso —añadió— de lo que les espera a esta nueva Sodoma y a su corrupta Iglesia, si no cambian de vida de inmediato.

—¿Y a qué se debe el lugar elegido para la ejecución?

—A que ese canalla era, entre otras cosas, un conocido saltaconventos.

—¿Estáis seguro?

—Tan cierto como que ahora está nevando sobre mí —afirmó, señalando hacia su cabeza.

—¿Y sabéis cómo se llama?

—No sé su nombre, pero sí conozco su progenie. Su padre —anunció, enarbolando su dedo acusador— es Alonso de Fonseca y Acevedo.

—¡¿El arzobispo de Santiago?! —exclamó Rojas, sorprendido.

—¿De qué os extrañáis? —comentó uno de los asistentes—. De casta le viene al galgo tener el rabo tan largo.

—En efecto, este miserable —prosiguió el anciano, señalando al cadáver— se amparaba en su familia y en su condición de estudiante para hacer todo tipo de tropelías, como desflorar a las novicias de este y de otros conventos y someterlas luego a todo tipo de ultrajes.

—¿Estáis seguro de ello?

—Sabed, alma cándida —le informó—, que las novicias son presa fácil para los lujuriosos sin escrúpulos, pues la mayoría de ellas están en la clausura contra su voluntad, sin vocación alguna, sólo porque sus padres no pueden darles la dote necesaria para casarlas como es debido o por haber cometido algún desliz que las incapacita para el matrimonio.

—¿Y cómo es que sus parientes no lo han denunciado?

—Porque han preferido ignorarlo —explicó con voz airada—. Pues sucede que, cuando una doncella entra en un convento, a cambio, por lo general, de una dote muy pequeña, su honra deja de ser ya un problema para su familia, siempre que el percance no salga del reducto de la clausura. Preguntadle, si no me creéis, a la hermana portera —dijo el hombre señalando hacia la entrada.

En efecto, allí estaba de nuevo la monja, parada en la puerta, como si fuera una estatua de sal. En sus manos traía una manta.

—Tomad —le dijo, al fin, al carretero—; cubrid con ella el cadáver.

—¿Habéis oído lo que ha dicho este hombre? —le preguntó Rojas con tono apremiante, como pidiendo una explicación.

—No son más que las necedades de un loco —se defendió la mujer.

Rojas se volvió entonces hacia el hombre, esperando que se defendiera. Pero éste se había puesto a hacer trazos con su cayado sobre la superficie de la nieve.

—¿Puede saberse qué hacéis? —le preguntó Rojas, confundido.

—Suelo escribir sobre la nieve el nombre de todos aquellos que me ofenden o maltratan —explicó—, para indicar lo poco que me importan y la poca mella que hacen en mí sus palabras. Reservo la piedra sólo para aquellos que me han hecho algún bien. El recuerdo de los primeros desaparecerá tan pronto como la nieve se derrita, mientras que el de los segundos permanecerá a lo largo del tiempo.

—¿No os dije que estaba loco? —insistió la monja, con fingido asombro.

—En cualquier caso —le advirtió Rojas, acercándose a ella—, tendré que hacer algunas pesquisas en el convento.

—Pero vos me prometisteis...

—No tendría que hacerlo —la interrumpió—, si vos me hubierais contado todo lo que sabéis.

—Creedme —advirtió la monja—, en este mundo hay cosas que es mejor no conocer.

—¿Quiere esto decir que ese buen hombre tiene razón en lo que dice?

Cuando Rojas giró la cabeza, para que el anciano corroborara sus palabras, vio con sorpresa que éste había desaparecido.

—¿Sabéis adónde ha marchado? —preguntó Rojas a la gente que permanecía junto al carro.

—Seguramente haya ido al convento de San Francisco —le informó una mujer—, donde los frailes suelen darle techo y comida.

—¿Y no sabéis cómo se llama?

—Creo que fray Jerónimo. Según parece, fue agustino, pero lo expulsaron del convento por su conducta escandalosa.

—Se hace tarde —se quejó entonces el carretero con mirada de reproche.

—Tienes razón —admitió Rojas, mientras cubría el cadáver con la manta que le había dado la monja—. Partamos ya. Volveré a hablar con vos —le dijo a ésta, a modo de despedida.

La capa de nieve había crecido tanto que los bueyes andaban ahora con gran dificultad. Al volver la esquina de la iglesia de Santa María de los Caballeros, una de las ruedas se quedó atorada, y Rojas tuvo que empujar el carro con todas sus fuerzas, mientras el hombre fustigaba con dureza a los animales. Era ya casi de noche cuando empezaron a subir la cuesta que conducía a la puerta del Sol y a la Universidad, pero, justo antes de llegar a la altura de la iglesia de San Benito, aparecieron varios hombres a caballo que les cortaron el paso.

—Alto ahí —ordenó el que los conducía.

—¿Qué queréis? —inquirió Rojas.

—Venimos a buscar el cadáver que lleváis escondido bajo esa manta.

—¿Y quién sois vos para reclamarlo?

—Yo era amigo del finado —respondió.

—Pues, de momento, no puedo dároslo —informó Rojas—. Como ayudante del maestrescuela, es mi obligación hacer las pesquisas de esta muerte, y, para ello, necesito examinar el cadáver en el Hospital del Estudio.

—En este caso, no hay nada que examinar —replicó el otro—. Quedáis desde ahora mismo eximido de hacer vuestras inútiles pesquisas. Ya se encargará de ello la justicia del Concejo.

—Cuando se trata de la muerte de un estudiante, es la justicia de la Universidad la que debe actuar —le recordó Rojas.

—No cuando esa muerte ha tenido lugar fuera del Estudio. Así que haceos a un lado —le ordenó.

—Tendréis entonces que quitármelo por la fuerza —anunció Rojas, esgrimiendo su espada.

El caballero echó mano a la suya y con un gesto ordenó a sus hombres que estuvieran preparados para atacar. El dueño del carro, mientras tanto, salió corriendo en dirección a la iglesia, por lo que pudiera suceder.

—Más vale que no hagáis nada que luego tengáis que lamentar —advirtió el caballero—. Nosotros somos varios y vamos a caballo y bien armados. Con un cadáver ya tenemos más que suficiente.

—¿Por qué no venís vos a quitármelo? —lo desafió Rojas.

—Vos lo habéis querido. Bajad del caballo y hacedlo prisionero —les dijo a sus hombres.

Rojas intentó defenderse como pudo, pero eran demasiados. Así y todo, logró herir en el brazo a uno de ellos. Al final, lo arrinconaron contra el carro y consiguieron desarmarlo.

—Pagaréis cara vuestra osadía —gritó Rojas, intentando revolverse.

—Callad de una vez a ese insolente —ordenó el caballero a uno de sus hombres.

Apremiado por las circunstancias, el esbirro cogió un leño del carro y le dio a Rojas un golpe en la cabeza que le hizo perder la conciencia.

Capítulo 14

Cuando Rojas se despertó, descubrió que le habían atado las manos con una cuerda y le habían puesto grilletes en los pies. Estaba tendido en el suelo y le dolía mucho la cabeza; y, desde luego, no tenía la menor noción de dónde podía encontrarse. El lugar estaba muy oscuro y olía bastante a humedad. Lo último que recordaba era que alguien le había golpeado con un leño por haberse resistido a que se llevaran el cadáver. ¿Qué habría sido, por cierto, del pobre carretero? Esperaba volver a encontrarlo para darle las gracias por el servicio y disculparse por lo que había ocurrido. Pero antes, eso sí, tendría que escapar. ¿Cuánto tiempo llevaba allí? ¿Por qué lo habían retenido, en lugar de dejarlo tirado en la calle? ¿Lo consideraban acaso responsable de la muerte del hombre que había encontrado en el convento? Y, si era así, ¿tenían intención de matarlo? Ya no sabía qué pensar. De repente, oyó voces por encima de su cabeza y, a continuación, el chirriante sonido de una puerta. Por fin, vio el resplandor de una antorcha en lo alto de una de las paredes; a su luz, descubrió que desde allí descendía una empinada escalera de piedra hasta donde él se encontraba. En ese momento, comenzó a bajar por ella el hombre que portaba la antorcha, seguido de otro que llevaba consigo un escabel y un jarro. Al poco rato, apareció un tercero con otra antorcha. Cuando llegó abajo, éste se sentó en el escabel y dirigió la luz hacia el rincón en el que Rojas se encontraba.

—De modo que vos sois —comenzó a decir— la persona designada por el maestrescuela para hacer las pesquisas.

Rojas no dijo nada. Desde su posición, no era capaz de ver el rostro que le había hablado. No obstante, estaba seguro de que no se trataba del mismo que lo había detenido. Su voz, por otra parte, no le resultaba conocida.

—¿Tenéis sed? —le preguntó el hombre de repente—. Os he traído un jarro de agua fresca —añadió, sin esperar a que Rojas contestara—. Si queréis saborearla, me tendréis que contar todo lo que sabéis sobre este caso.

—Decidme, ¿quién sois vos? —inquirió Rojas, ignorando las palabras del desconocido.

—No creo que ahora estéis en situación de hacer preguntas —replicó el hombre—. Así que os ruego que respondáis a las mías. ¿Qué es lo que habéis averiguado?

—Sabéis muy bien que no tengo obligación de contestaros, y menos aún sin tener noticia de quién sois.

—¿De veras queréis conocer mi identidad? —preguntó el hombre—. En estos momentos, soy nada menos que el dueño y señor de vuestra vida. Así que no me obliguéis a acabar con ella.

—La verdad es que vuestras amenazas no me dan miedo —replicó Rojas—. Me imagino que, si quisierais matarme, ya lo habríais hecho. Y, si ahora hablo, nada me garantiza que vayáis a respetar mi vida. Así que considero que el silencio —concluyó— es mi mejor aliado.

—Os aconsejo que no pongáis a prueba mi paciencia —le advirtió el desconocido con irritación.

—¿Y por qué sentís tanta curiosidad por mis pesquisas?

—Os lo diré cuando vos me respondáis a mí.

—¿Y quién me dice a mí que no sois vos el culpable de los crímenes o, al menos, uno de sus cómplices?

—¿Habéis dicho crímenes? —preguntó el hombre, sorprendido—. ¿Creéis entonces que todos ellos han sido cometidos por la misma mano?

—Yo no he dicho eso... —aseguró Rojas sin demasiada convicción.

Acababa de darse cuenta de que había cometido un grave error y no sabía cómo corregirlo.

—Pero vos habéis hablado de crímenes. ¿A cuáles en concreto os referíais?

—Naturalmente, a aquellos sobre los que la Universidad tiene jurisdicción.

—En ese caso, supongo que os habrá llamado la atención el hecho de que, en tan pocos días, hayan muerto varios estudiantes de forma violenta.

—Parece que conocéis muy bien el caso. Tal vez podáis darme vos alguna pista.

—Responded antes a lo que os pregunto —insistió.

—¿A qué viene ese empeño en preguntar, cuando parece que sabéis tanto o más que yo?

—Si es así, tal vez podamos llegar a un acuerdo —le propuso—. Me figuro que tendréis ya a algún sospechoso, ¿no es cierto?

—No lo tenía hasta que os he visto a vos —se burló Rojas.

—Está bien. No insistiré —dijo con tono resignado—. Pero quiero que se os meta en la cabeza que, en esta situación, vos tenéis mucho más que perder.

Visiblemente disgustado, el hombre se puso en pie, cogió el jarro y derramó toda el agua que contenía en el suelo, ante la mirada atónita de Rojas.

—¿Veis lo que habéis conseguido? —le dijo—. Avisadme cuando estéis ya dispuesto a contarme algo que no sepa.

El hombre comenzó a subir la escalera, seguido de los dos criados, dejando a Rojas sumido en la confusión.

—Si no me liberáis enseguida —se atrevió a gritar, por fin—, los alguaciles del Estudio no tardarán en hallarme. Creedme, estáis cometiendo un grave error.

—Os recomiendo que no gastéis vuestra saliva en prevenirme —repuso el desconocido—. La vais a necesitar para cuando os decidáis a hablar.

—No hablaré —advirtió Rojas— hasta que no me dejéis libre y me digáis quién sois.

A continuación, cerraron la puerta con gran estrépito y todo volvió a ser invadido por la oscuridad. Tampoco en su interior había demasiada luz. ¿Quién podía ser ese desconocido tan interesado en averiguar lo que él sabía? ¿Algún pariente o servidor de don Alonso de Fonseca y Acevedo? Pero ¿qué era lo que buscaba? ¿Y cómo era que estaba tan bien informado?

Al cabo de unas horas, volvió a oírse la puerta. Esta vez los criados venían solos. Tras quitarle los grilletes y desatarle las manos, le dieron un jarro de vino, del que le dejaron beber algo más de la mitad; el resto se lo echaron, sin miramientos, encima de las ropas. Luego, le vendaron los ojos, le pusieron una mordaza y lo condujeron hacia la salida. Ya en la calle, lo colocaron a través sobre una mula, como si fuera un fardo. Después, ésta se puso en marcha. Rojas supuso que sería de noche, pues de día no se atreverían a pasearlo de esa forma. Por otra parte, no se oía ningún ruido en la calle. ¿Y si estuvieran en medio del campo? De cuando en cuando, sentía hablar en voz baja a los criados, de lo que dedujo que uno tiraba de las riendas, mientras el otro servía de guía. ¿Irían a matarlo y a arrojarlo a un muladar o simplemente querían trasladarlo a otro sitio? A pesar de todo, no sentía miedo. Seguramente, la sangre y el vino se le habían bajado a la cabeza, a causa de la postura en la que se encontraba, y eso le producía un ligero aturdimiento y una vaga sensación de euforia. Por fin, la mula se detuvo. Sus acompañantes le quitaron la venda y la mordaza y lo arrojaron al suelo, que seguía cubierto de nieve, sin demasiadas consideraciones. Antes de irse, le dieron golpes y patadas hasta dejarlo casi sin sentido en medio de la calle.

Cuando Rojas abrió los ojos, intentó averiguar dónde se encontraba. Pero estaba muy oscuro y todo le daba vueltas en la cabeza. Trató de incorporarse apoyándose en un muro, pero era incapaz de tenerse en pie. Así que fue arrastrándose por la nieve, bien pegado a la pared. En esos momentos, estaba helando y él tenía la ropa mojada. Si no encontraba pronto algún lugar donde refugiarse, iba a morir de frío. De repente, se dio cuenta de que no estaba lejos del Colegio de San Bartolomé, y eso lo animó a seguir avanzando.

Al fin, llegó a la puerta principal. Como no podía llegar hasta la aldaba, cogió una piedra que había en el suelo y comenzó a golpear con ella la madera. Por suerte, debía de haber alguien despierto y no tardaron en abrir. Del interior salieron varios colegiales a ver qué ocurría.

—¿Quién es? —preguntó uno—. ¿Quién anda ahí?

—Es Rojas —dijo otro, después de agacharse y reconocerlo—, y parece borracho como una cuba. Rápido, hay que llevarlo a su cámara y prepararle algún remedio, para que revese todo lo que ha bebido.

Mientras lo llevaban por el patio del Colegio, Rojas no cesaba de repetir:

—Llamad al maestrescuela. Decidle que me han tenido secuestrado.

—Pero ¿sabéis qué hora es? Dejad ya de una vez al maestrescuela y pensad más bien en dormir.

—¿Qué me ha pasado? ¿Por qué huele tanto a vino? —inquirió.

—¿Y vos lo preguntáis? —replicó uno de los que lo llevaban.

Rojas intentó decir algo para justificarse, pero se quedó dormido en medio de una frase.

Se despertó, de madrugada, con todo el cuerpo dolorido, la boca pastosa y una gran confusión en la cabeza. Por un momento, llegó a pensar que todo lo vivido el día anterior había sido una terrible pesadilla. Pero ahí estaban las heridas, las marcas de las cuerdas y de los grilletes o el golpe que tenía en la nuca para desmentirlo. Aunque intentó recordar con todas sus fuerzas lo que había sucedido desde que fue atacado cerca de la iglesia de San Benito, tan sólo logró recuperar algunos fragmentos borrosos e inconexos que no terminaban de aclarar nada. Lo único que sabía con certeza era que lo habían encerrado y vapuleado. Intentó levantarse para ir a orinar, pero no fue capaz de dar un paso. Así que volvió a acostarse con la esperanza de que todo fuera un sueño.

Capítulo 15

A la mañana siguiente, tal y como se temía, la llegada del maestrescuela no se hizo esperar. Se le notaba enojado y bastante inquieto, y lo peor de todo, para Rojas, era que no se molestaba en disimularlo, ni siquiera cuando vio el lamentable estado en el que se encontraba.

—¿Qué significan esos rumores que he oído por ahí? —preguntó, nada más entrar en su celda.

—No sé muy bien a qué os referís.

—De sobra lo imagináis —replicó el maestrescuela—. Algunos de vuestros compañeros han venido a decirme que esta madrugada, cuando os encontraron en un estado tan lamentable, habíais pedido insistentemente que me llamaran. Pues bien, aquí estoy. ¿En qué os puedo servir?

—No sé qué os habrán contado, pero os aseguro que ayer fui víctima de un secuestro y de diversas agresiones.

—¿Qué queréis decir? —inquirió, sorprendido, el maestrescuela.

—Que fui atacado por unos desconocidos y retenido contra mi voluntad, durante varias horas, en un sótano bastante lóbrego. Por último, tengo la sensación de que, antes de ser puesto en libertad, fui golpeado por mis guardianes cerca de la puerta del Colegio.

—¿Y cómo explicáis ese pestilente olor a vino que aún desprendéis?

—Debieron de obligarme a beberlo; seguramente, no ofrecí resistencia, pues tenía una sed enorme, después de tanto tiempo encerrado. Es posible, incluso, que en el vino pusieran algún veneno, pues hay cosas que no recuerdo bien.

—Suele pasar —repuso el maestrescuela con algo de sarcasmo— cuando uno se emborracha de esa manera.

—Ya veo que os obstináis en no creerme. Pero ¿qué me decís de estas marcas o de este enorme chichón? —preguntó Rojas, mostrando sus muñecas y haciéndose palpar la nuca—. ¿O de todos estos cardenales y heridas? —añadió, levantándose la camisa hasta el pecho.

—Probablemente, os habréis visto envuelto en alguna pelea por ahí u os habréis caído varias veces de camino a casa. Hace un momento, he hablado con varios colegiales —le explicó—, y todos me dicen que os habéis hecho asiduo de tabernas, mesones y garitos.

—Eso no es verdad —rechazó Rojas, tajante.

—¿Estáis seguro de que es así? —preguntó, con desconfianza, el maestrescuela.

—Lo cierto es que he visitado alguna taberna y algún garito —reconoció—, pero siempre ha sido con motivo de mis pesquisas. ¿Cómo, si no, voy a descubrir al que mató a don Diego de Madrigal? Son algunas de las exigencias del trabajo que vos mismo me habéis encomendado.

—¿Y os he mandado yo que bebáis vino sin tasa o que juguéis a los naipes? ¿Es en eso en lo que os habéis gastado todo el dinero que os di?

—El dinero ha sido utilizado para sacar de la cárcel al muchacho que encontró el primer cadáver —explicó Rojas, ofendido—, cuya ayuda me está siendo de gran utilidad. También he tenido que pagar alguna información...

—Espero que, cuando todo esto termine, me hagáis un informe detallado de los gastos. Ahora, lo único que quiero es que me contéis lo que sucedió ayer.

—Por la tarde, cuando empezó a caer la nieve, descubrí por casualidad que se había producido otro crimen en el convento de Santa Úrsula.

—¡¿Otro crimen?! ¿Y por qué no me habíais comunicado nada?

—Ya os he dicho que fui atacado y secuestrado, cuando intentaba trasladar el cadáver...

—¿Por el homicida?

—Si no dejáis de interrumpir, no podré terminar.

—Está bien; no os interrumpiré más —aceptó el maestrescuela.

Rojas le refirió, por fin, todo lo que había sucedido, al menos tal y como lo recordaba. Mientras lo hacía, él mismo se dio cuenta de que su historia era cada vez más extraña y contenía muchas lagunas.

—Entonces, ¿queréis hacerme creer que habéis perdido el cadáver? —preguntó el maestrescuela cuando concluyó.

—Así es. Pero, en mi defensa, debo argüir que eran muchos los atacantes, y todos bien armados, por lo que nada pude hacer para impedirlo.

—Eso no habría ocurrido si me hubierais avisado antes de mover el cadáver, como era vuestra obligación.

—Si me adelanté a trasladarlo, con la ayuda de un carretero, fue para evitar que las demás monjas lo vieran, y, de paso, poder examinarlo cuanto antes en el Hospital del Estudio.

—¿Y qué más me decís de ese anciano loco, el que veía en esa muerte la mano de Dios? —inquirió el maestrescuela.

—Según me han dicho, se trata de un agustino que, hace ya tiempo, fue expulsado de su orden y que, en la actualidad, tiene su refugio en el convento de San Francisco. A simple vista, actúa como un loco, pero parece saber bastante del asunto.

—¿Y creéis vos que es verdad lo que dice de don Alonso de Fonseca y Acevedo?

—A juzgar por lo que ha pasado luego, no me extrañaría; de hecho, tengo la impresión de que es la gente del arzobispo la que está detrás de mi secuestro y de la desaparición del cadáver.

—¿Sois consciente de lo que decís?

—Naturalmente es sólo una conjetura —reconoció Rojas—. Antes de darla por buena, tendré que comprobar si estoy en lo cierto.

—Para ello, lo más importante es que descubráis el cuerpo del delito. Un cadáver no puede desaparecer así como así; alguien más tiene que haberlo visto en alguna parte. Por cierto, si volvéis a encontrar por ahí a ese extraño profeta, avisadme cuanto antes. Me gustaría interrogarlo personalmente.

—Contad con ello —aseguró Rojas—. Ya os he dicho que tiene su refugio en el convento de San Francisco.

—Y haced que un físico os mire esas heridas, no tienen buen aspecto —le aconsejó el maestrescuela, a modo de despedida—, independientemente de cómo os las hayáis causado —añadió con ironía.

En cuanto el maestrescuela abandonó el Colegio, Rojas se dirigió, raudo, al convento de Santa Úrsula. No es que esperara encontrar alguna huella de lo que había ocurrido allí en la tarde anterior. Pero tal vez *in situ* recordara algún detalle que había olvidado. Por desgracia, el convento estaba cerrado a cal y canto, y por el vecindario no se veía a nadie a quien preguntarle si había observado algo extraño. Estaba ya a punto de irse cuando descubrió que un perro estaba olisqueando con avidez en la nieve, como si, al fin, hubiera encontrado algo que llevarse a la boca. Intrigado, Rojas se acercó a él para ver de qué iba la cosa. El perro entonces se puso a escarbar y no tardó en hallar su presa bajo la nieve. A Rojas le costó mucho apartarlo del lugar antes de que diera buena cuenta de ella. Se trataba de un trozo de cartílago cubierto de piel. «Ya que no dispongo del cuerpo del delito, por lo menos podré mostrar un trozo de la nariz», pensó, mientras la envolvía en un pequeño lienzo, con el fin de guardarla en uno de los bolsillos del manto. Estimulado por el feliz hallazgo, siguió buscando aquí y allá, bajo la nieve, por si la suerte le deparaba alguna otra prueba, pero lo único que consiguió fue despertar los recelos de una vieja que pasaba por la calle, de vuelta del mercado de la plaza de San Martín.

Cansado de husmear, decidió darse una vuelta por el cercano convento de San Francisco. Allí preguntó por su amigo fray Germán, que estaba, como de costumbre, trabajando en la biblioteca.

—¡Pero si es mi amigo Fernando de Rojas! —exclamó éste al verlo en la puerta—. Decidme, ¿qué os trae por aquí? La última vez que nos vimos fue después de que salierais de la dichosa Cueva. En aquel momento no teníais muy buen aspecto, la verdad, pero no era tan malo como el de ahora.

—Lo cierto es que he dormido poco y que ayer tuve un percance. Pero no es nada grave, os lo aseguro.

—¿Y bien?

—Estaba por aquí cerca y se me ocurrió venir a saludaros. También quería saber —continuó— si conocéis a un tal fray Jerónimo.

—¿Os referís al fraile que expulsaron del convento de los agustinos?

—Ese mismo.

—¿Y por qué os interesa ese pobre infeliz?

—Como sabréis, ayer mataron a un estudiante en el convento de Santa Úrsula.

—Algo he oído, naturalmente —confirmó el fraile—. Lo que no imaginaba es que hubierais vuelto a las pesquisas.

—Ahora soy ayudante del maestrescuela del Estudio —le informó Rojas—. Pero ésa es otra historia. El caso es que yo andaba cerca del convento en el momento en el que la hermana portera descubrió el cadáver. Cuando me disponía a trasladarlo al Hospital del Estudio, el tal fray Jerónimo me aseguró que la víctima era un hijo del arzobispo de Santiago y que era un conocido saltaconventos. Le pregunté entonces a la monja, y ésta me contestó que el fraile estaba loco. Luego, traté de hablar con él, pero ya había desaparecido. Así que intenté averiguar si alguien lo conocía, y varios de los presentes me comentaron que se refugiaba en vuestro convento. Por eso estoy aquí.

—Os confieso que lo que me contáis me llena de zozobra e inquietud. No sé si sabéis que, hasta hace poco, el convento de Santa Úrsula ha estado bajo la jurisdicción de nuestra orden, dada su cercanía, pero la gran suntuosidad de las obras que en él se van a realizar y algunas reglas del mismo, contrarias a la austeridad impuesta por la reforma franciscana, han hecho que rechacemos esta vinculación.

—¿Y eso qué quiere decir? —preguntó Rojas, intrigado.

—Que el convento está ahora bajo la jurisdicción del arzobispado de Santiago, como quería don Alonso de Fonseca, sobrino de su fundadora —contestó el franciscano.

—Con lo que las palabras de fray Jerónimo, de ser ciertas —concluyó Rojas—, cobran todavía más gravedad.

—Eso me temo.

—Decidme, ¿qué pensáis de fray Jerónimo?

—Tan sólo sé que el prior de su convento lo echó a la calle, asegurando que había perdido el juicio. Según parece, tenía hartos a todos sus hermanos con la matraca de que estaba próximo el fin del mundo y otras muchas sandeces.

—¿Y en el tiempo que lleva aquí?

—Me da la impresión de que la cosa puede haber ido a más —reconoció el fraile—. Y luego están todas esas señales que dice haber visto.

—¿A qué señales os referís?

—Cada vez que hay una muerte violenta en Salamanca, viene diciendo que ha sido el Ángel del Abismo, enviado por Dios Nuestro Señor para prevenirnos de que el Juicio Final está próximo, cosas así. Por desgracia, hay bastantes fieles que se asustan con esas cosas. Recordad que el año 1500 está muy próximo y son muchos los que sitúan en él la llegada del fin del mundo.

—¿Y ahora dónde se encuentra?

—Cuando vino pidiendo asilo, enseguida nos dijo que no quería vivir dentro del convento, lo cual nos alegró, no os voy a engañar, pues los franciscanos somos muy celosos de nuestra tranquilidad. Así que le dejamos una especie de ermita que hay junto al huerto, donde vive a su manera y sin molestar a nadie. Por lo que he comprobado, suele pasarse varias semanas aletargado en su cubículo hasta que, de repente, se levanta una mañana con entusiasmo y se lanza a la calle a predicar el fin del mundo.

—¿Podría acercarme a hablar con él?

—Como ya habréis adivinado, tiene un carácter muy áspero, y es posible que no nos deje entrar.

—No me importa arriesgarme.

Fray Germán se echó encima su manto y condujo a Rojas hasta el huerto. Después de atravesarlo y de saltar una acequia, se adentraron por un angosto sendero entre los árboles que terminaba en una pequeña ermita hecha de adobe. Cuando llegaron, el fraile se adelantó para llamar.

—Fray Jerónimo, ¿estáis ahí? —preguntó mientras golpeaba la puerta.

—¿Quién me reclama? —gritó el hombre desde el interior.

—Soy fray Germán. Un amigo mío quiere saludaros.

—Ahora mismo estoy hablando con Dios —replicó el otro con aparente seriedad.

—Será sólo un momento. A Dios no creo que le importe hacer una pausa; él tiene todo el tiempo del mundo.

—Está bien. Os haré caso —concedió.

Cuando, tras abrir la puerta, fray Jerónimo descubrió a Rojas frente a la entrada de la ermita, hizo un gesto de contrariedad; de hecho, habría vuelto a cerrar de inmediato si fray Germán no se lo hubiera impedido.

—Os he dicho muchas veces —lo recriminó— que no deberíais ser tan descortés con las visitas, al menos mientras estéis dentro del recinto de este convento.

Fray Jerónimo no se inmutó.

—No sé si os acordáis de mí —comentó Rojas, por su parte—. Coincidimos ayer por la tarde a la entrada del convento de Santa Úrsula, cuando me disponía a trasladar el cadáver que apareció en el torno.

—No sé de qué me habláis —repuso fray Jerónimo con tono desabrido.

—Pero si vos mismo me dijisteis quién era la víctima y por qué la habían matado.

—Me temo que me tomáis por otro —rechazó el hombre con firmeza—; llevo ya varios días sin salir de la ermita.

—Vos sabéis que eso no es cierto —replicó Rojas, enojado.

—Si no dejáis de importunarme con vuestras insidias —lo amenazó fray Jerónimo—, me obligaréis a sellaros la boca con mi cayado.

—Creo que es mejor que nos vayamos —terció fray Germán, agarrando a Rojas por el brazo—. Y vos —añadió, dirigiéndose a fray Jerónimo—, quedad con Dios, que con los hombres de bien no sabéis cómo comportaros.

—Andad vos con el Diablo —replicó el otro, cerrando la puerta.

—Os ruego que no se lo tengáis en cuenta —le pidió fray Germán a su amigo—. Ya os advertí que esto podía pasar.

—Os confieso que estoy algo irritado —comentó Rojas con pesadumbre—. No puedo entender por qué se comporta así. Seguro que oculta algo.

—¿Y qué puede ocultar ese infeliz?

—Muy pronto lo sabremos —aseguró Rojas—. Por el momento, no deberíais dejar que salga a la calle.

Encerradlo, si es preciso, con el pretexto de que hace mucho frío fuera. Ya habéis visto lo ligero de ropa que va.

—Se hará lo que se pueda —concedió el fraile—, pero la última palabra la tiene el prior.

Rojas estaba tan desconcertado con lo que le había sucedido que se fue a ver a fray Antonio. Como no estaba para saltar tapias, tuvo que aprovechar un descuido del portero para adentrarse sin permiso en el convento. Lo encontró en la farmacia, como había imaginado, intentando aleccionar a su futuro sucesor.

—Perdonadme que irrumpa así —se disculpó Rojas, desde la puerta—, pero requiero con urgencia de vuestros conocimientos médicos.

Tras despedir a su joven discípulo, que se marchó muy contento y aliviado, fray Antonio lo urgió a entrar.

—Pero, decidme, ¿qué os ha ocurrido?

—Un pequeño accidente —le contestó Rojas, mostrándole las heridas.

—Cualquiera diría que os ha atropellado una manada de toros.

—Algo parecido, la verdad.

Mientras fray Antonio lo examinaba y le limpiaba las heridas, Rojas le fue relatando lo que había sucedido el día anterior.

—Por lo que veo, las cosas se complican cada vez más. A partir de ahora, deberíais andar con mucho más cuidado. Podrían haberos matado.

—¿Observáis algo serio? —preguntó Rojas con aprensión.

—Esta vez habéis tenido suerte. Nada que no se cure con un poco de reposo y algunos remedios de mi cosecha.

—Acepto vuestros remedios, pero el reposo tendrá que esperar.

—Si no os cuidáis como es debido —le advirtió el fraile muy serio—, luego lo lamentaréis. Además, no creo que estéis en condiciones de salir a enfrentaros con esa gente. Me temo que lo que os han hecho es tan sólo un aviso.

—Sabéis tan bien como yo que no puedo dejarlo ahora.

—En mi opinión, debéis poner el caso en manos del maestrescuela; que sea él quien tome las decisiones y arriesgue el tipo, que para eso ostenta el cargo. Vos sois tan sólo un ayudante ocasional.

—¿Y reconocer así mi fracaso? Pensará que lo dejo por cobardía o porque me he echado a perder. De hecho, creo que ya no se fía de mí.

—Razón de más para que os quitéis de en medio y os lavéis las manos.

—Como Pilatos, ¿no es eso?

—Si es verdad que la última víctima es hijo de Alonso de Fonseca —le informó—, vais a veros envuelto en un serio conflicto.

—¿Qué sabéis vos del arzobispo de Santiago?

—Que es tan ambicioso y corrupto como Rodrigo Borgia, nuestro actual Papa —contestó en voz baja—, sólo que él no ha llegado tan lejos, pero no será por falta de ganas ni de facultades. ¿Habéis oído alguna vez eso de «Quien se fue de Sevilla, perdió su silla»? Pues es a él a quien se le atribuye. Y se lo dijo nada menos que a su tío, también llamado Alonso de Fonseca y, a la sazón, arzobispo de Sevilla. Según parece, éste había accedido a intercambiar con él sus respectivas sedes arzobispales, mientras el sobrino cumplía una sentencia de destierro que lo obligaba a abandonar Santiago por un escándalo en el que se había visto comprometido. Arreglado el asunto, cinco años después, el primero quiso volver a su arzobispado, pero el sobrino se negó. Éste le había cogido tanto gusto a la sede de Sevilla que, para recuperarla, su tío tuvo que recurrir a la fuerza y a la intervención del poder real. Si esto hizo con alguien de su sangre al que tanto debía, imaginaos lo que sería capaz de hacer con sus rivales y enemigos.

—Pero ¿tanto poder tiene en Salamanca?

—Más del que os podéis imaginar. Y poco importa que ahora esté lejos de ella; para eso están sus deudos y sirvientes, que lo ejercen en su nombre, cuando es necesario, y cuidan de sus intereses.

—¿Habéis oído hablar de sus hijos?

—Se sabe que tiene al menos dos con su barragana María de Ulloa, señora de Cambados, y algunos más que ha ido dejando por ahí. Pero, según he oído, hay uno por el que siente una gran debilidad. Confiemos en que no sea el que apareció muerto en el torno. La tan temida cólera de Dios no es nada al lado de la violencia que, en tales circunstancias, podría desatar un hombre tan colérico. Por eso, os aconsejo que abandonéis cuanto antes el campo de batalla.

—¿Y por qué motivo creéis que me secuestraron sus hombres?

—Probablemente, querían saber qué era lo que vos habíais averiguado, con el fin de hacerse ellos mismos cargo del asunto. Tal vez pensaran que teníais alguna idea de quién podía estar detrás de esa muerte. Si después os dejaron libre, es porque consideran que, en realidad, no sabéis más que ellos o porque creen que en la calle podéis serles de más utilidad para sus propósitos.

—¿Significa eso que ahora me tienen vigilado? —preguntó Rojas, inquieto.

—Lo más probable. De esta forma podrán saber, al mismo tiempo que vos, quién ha matado al hijo del arzobispo de Santiago, y no tardarán en ejecutarlo. Y también serán los primeros en enterarse —añadió— si descubrís algo suyo que no quieren que trascienda. Ya habéis visto lo que ha pasado con fray Jerónimo; seguramente, lo han amenazado para que no vuelva a hablar con vos del asunto. Eso indica que os habéis convertido en una molestia para Su Ilustrísima.

—¿Insinuáis acaso que podría ordenar matarme, llegado el momento?

—No me cabe ninguna duda, salvo que podáis serle de alguna otra utilidad.

—Pero yo no puedo quedarme con los brazos cruzados. Sería una cobardía por mi parte. Por otro lado —añadió de pronto—, debo tratar de impedir una nueva muerte.

—¿A qué os referís?

—Según vos, aún falta una víctima para completar la serie.

—Eso me temo —admitió fray Antonio.

—En este caso, después de matarla, le arrancarán la lengua, ¿no es así?

—Es lo más probable —reconoció—. No obstante...

El fraile, de repente, se detuvo y se quedó pensativo durante un buen rato. Parecía cada vez más inquieto y apurado, como si dudara a cada instante de lo que iba a decir a continuación o se arrepintiera de antemano de tener que hacerlo o se culpara por haber tardado tanto en descubrirlo. Por fin, se decidió a hablar:

—El caso es que me ha venido una idea a la cabeza y no paro de darle vueltas. Tal vez sea una tontería lo que voy a contaros —advirtió—, pero lo cierto es que no puedo dejar de pensar en una extraña muerte que ocurrió en Salamanca hace ya mucho tiempo, nada menos que en 1479, y que tuvo algo que ver, según creo, con el conflicto de los bandos... —se interrumpió.

—Proseguid, me tenéis sobre ascuas —se impacientó Rojas.

—Supongo que habréis oído hablar de fray Juan de Sahagún.

—¿Y quién no? En el Colegio de San Bartolomé, se le venera como si fuera un santo.

—Lo cual no es de extrañar, amigo Rojas, pues durante un tiempo fue vuestro capellán. Pero lo mismo sucede en el resto de Salamanca, donde llegó a ser un predicador muy querido y popular; de hecho, se le atribuyen numerosos milagros. Así que no creo que tarden mucho en canonizarlo.

—Sin duda, tenéis razón, pero no entiendo a qué viene todo esto.

—Tened paciencia —le rogó—. Según parece, fray Juan de Sahagún vino a Salamanca para estudiar Teología, y aquí se graduó como doctor. Si hubiera querido, podría haber sido catedrático del Estudio o alcanzar una importante dignidad dentro de la Iglesia, pero él prefirió socorrer a los pobres y difundir la palabra de Dios entre los más humildes; de ahí que muy pronto la ciudad lo nombrara predicador oficial. Y llegó a tener tanta fama con sus sermones que se decía que, gracias a sus palabras, los pecadores se arrepentían de corazón, los judíos se convertían de inmediato y los herejes volvían mansos al redil.

»Yo tuve la fortuna de escucharlo en numerosas ocasiones y puedo aseguraros que la gente salía convencida de que Dios, Nuestro Señor, hablaba por su boca. Nos hechizaba a todos de tal modo con la dulzura de su voz y la belleza y precisión de sus vocablos que, sin dudarlo, habríamos hecho cualquier cosa que él nos hubiera pedido, incluso arrojarnos de cabeza al agua del Tormes. De hecho, era capaz de sosegar los ánimos de las personas más coléricas, de refrenar el ímpetu de los animales más indómitos y de controlar los elementos de la naturaleza. "No hay nada", solía decir, "que no se pueda conseguir con la palabra. No en vano Jesucristo es el Verbo hecho carne". Entre otras cosas, salvó a un niño que se había caído al fondo del Pozo Amarillo, haciendo que las aguas se elevaran para que el muchacho pudiera agarrarse al cíngulo que él le había arrojado. También contuvo a un toro que se había escapado de la feria y había sembrado el terror en algunas calles de la ciudad, diciéndole aquello de "Tente, necio".

»Por otra parte, no había día que, en su predicación, no clamara contra la violencia desatada por los dos bandos o parcialidades que tenían dividida y asolada, en ese tiempo, a la ciudad, o que no hiciera esfuerzos por conciliarlos y pacificarlos; lo que, al final, lo llevó a convertirse en uno de los principales artífices de la concordia que los dos bandos firmaron, a instancias de los Reyes, en 1476. La reunión tuvo lugar, por cierto, en la casa del deán don Álvaro de Paz, conocida como de las Batallas, que está muy cerca de aquí, justo al final de la calle de San Pablo. Si recordáis, en el arco de su fachada hay una inscripción con una sentencia de Catón que dice: *Ira odium generat, concordia nutrit amorem (La ira produce odio, mientras que la concordia alimenta el amor).*

—Conozco bien esas palabras; lo que no alcanzo a comprender es qué tiene que ver todo esto con el asunto que nos traemos entre manos —protestó Rojas.

—A ello voy. El caso es —prosiguió— que este acuerdo acrecentó mucho la fama y el prestigio del fraile agustino, hasta el punto de que algunos lo consideraban su más importante milagro. Pero no todos estaban conformes con los planteamientos del pacto ni menos aún con sus consecuencias; de hecho, enseguida se vio que el ajuste de concordia iba a servir de muy poco, ya que perjudicaba claramente a uno de los bandos, el de Santo Tomé, cuyos miembros más relevantes estaban a la sazón perseguidos o desterrados por su apoyo a la causa de Juana la Beltraneja, como ya os conté. Así que todo esto le fue granjeando a fray Juan de Sahagún algunos enemigos y numerosas amenazas, cosa que a él no parecía preocuparle. «El predicador», solía comentar en sus sermones, «debe decir siempre la verdad y morir por ella, si fuera necesario».

»Por eso, cuando falleció de forma repentina, después de oficiar una misa en su parroquia, casi todos pensaron de inmediato que lo habían matado. Incluso, comenzó a circular el rumor de que habían aparecido restos de veneno en el cáliz que había utilizado en la eucaristía. Es más, algunos culpaban de su muerte a una mujer que había jurado vengarse de fray Juan por haber hecho que su amante, arrepentido de vivir en pecado, la abandonara. "Yo haré que no acabéis el año", cuentan que le oyeron decir con voz amenazante. Otros sostenían, sin embargo, que había sido el monaguillo que por entonces lo ayudaba en misa, poseído o seducido por el mismísimo Diablo. Y no éramos pocos, en fin, los que pensábamos que, detrás de su muerte, podía estar alguno de los bandos.

—¿Creéis entonces que a fray Juan de Sahagún pudieron matarlo por su participación en ese intento frustrado de concordia?

—Estoy convencido de ello —afirmó fray Antonio.

—¿Y qué relación puede tener ese posible crimen con los de ahora?

—Veréis. Pocos días después de enterrar a fray Juan en el convento de San Agustín, justo al comienzo del verano, Salamanca fue presa de una terrible peste, que, dadas las circunstancias, casi todos consideraron un castigo divino por la muerte de su querido predicador, así como un aviso de la llegada del Juicio Final. El caso es que, mientras la mayoría abandonaba la ciudad o se encerraba en sus casas a cal y canto, un grupo de devotos decidió abrir el sepulcro del fraile en busca de reliquias que los protegieran del azote. Pues bien, cuando levantaron la losa, descubrieron, horrorizados, que a fray Juan le habían cortado la lengua.

—¿Y tenéis alguna idea de quién lo hizo? —preguntó Rojas, sorprendido.

—Los que abrieron el sepulcro creían que se les había adelantado algún otro devoto. Pero yo pienso que lo hizo el mismo que lo mató, es decir, algún caballero perjudicado por el supuesto acuerdo de paz o alguien que, pasado un tiempo, hubiera descubierto alguna impostura o, incluso, alguna traición detrás de la presunta concordia, y culpara de ello al que consideraba su principal impulsor, fray Juan de Sahagún. Claro que nada de esto se pudo probar. Por otra parte, eran tantos los posibles sospechosos...

—Entiendo. Lo que no alcanzo a comprender —añadió Rojas, un tanto perplejo— es por qué entonces no lo declararon mártir de la Iglesia, dado que murió como consecuencia de su labor en favor de la paz y la concordia, aunque no consiguiera su objetivo.

—Tened en cuenta que ni la causa de su muerte ni su posible autoría quedaron aclaradas. Tampoco sabemos cuándo ni por qué le cortaron la lengua. Lo cierto es que el obispo de Salamanca optó por no decir nada acerca de las circunstancias de esa muerte a la Santa Sede, como si temiera que, en el caso de abrirse prematuramente un proceso de beatificación, algún turbio secreto pudiera salir a la luz y manchar, ya para siempre, la reputación de fray Juan e impedir luego su canonización.

—De todas formas, sigo sin entender qué puede tener que ver aquella muerte con estas de ahora. Ha pasado demasiado tiempo entre una y otras, ¿no creéis?

—Recordad que nunca es tarde para llevar a cabo una venganza. Incluso, hay casos en que las cuentas pendientes se heredan de padres a hijos y de hijos a nietos hasta que alguien logra culminar, al fin, la infausta tarea. Lo más probable es que el que mató a fray Juan de Sahagún huyera, en su día, de Salamanca, donde, como podéis imaginaros, todo este asunto, unido a la peste, ocasionó un gran revuelo, y que ahora haya regresado para proseguir su trabajo. También es posible que lleve ya un tiempo entre nosotros, y que, en este momento, por la razón que sea, haya decidido volver a actuar. O, simplemente, se trata de personas diferentes, pero unidas por lazos de sangre o amistad y movidas por una misma causa o motivo.

—¿Insinuáis entonces que la muerte de fray Juan podría formar parte también de la serie?

—Es tan sólo una posibilidad, lo reconozco; así y todo...

—Pero si ni siquiera tenemos constancia de que fray Juan de Sahagún fuera envenenado.

—Yo estoy seguro de que sí lo fue.

—En cualquier caso, no sabemos con qué tipo de veneno. En los otros, tenemos al menos una prueba coincidente e irrefutable.

—Tal vez, en aquella ocasión —razonó fray Antonio—, el criminal le arrancara la lengua para que no pudiera averiguarse que había sido envenenado, y luego, con el paso de los años, decidiera convertir ese hecho en una especie de pauta para posteriores muertes, con lo que el acto de cortarle la lengua cobraría ahora un nuevo significado.

—¿A qué os referís?

—Bueno, es evidente que la lengua es un órgano fundamental para un predicador; de hecho, fue lo que le dio a fray Juan de Sahagún fama de santo y, por tanto, lo que provocó el odio y la animadversión de aquellos que se sintieron afectados, de una manera u otra, por sus prédicas.

—Ya. Pero, si esto fuera así, querría decir que fray Juan de Sahagún tiene algo en común con las otras víctimas, ¿no es eso?

—Creo que sí.

—Pero ¿qué es lo que pueden tener en común, por ejemplo, un tahúr con fama de fullero y un predicador al que muchos consideran un santo?

—Eso es algo que habría que averiguar. Sea lo que fuere, nos llevaría directamente al autor de estos crímenes.

—No me faltaba ahora más —replicó Rojas— que tener que hacer las pesquisas de una muerte que ocurrió hace casi veinte años y que, además, podría llegar a comprometer la buena reputación de un santo.

—Ahora no alcanzo a imaginar todo lo que puede haber detrás de la muerte de fray Juan de Sahagún, pero no creo que eso vaya a afectar a su buen nombre. Sea como fuere, él no es culpable de que sus deseos de concordia y sus continuos intentos de pacificación fracasaran. Seguramente —añadió—, los Reyes lo utilizaron, en su momento, para imponer un acuerdo que no sólo no trajo la paz deseada, sino que acrecentó el odio y el descontento entre los bandos. Pero está claro que él no tuvo la culpa de lo sucedido. Tal y como yo lo veo, fue más bien un chivo expiatorio o una víctima propiciatoria, como aquel inocente que tuvo que morir para que el mundo se salvara; con la diferencia de que aquí lo que se salvó fue una ciudad. Y así lo creyeron y todavía lo creen muchos salmantinos; ved, si no, la inscripción que algunos devotos han mandado poner sobre su tumba: *Hic jacet per quam Salmantica non jacet (Aquí yace aquel por el que Salamanca no yace)*. Sólo por eso deberían hacerlo santo y patrón de la ciudad.

—De acuerdo —admitió Rojas, convencido—. Pero sigo sin ver qué puede tener en común con un tahúr, un echador de pronósticos, una muchacha que se disfrazaba de estudiante y un corruptor de novicias.

—Reconozco que ninguno de ellos es un dechado de virtudes ni mucho menos un ejemplo que se deba imitar. Pero yo no creo que los hayan matado precisamente por sus pecados o por ser malos estudiantes, o al menos no únicamente por eso.

—¿Pensáis entonces que todas estas muertes están relacionadas con el conflicto de los bandos?

—No me extrañaría nada —confirmó fray Antonio—. Recordad que la muchacha fue una víctima accidental y que el verdadero objetivo era doña Aldonza Rodríguez de Monroy.

—¿Y qué relación tiene con este asunto el arzobispo de Santiago?

—Su familia siempre ha pertenecido al bando de San Benito y, desde luego, ha sido una de las más beneficiadas por la concordia.

—¿Y las otras dos víctimas?

—En este caso, tendréis vos que indagar en sus orígenes familiares para ver su posible vinculación con los bandos. Y tampoco vendría mal —añadió— que les echarais un vistazo a los acuerdos de concordia.

Capítulo 16

Tras hablar con fray Antonio, Rojas se dejó caer por la taberna de Gonzalo Flores. Entró en el establecimiento con disimulo, procurando que nadie lo viera. Encontró a su amigo charlando con varios clientes, a los que, una vez terminada la reunión, mandó salir por la puerta de atrás, la que daba a un callejón que comunicaba directamente con la calle de San Julián.

—Querido Rojas, os veo un tanto desmejorado. ¿Qué os ha ocurrido? —le preguntó su amigo.

—Me tropecé con quien no debía.

—¿Y cómo va vuestro caso?

—Os confieso que últimamente se ha complicado bastante.

—Ya he oído que ha habido nuevos crímenes.

—Pues todos, sin excepción, han venido a parar a mí. Y lo peor es que ahora la cosa apunta al viejo enfrentamiento entre los dos bandos nobiliarios.

—¡No es posible! Yo creía que eso ya era agua pasada. No digo que no siga habiendo pleitos y querellas, incluso alguna algarada de vez en cuando, pero hace tiempo que no hay derramamientos de sangre por esa causa.

—No se trata de que los bandos hayan vuelto a las andadas —aclaró Rojas—; estoy pensando más bien en una venganza por cosas del pasado.

—¿Por qué motivo?

—Lo ignoro.

—¿Entonces?

—Veréis. Una de las víctimas era una criada de la familia Monroy, si bien todo parece indicar que el verdadero objetivo era la señora, una de las nietas de doña María la Brava.

—¡¿De verdad?! No puedo creerlo.

—Se trata de doña Aldonza Rodríguez de Monroy. Ella misma me lo contó.

—¿Y las otras víctimas?

—La última es un hijo del arzobispo de Santiago.

—Acabáramos. Ahora sí que el asunto se pone feo.

—¿Por qué lo decís? —preguntó Rojas, como si no supiera nada.

—Porque su padre no va a descansar hasta dar con el que lo haya matado. Y, una vez que lo encuentre, lo desollará vivo para que sirva de escarmiento, y lo mismo hará con cualquiera que se interponga en su camino. Estáis avisado.

—No sois el primero que me lo dice.

—Pues ya sabéis...

—Por otra parte —lo interrumpió—, está el caso de fray Juan de Sahagún.

—¿Os referís a aquel predicador que tenía fama de santo? —preguntó Alonso Juanes, con cara de sorpresa—. ¿El del milagro del Pozo Amarillo?

—Eso parece. Mi amigo fray Antonio —explicó Rojas— está convencido de que lo mataron a causa del acuerdo de paz entre los bandos, y piensa también que su muerte tiene algo que ver con estas de ahora.

—¿Queréis decir que fray Juan sería la quinta víctima, la que cierra la serie?

—En realidad, sería la primera —corrigió Rojas.

—Tenéis razón. En cualquier caso —confesó—, no acabo de verlo claro.

—Sea como fuere, mi obligación es investigarlo.

—¿Sabéis algo de las otras dos víctimas? —preguntó el abogado.

—Aún no he podido averiguar si sus familias han tenido algo que ver con los bandos.

—De todas formas, aquí hay algo que no cuadra.
—¿A qué os referís?
—A que los Monroy pertenecen al bando de Santo Tomé, mientras que los Fonseca militan en el de San Benito.
—¿Y eso qué quiere decir?
—Que no parece razonable que quien quiso matar a la nieta de doña María la Brava y acabó con el hijo del arzobispo de Santiago sea la misma persona. Por no hablar ahora —añadió— del tiempo transcurrido entre la muerte de fray Juan y las presentes.
—Entiendo lo que decís, pero es posible que haya alguna explicación para todo eso. De momento, se trata sólo de una hipótesis, y, para comprobarla, necesito consultar el documento del acuerdo de paz entre los bandos de San Benito y Santo Tomé.
—¿Cuál de ellos? —preguntó su amigo.
—En principio, el de 1476. Pero tal vez convenga echarle un vistazo también al otro.
—Mucho me temo que eso no va a ser posible —comentó Alonso Juanes.
—¿Por qué? —preguntó Rojas, perplejo.
—Porque el acceso al archivo de los Linajes, que es donde se guardan, está muy restringido.
—¿Dónde se encuentra exactamente?
—Bajo el amparo del convento de San Francisco. Según parece —explicó—, nadie confiaba en que fuera a estar seguro en la Casa del Concejo. Así que buscaron un lugar más o menos neutral y, por así decirlo, inviolable, dado su carácter sagrado.
—En ese caso, no va a haber ningún problema, pues soy amigo de fray Germán de Benavente.
—Os equivocáis —rechazó el abogado—. Para abrir el archivo, hacen falta cuatro llaves: una la tiene el corregidor; otra, el escribano secretario; y las restantes, dos caballeros regidores, uno de cada bando. De tal modo que nadie

puede acceder a los documentos del archivo si no está convenientemente autorizado por todas las partes en litigio.

—¿Y qué tarea les compete en esto a los franciscanos?

—Ellos se limitan a custodiarlo. No obstante, cabe la posibilidad de que, antes de efectuar el depósito, se hiciera algún inventario de los documentos, con lo que algún fraile podría estar enterado de su contenido.

—Seguro que fray Germán sabe algo. Voy a pasarme por allí.

—Andad con cuidado —le aconsejó su amigo—. Remover en los asuntos de los bandos puede ser muy peligroso.

—Tendré muy en cuenta la advertencia, y más viniendo de vos, que no soléis arredraros ante nada.

—Creedme, sé muy bien por qué lo digo. Una de las pocas cosas buenas que debemos agradecerles a los Reyes Católicos es haber puesto coto a la nobleza, si bien es cierto que algunos siguen campando por sus fueros.

Tras abandonar el aposento de su amigo por la puerta que daba al callejón, decidió ir al mesón de la Solana para saludar a Lázaro, pero después se lo pensó mejor y se abstuvo de ir a visitarlo. Era posible que la gente del arzobispo lo estuviera vigilando y no quería que lo vieran con el muchacho. Pero la suerte quiso que se cruzara con él en la Rúa de San Martín.

—Os estaba buscando —le comunicó a Rojas—. Algo pasa en las obras del palacio que están construyendo al inicio de la calle y que ahora están paradas a causa de la nieve.

—¿Y no sabes de qué se trata?

—Al parecer, unos niños que estaban jugando a moros y cristianos, en el interior de la obra, han salido asustados, y enseguida ha comenzado a circular todo tipo de rumores en la calle. No sé por qué, he pensado que podía tratarse de algún nuevo crimen.

—Está bien. Voy a echar un vistazo —se limitó a decir Rojas.

—¿Y no queréis que os acompañe?

—Es mejor que no vengas —ordenó—, podría ser peligroso.

—Pero si estoy con vos —replicó el muchacho, que no entendía la actitud de su amigo.

—Por eso mismo —sentenció Rojas de forma tajante.

Cuando por fin vio que el muchacho desistía de su empeño, se puso en marcha. El lugar indicado estaba al otro cabo de la calle, por lo que no tardó en ver cómo la gente se arremolinaba en torno a una de las entradas de las obras, sin atreverse a dar un paso más. Rojas intentó averiguar qué había sucedido, pero nadie sabía nada con certeza. Así que procedió a entrar. Después de saltar por encima de unos sillares que estaban a medio labrar y traspasar una puerta hecha de tablas en uno de los muros que aún quedaban por concluir, llegó a lo que parecía ser el patio del futuro palacio. Según le habían contado, lo había mandado construir el doctor Rodrigo Maldonado de Talavera e iba a ser uno de los más grandes y hermosos de la ciudad. Y, a juzgar por las partes que ya estaban terminadas, no les faltaba razón.

Pero no era eso lo que, a buen seguro, había llamado la atención de los niños. Se dio cuenta de ello cuando de pronto descubrió que, en uno de los rincones del patio, había un pequeño andamio y, sobre él, se distinguía una figura que le resultaba familiar. «¿Qué estará haciendo allí arriba?», se preguntó. Sin perder un instante, subió a la parte más alta del armazón por uno de los costados y comprobó que, en efecto, no era otro que fray Jerónimo. Estaba completamente inmóvil, asido a su cayado, con la mirada perdida y la espalda apoyada en una de las columnas del patio. Sólo cuando se acercó a él y lo tocó con cuidado, Rojas pudo darse cuenta de que estaba rígido y frío como una estatua de hielo y de que alguien lo había atado con una cuerda a la columna, para que no se cayera.

Por un momento, dudó si bajarlo del andamio o avisar antes al maestrescuela. En principio, no conocía la causa de su muerte, pero parecía evidente que ésta no había sido natural. Por otro lado, había que tener en cuenta que no se trataba de un estudiante, lo que lo dejaba fuera de su jurisdicción. No obstante, estaba clara su relación con el caso que estaba investigando. Al final, optó por curarse en salud e ir a buscar al maestrescuela.

—Que nadie entre ni toque nada, ¿me habéis oído? —les dijo a los que aguardaban, expectantes, en la entrada—. Voy a buscar a los alguaciles.

Rojas encontró al maestrescuela metido en la cama, a causa de un enfriamiento. Tras pedirle disculpas por tener que molestarlo en esas circunstancias, le contó lo que había descubierto.

—Se trata de una mala noticia —reconoció el maestrescuela—. ¿Habíais logrado veros de nuevo con él?

—Lo intenté esta mañana, pero no quiso recibirme en su refugio. Ni siquiera admitió conocerme. De hecho, tengo la impresión de que lo habían amenazado para que no hablara. Por eso, no entiendo qué ha podido pasarle.

—Ahora lo más urgente —le ordenó el maestrescuela— es que vayáis, con los alguaciles del Estudio, a recoger el cadáver, para que podáis examinarlo y determinar la causa de su muerte antes de que lleguen los alguaciles del Concejo.

—Así lo haré. Y espero que os repongáis pronto —se despidió.

—Id con Dios.

A Rojas no le fue difícil localizar a los alguaciles en una taberna próxima a las Escuelas, donde solían matar las horas cuando no estaban de servicio. Una vez en la obra, les ordenó que improvisaran unas andas con algunas tablas y palos que había por allí y colocaran sobre ellas el cadáver, cubierto con una manta. Mientras tanto, Rojas procedió a examinar con atención el lugar de los hechos, para ver si encontraba algún indicio. Sobre la nieve que había en el andamio, descubrió dos surcos paralelos que llegaban hasta el lugar en el que estaba el cadáver, lo que quería decir que alguien lo había arrastrado y que, por tanto, ya estaba muerto cuando lo subieron allí. Este hecho se veía confirmado, además, por la ausencia de huellas de la víctima, que hubieran resultado inconfundibles, pues calzaba sandalias. En cambio, sí se apreciaban las de una segunda persona, todas ellas en una misma dirección, si bien unas eran más profundas que otras. Naturalmente, esto quería decir que, en un principio, la persona en cuestión había tenido que tirar del cadáver, caminando hacia atrás, de ahí la mayor hondura en la nieve. Las otras eran del momento en que abandonó el andamio.

Después, le echó un vistazo al resto del patio, donde encontró algunas huellas de sandalias, junto a otras como las que ya había visto en el andamio. Pero lo que más llamó su atención fue el signo que encontró junto a una de esas pisadas. Se trataba de una O, probablemente dibujada con un palo. ¿Habría intentado fray Jerónimo escribir el nombre de su agresor sobre la nieve?

Tras buscar sin éxito alguna letra más, ordenó el traslado del cadáver al Hospital del Estudio. Allí mandó que lo llevaran a una pequeña sala con chimenea; también pidió que encendieran el fuego y que, a mayores, trajeran varios braseros, para que se deshelara. En un primer examen, no halló ninguna herida ni señal de violencia. Pero, cuando por fin pudo abrirle la boca, se encontró con la sorpresa de que le habían arrancado la lengua. Asimismo, pudo apreciar que la raíz de ésta presentaba un color negro muy característico. Esto, sin duda, venía a desmentir la hipótesis de que la muerte de fray Juan formaba parte de la serie de crímenes, si bien había que tener en cuenta que la víctima no era un estudiante, lo que complicaba todavía más las cosas.

—¡Dios mío, estáis aquí! —exclamó de repente fray Antonio desde la puerta.

—¿Y dónde esperabais que estuviera?

—Cuando, hace un rato, oí que había un nuevo muerto —explicó el fraile—, me dio un vuelco el corazón, y he salido corriendo a buscaros. Por el camino, me he encontrado con un alguacil del Estudio. Le he preguntado por vos y me ha dicho, sin más, que estabais en el Hospital. Así que, por un momento, he pensado que, en efecto, erais vos la víctima...

—Pues ya veis que sigo vivo —lo interrumpió Rojas.

—No gana uno para sustos.

—Me alegra, de todas formas, que hayáis venido con tanta celeridad; me habéis ahorrado una visita al convento.

—¿Alguna novedad? —preguntó el fraile con interés.

—Lamento mucho tener que deciros que estabais equivocado. La muerte de fray Juan de Sahagún no forma parte de la serie.

—¡No es posible!

—Comprobadlo vos mismo —le rogó, señalando la boca del cadáver.

Fray Antonio se acercó a la mesa y vio que a fray Jerónimo le habían cortado la lengua.

—Tenéis razón —concedió, mientras se rascaba, pensativo, la tonsura—. Pero, por otro lado, no se trata de un estudiante.

—Si es por eso, tampoco fray Juan de Sahagún lo era, cuando lo mataron.

—Entonces, ¿creéis que éste es el crimen que completa la serie? —preguntó fray Antonio no muy convencido.

—Eso parece. Y esperemos que, en verdad, sea el último. Estoy ya harto de recoger cadáveres.

—¿Y no habéis pensado que podría haberlo hecho la gente del arzobispo?

—¿Por qué motivo?

—Como castigo por haberos revelado algunas cosas de su hijo o para evitar que pudiera contaros nuevos secretos.

—Pero yo mismo he intentado interrogarlo esta mañana y ha simulado no conocerme, lo que demuestra que ya lo habían amenazado para que no hablara. Así que no hacía falta matarlo.

—Tal vez os vieran de nuevo con él, y hayan decidido no correr riesgos.

—¿Y por qué le han cortado la lengua?

—Vos mismo me habéis contado que la gente del arzobispo parecía estar al tanto de los otros crímenes. De modo que se han limitado a seguir la pauta.

—Ya entiendo. Pero ¿con qué fin?

—Muy fácil. Para sembrar el desconcierto en vos y, de paso, para mandar un aviso al autor de las muertes.

—No acabo de verlo. Pero puede que sea como sugerís —concedió Rojas—; y eso hace que me sienta más responsable. Ya sería la segunda víctima que muere por mi culpa en este caso.

—No entiendo por qué lo decís.

—Porque no sólo no consigo evitar las muertes ya previstas, sino que añado algunas otras a causa de mi torpeza. Y a vos más os valiera que no os mezclarais conmigo y os encerrarais, durante varios días, en el convento.

—Digáis lo que digáis, no pienso dejaros solo en esto.

—Por otra parte, debo confesaros que, aunque tengáis razón en lo de fray Jerónimo, sigo sin acabar de creer que la muerte de fray Juan de Sahagún forme parte de la serie. Así que debo estar prevenido, por si acaso.

—Me temo que, una vez más, os equivocáis.

—Ojalá sea así. Ahora, si me lo permitís, debo ir al convento de San Francisco.

—¿Vais a pedirle ayuda a fray Germán de Benavente? —inquirió, algo dolido, fray Antonio—. ¿Es que ya no confiáis en mí?

—¿Por qué no había de confiar en vos? Tengo que ir al convento de San Francisco —le informó— porque es allí donde se encuentra el archivo de los Linajes y donde tenía su refugio fray Jerónimo.

—¿Seguís, pues, con las pesquisas?

—¿Acaso tengo otra opción? De un momento a otro, y si Dios no lo remedia, esta ciudad puede verse envuelta de nuevo en una guerra. Como bien sabéis, la sangre llama a la sangre, y aquí ya empieza a haber demasiadas muertes.

—Prometedme, entonces, que iréis con cuidado y que seguiréis contando conmigo.

—Lo haré, no os preocupéis. Pero ahora debéis ocuparos de vuestros asuntos. Seguramente, vuestro alumno os espera en la farmacia.

—Callad, no me habléis de él —se quejó fray Antonio—. A veces me dan ganas de envenenarlo con sus propias medicinas; me refiero a las que él elabora a partir de mis recetas, que, en lugar de sanar, matan. Dejadme que os acompañe, al menos, hasta la puerta del convento de San Francisco. Me vendrá bien caminar un poco.

Capítulo 17

Como de costumbre, Rojas halló a fray Germán en la biblioteca del convento. Pero esta vez no estaba trabajando, sino mirando por la ventana hacia el otro lado del huerto, con el semblante muy preocupado.

—Supongo que ya sabréis lo que ha ocurrido —empezó a decir Rojas.

—Aunque os parezca mentira, los conventos siempre son los primeros en enterarse de las noticias, sobre todo si éstas son malas.

—Quiero que sepáis que, en este caso, me siento culpable. Tal vez si no hubiera venido a verlo...

—¡Tonterías! —exclamó fray Germán—. Si él no os hubiera dicho nada en su momento, vos no habríais venido a interrogarlo. Y me temo que ahora sois vos el que está en peligro.

—Por mí no os preocupéis —lo tranquilizó—. De momento, a los que lo han matado les interesa que siga vivo y haga mi trabajo.

—¿Sabéis una cosa? Ahora que fray Jerónimo ha muerto, le da a uno por pensar: «Y si, después de todo, tuviera razón en aquello que decía?». Me imagino que toda esa gente que lo escuchaba y creía en sus palabras andará por ahí, aterrada, sin saber muy bien qué hacer ni qué pensar. Pero supongo que no habréis venido sólo a comunicarme la noticia, ¿no es así?

—No es mi intención perturbaros —se disculpó Rojas—. Pero lo cierto es que, últimamente, todos los caminos conducen a este convento.

—Espero que ni mis hermanos ni yo seamos sospechosos.

—Para un pesquisidor, todos lo son —bromeó—, mientras no se demuestre lo contrario. Pero, en este caso, podéis estar tranquilo. Lo único que necesito para avanzar en este caso es consultar el archivo de los Linajes.

—Supongo que sabréis que, para acceder a él, son necesarias cuatro llaves, y que ninguna de ellas se guarda en el convento.

—En efecto, estoy enterado. No obstante, había pensado que tal vez vos sepáis algo acerca de los documentos que en él se guardan.

—Algo sé —reconoció el fraile.

—¿Queréis decir que los habéis visto?

—No me quedó más remedio. Fue a mí a quien encargaron hacer el inventario.

—¿Y no recordaréis el contenido de algunos de esos documentos? —preguntó Rojas, esperanzado, pues sabía que el fraile tenía buena memoria.

—Eran muchos. Concretamente, ¿a cuáles os referís?

—Me interesan las actas de concordia entre los bandos.

—¡Ahí es nada! —exclamó el fraile—. Precisamente, esos papeles fueron el principal motivo de que el archivo se trasladara a este convento. Aquí se reunieron, además, los componentes de ambos bandos para elegir a los diputados que luego discutieron y redactaron las ordenanzas de la concordia de 1493.

Mientras hablaba, no paraba de retirar muebles de una de las paredes y de cambiar de sitio códigos y legajos, ante la mirada atónita de Rojas.

—¿Y bien? —inquirió éste con impaciencia—. ¿Visteis en ellos alguna cosa que os llamara la atención?

—¿Podríais ayudarme a separar este armario de la pared? —le pidió el fraile, sin molestarse en contestar.

—Ya veo que no me estáis escuchando —se quejó Rojas.

—Querido amigo, todo a su tiempo. Tirad con fuerza de ahí —le ordenó.

Entre los dos lograron mover el armario hasta dejar al descubierto una puerta ciega en el muro. Ésta aparecía enmarcada por dos columnas de piedra muy ricamente adornadas. A media altura de una de ellas, la de la izquierda, el cantero se había entretenido en labrar una curiosa figura.

—¿Sabéis lo que es esto? —preguntó el fraile señalando hacia allí.

—La rana sobre la calavera simboliza el pecado de la lujuria —respondió Rojas de corrido, como si fuera un alumno aplicado delante de su maestro.

—En realidad, es una broma de cantero, y no se trata de una rana, sino de un sapo —corrigió el fraile con una sonrisa irónica.

—¿Y eso qué tiene que ver con lo que os he preguntado antes?

—Si fuerais más observador, habríais visto que también es la llave que nos permitirá abrir la puerta hacia lo desconocido.

Dicho esto, introdujo los dedos índice y corazón de su mano izquierda en las cuencas de los ojos de la calavera, y presionó con todas sus fuerzas, mientras empujaba con la palma de la otra la pared que cerraba el vano, hasta que se oyó el ruido de un engranaje y la puerta ciega comenzó a ceder. Al fondo, se podía ver el arranque de una escalera de caracol que conducía al piso de abajo.

—Vamos, ¿a qué esperáis? —lo apremió el fraile—. Coged ese hachón y seguidme.

Una vez repuesto de la sorpresa, Rojas hizo lo que fray Germán le había ordenado y empezó a descender. Cuando llegaron al final, volvieron a encontrarse con un vano tapiado y una pequeña calavera, esta vez en la parte derecha. El fraile repitió la operación, con el mismo resultado. La puerta daba directamente a una pequeña cámara en cuyo centro había una gran arca de hierro con varias bocallaves y las cantoneras reforzadas, muy parecida al *arca boba* en la que se guardaban los dineros de la Universidad.

—He aquí el *sancta sanctorum* —anunció el fraile.

—¡Pues estamos en las mismas! —exclamó Rojas—. Ya habéis visto que tiene cuatro cerraduras.

—Eso no es ningún problema —proclamó el fraile—. También tiene dos tapas: una a prueba de ladrones y otra de seguridad, por si se extraviara alguna de las llaves.

—¿Y vos sabéis dónde se encuentra y cómo se abre?

—Naturalmente. ¿Veis esa chapa de ahí? —se refería a uno de los refuerzos de la tapa—. Para abrirla, hay que poner la punta de los dedos sobre las cabezas de esos cinco clavos dispuestos en círculo, y apretar con fuerza. ¿Veis qué fácil?

Una vez ejecutada la maniobra, la tapa de seguridad saltó hacia arriba, como si hubiera sido impulsada por un resorte.

—Es sencillo e ingenioso a la vez, ¿no os parece? —prosiguió fray Germán.

—No sé si atreverme a preguntaros cómo es que sabéis todas estas cosas —comentó Rojas, admirado por lo que había visto.

—Es mejor que no lo hagáis —le aconsejó fray Germán—; preferiría no tener que mentiros.

Rojas acercó entonces el hachón para echar un vistazo dentro del arca. En efecto, estaba llena de legajos. Sin perder un instante, el fraile se puso a rebuscar con cuidado en su interior.

—¡Aquí están! —exclamó al fin, agitando unos papeles que había sacado de la caja.

—¿Estáis seguro? —preguntó Rojas, incrédulo.

—No es la primera vez que los veo.

Después, sacó un cartapacio del fondo del arca.

—¿Y eso?

—Es una especie de libro de registro —le explicó a Rojas—. Tal vez pueda sernos de alguna ayuda. Ahora es mejor que subamos, no siendo que arriba nos echen en falta.

Cuando regresaron a la biblioteca, volvieron a colocar las cosas como estaban y se pusieron a examinar los papeles que se habían llevado del arca. Después de ordenarlos un poco, fray Germán le pasó a Rojas varios documentos. El primero se componía de cuatro folios. Según constaba en el margen de uno de ellos, se trataba del *Ajustamiento de paz entre los caballeros de los bandos de San Benito y Santo Tomé*. Estaba fechado el 30 de septiembre de 1476 y comenzaba así:

Lo que está asentado, otorgado y prometido entre los caballeros, escuderos y otras personas de los bandos de San Benito y Santo Tomé de la ciudad de Salamanca, que aquí firmamos con nuestros nombres para guardar el servicio a Dios y a los Reyes, Nuestros Señores, es lo siguiente...

—Permitidme —le rogó el fraile— que os ahorre la lectura de un texto que os puede resultar demasiado farragoso. Lo que viene a decir, de forma resumida, es que los firmantes se comprometían a prestar servicio a los Reyes e ir contra quienes no lo hicieran; a oponerse a quienes ayudaran a los desterrados y a quienes fueran contra el pacto; a no causar otros enfrentamientos y a establecer el bien de la ciudad como fin primordial; y, por supuesto, a guardar la honra, el bien, la hacienda y las personas de todos los firmantes, que son éstos —añadió, señalando las rúbricas que se amontonaban al final del escrito y en la página siguiente.

La mayoría de los nombres se leía con facilidad, pero algunas firmas eran tan enrevesadas que no era fácil separarlas de las que había alrededor.

—¿Cuántos son en total? —preguntó Rojas.

—Según parece, el acuerdo lo firmaron veintiséis caballeros salmantinos.

—Son muy pocos, ¿no es cierto?

—Así es —confirmó—. Tened en cuenta que en aquel tiempo —añadió tras consultar el registro— había un total de doscientos setenta y dos salmantinos matriculados como caballeros y miembros de los linajes; de ellos, ciento treinta y dos pertenecían al bando de San Benito y ciento cuarenta, al de Santo Tomé.

—Esto quiere decir —concluyó Rojas— que apenas lo firmó una décima parte del total.

—Y de ellos, como podéis ver —continuó el fraile—, al menos dieciocho pertenecían al bando de San Benito, entre cuyos miembros abundaban, además, los de ciertas familias, como los Maldonado, con siete firmantes. El otro bando, sin embargo, está muy poco representado.

—¿Tenéis la bondad de indicarme quiénes son en concreto los de Santo Tomé?

—Con absoluta certeza, serían estos cinco.

Fray Germán fue señalando sobre el papel las firmas de los cinco tomesinos.

—¡Un momento! —exclamó Rojas, de repente—. ¿Podéis aclararme qué pone ahí?

—Diego de Madrigal —leyó el fraile—. ¿Lo conocéis?

—Así se llamaba la primera de las víctimas.

—Entonces es muy posible que éste sea su padre —conjeturó fray Germán.

—¿Sabéis algo de él?

El fraile cogió de nuevo el cartapacio y comenzó a mirar si había algún dato sobre su linaje en el registro.

—Su familia, al parecer, no era muy relevante dentro del bando de Santo Tomé —informó a Rojas—. Aquí tan sólo dice que don Diego fue receptor de un seguro o amparo real en 1494.

—¿Por qué motivo?

—No lo explica. Pero se supone que porque temía algo. Tal vez se sintiera perseguido o amenazado por otro linaje.

—¿Sabéis si su nombre figura en la concordia de 1493?

—Vos mismo podéis comprobarlo en el otro documento que os pasé.

Éste constaba de diez hojas en cuarto y estaba fechado el 30 de noviembre de 1493. A simple vista, Rojas constató que el número de firmantes era muy superior.

—En este caso, son cuarenta y dos —le informó el fraile, que parecía haber leído sus pensamientos—. Y la representación de los dos bandos está aquí más equilibrada. Miremos a ver si figura don Diego de Madrigal.

Codo con codo, comenzaron a repasar las firmas con las que concluía el escrito. Entre ellas, se encontraban apellidos muy conocidos, como Maldonado, Anaya y Paz, dentro del bando de San Benito; o Monroy, Almaraz y Tejeda, dentro del de Santo Tomé. Pero no había ningún Madrigal.

—¿A qué creéis vos que es debido? —preguntó Rojas.

—Su ausencia podría explicarse por muy diversas razones. Pero lo más probable —explicó fray Germán— es que por entonces la familia ya no viviera en Salamanca; tal vez por temor a sufrir algún ataque o agresión, como parece indicar el hecho de que al año siguiente don Diego solicitara amparo real.

—Eso explicaría que su hijo estuviera aquí estudiando contra la voluntad de su padre —concluyó Rojas—, aunque ya sabemos que eran más bien los naipes los que lo retenían en la ciudad. Pero sigamos buscando. ¿Habéis observado algún nombre entre los firmantes de esta segunda concordia que os llame la atención?

—Como habréis visto, hay varios Monroy, entre ellos don Gonzalo, nieto de doña María la Brava. Pero, curiosamente, no todos se encuentran en el mismo bando; también figura alguno en el de San Benito. ¿Lo veis?

Rojas asintió, pensativo.

—Asimismo —continuó el fraile—, es significativa la presencia de los Almaraz, ya que aparecían excluidos de forma explícita en la primera concordia.

—¿Qué queréis decir?

—Si os fijáis bien —le explicó—, hacia el final del acuerdo de 1476, hay un punto donde reza:

Ítem, que en todos nuestros capítulos no puedan ser acogidos para firmar en ellos Alfonso de Solís, Alfonso de Almaraz y sus respectivos hijos.

—¿Y eso qué quiere decir? —inquirió Rojas, intrigado.

—Que los linajes de los Solís y los Almaraz, ambos del bando de Santo Tomé, quedaban fuera del acuerdo, lo que tal vez pudiera interpretarse como que se había abierto la veda para atacarlos y acabar con ellos.

—Pero ¿por qué motivo?

—A ciencia cierta, no lo sé. Lo único que puedo deciros es que, unos meses antes de la firma del acuerdo, los Reyes concedieron a don Alfonso de Solís licencia para fundar el mayorazgo de Moncantar, lo que no debió de sentar nada bien a los de San Benito.

—¿Y cómo es que los Reyes consintieron que figurara ese punto en el acuerdo?

—Supongo que los de San Benito lo añadieron sin su consentimiento.

—Se mire por donde se mire, parece evidente que ese primer intento de concordia fue demasiado prematuro.

—En realidad, no fue un acuerdo de paz —apuntó el fraile.

—¿Qué queréis decir?

—Para empezar, en él no se hace ninguna propuesta concreta para solucionar los problemas que habían provocado la guerra de los bandos. Para entender lo que digo, basta con que comparéis el texto de este documento con el de 1493. De entrada, este último es mucho más extenso, ya que requirió varias sesiones, y en él no se excluye a nadie de manera explícita. En cuanto a su contenido, cabe distinguir al menos dos partes. En la primera, se recoge la voluntad común de acabar con las diferencias que existían entre los diversos linajes con respecto a la provisión de oficios o cargos del Concejo, mientras que en la segunda se señalan de manera concreta las irregularidades que solían cometerse en el reparto de éstos y se indican algunas pautas para corregirlas. Por supuesto, esta concordia no terminó totalmente con las anomalías ni con los conflictos, pero al menos sentó las bases para una paz más o menos efectiva y duradera. La anterior, sin embargo, no era más que una especie de tregua, impuesta por uno de los bandos, para dividir al enemigo y acabar más fácilmente con él, aprovechándose de las circunstancias. La prueba es que, a los pocos meses, un miembro de la familia Maldonado mató impunemente a don Alfonso de Solís.

—¿Queréis decir que los de San Benito se sirvieron de este acuerdo de paz para hacerles la guerra a algunas familias del bando contrario?

—En efecto, parece una inversión del célebre aforismo latino: *Si vis pacem, para bellum (Si quieres la paz, prepara la guerra)*. En este caso, sería: *Si vis bellum, para pacem (Si quieres la guerra, prepara la paz)*.

—¿Y qué implicación podría tener en todo esto el arzobispo de Santiago?

—Si os habéis fijado, don Alonso de Fonseca y Acevedo no figura en ninguno de los dos acuerdos, pues no reside oficialmente en Salamanca, sino en Santiago de Compostela, pero resulta evidente su pertenencia al bando de San Benito. Por otra parte, ha sido uno de los máximos beneficiarios de los acuerdos de paz, lo que ha aumentado considerablemente su poder. De hecho, el conflicto que ahora amenaza con volver a ensangrentar la ciudad no es ya la guerra de los partidarios de Santo Tomé contra los de San Benito, sino la que enfrentaría a las dos grandes familias o facciones de este último bando, los Fonseca y los Maldonado.

—¿Y cómo es que, viviendo tan lejos, tiene tanta influencia en la ciudad?

—El hecho de no residir aquí no ha sido nunca un obstáculo para el arzobispo, pues tiene un pequeño ejército de servidores fieles y bien pertrechados, entre los que se encuentran algunos de sus hijos.

—La verdad es que este asunto me parece cada vez más peligroso y enrevesado.

—Ésta es la entraña misma de la ciudad, querido Rojas.

—Una última pregunta. ¿Os dice algo el nombre de Juan Sánchez?

—Así, de pronto, nada.

—¿Y el sobrenombre de El Morugo?

—Me resulta algo familiar, pero no sé por qué.

—Al parecer, podría ser el apodo con el que se conoce al padre de la segunda víctima, la que apareció en la cuadra del mesón del Arco. Y, teniendo en cuenta que el hijo se cambió de nombre y no quería saber nada de él, es muy probable que se hubiera visto envuelto en algo turbio.

—En principio, no parece que se trate de un caballero; tal vez sea un escudero o un criado de confianza —aventuró.

—¿Y no podríais averiguar de quién?

—Podría intentarlo, pero necesito tiempo. Y ya es muy tarde, ¿no creéis?

—Tenéis razón —reconoció Rojas—. No todo puede hacerse de una vez; de todas formas, creo que hemos avanzado bastante. Así que lo mejor es que me vaya.

—Deberíais quedaros a dormir en el convento —le propuso el fraile—. Aquí al lado hay una celda libre, que yo mismo utilizo cuando quiero que no me molesten. Son los privilegios de la edad. Mañana, si lo deseáis, podemos seguir con el trabajo.

—Acepto encantado vuestro ofrecimiento.

—Pues no se hable más —dijo el fraile poniéndose en pie—. A veces, el sueño aclara las ideas y nos ayuda a encontrar soluciones que no hallamos en la vigilia, por más que nos esforcemos.

A esas horas, el convento estaba sumido en un silencio absoluto, en una calma tan densa y profunda que no parecía de este mundo. De ahí que, más que quietud, a Rojas le infundiera una cierta intranquilidad.

—Mirad, ésa es vuestra celda —le indicó fray Germán—. Espero que estéis cómodo.

—Por eso no os preocupéis. Creo que me dormiría hasta en el palo de un gallinero —añadió en tono de chanza.

—Quedad con Dios entonces.

—Hasta mañana. Que descanséis.

La celda en cuestión era muy parecida a la de fray Germán, salvo que ésta se encontraba llena de papeles, códices y libros impresos, como si se tratara de una alacena. De hecho, antes de acostarse, tuvo que retirar los que se habían ido acumulando encima de la cama. Después, no tardó en quedarse dormido.

Rojas se despertó sobresaltado, con la impresión de que algo grave había sucedido. Tras vestirse, salió con cuidado al pasillo y se dirigió a la celda de fray Germán. Cuando llegó a ella, llamó a la puerta; primero, despacio; luego, más recio. Al ver que no contestaba, se atrevió a abrirla y se asomó al interior. Su amigo no estaba en su lecho. Cada vez más preocupado, Rojas fue a ver si se encontraba en la biblioteca. Sin poder evitarlo, empezaba a temerse lo peor. Y, en efecto, allí estaba, derrumbado sobre su escritorio, en medio de un charco de sangre.

—¡Dios mío! —exclamó—. ¡No!

Justo en ese momento, fray Germán comenzó a mover la cabeza, como si estuviera despertándose de un profundo sueño. Rojas, sorprendido, se acercó a él.

—¿Me escucháis? —preguntó—. Soy Fernando. ¿Qué os ha pasado? ¿Estáis bien?

—Me he quedado dormido, y, sin darme cuenta, he debido de derramar este tintero de *minium*. ¡Menudo desastre! —exclamó, mientras intentaba limpiarse la cara con un trapo.

—¡Gracias a Dios, era sólo eso! —comentó Rojas—. Me habíais asustado de verdad.

—Ah, ya lo entiendo —sonrió el fraile—. Creíais que me habían matado. Lamento mucho haberos preocupado de esa forma.

—Me alegra que todo esto haya quedado en un susto. De todas formas, deberíais andaros con cuidado. Os aconsejo que no recibáis a nadie ni salgáis del convento hasta que yo os lo diga.

—Lo haré, si vos me prometéis no volver a meteros en más complicaciones como ésta.

—Os aseguro que es la última vez que me dejo tentar por el maestrescuela.

—Ahí tenéis, por cierto —le dijo el fraile, alargándole un papel—, la información que os faltaba. Espero que con esto podáis resolver ya el enigma.

—No debíais haberos quedado toda la noche.

—¿Y por qué no? Yo aquí puedo acostarme y levantarme cuando quiero. Y, si estoy ocupado en un asunto urgente, estoy eximido de asistir a las oraciones y a los oficios religiosos. Tengo bula otorgada por el prior para ello.

—Ya veo que vuestro superior os trata muy bien.

—Por la cuenta que le tiene —aclaró el fraile—. Él sabe de sobra que es prior porque yo decidí declinar el ofrecimiento del cargo. Así que siempre procura tenerme contento.

—De todas formas, tenéis que acostaros un rato.

—Naturalmente —aceptó el fraile—. Pero ¿no vais a ver lo que dice el papel?

—Sí, claro, pensaba hacerlo ahora.

Tras leerlo, miró al fraile y le preguntó:

—¿De modo que Juan Sánchez el Morugo era el criado de confianza de don Alfonso de Solís?

—Al menos, eso es lo que pone en una nota del libro de registro.

Capítulo 18

Cuando Rojas llegó al Colegio, ya hacía rato que había amanecido, aunque en ese momento esto era mucho decir, pues el cielo estaba tan negro y encapotado que el día apenas se distinguía de la noche. De hecho, sólo la nieve recién caída en esos días contrastaba un poco con la oscuridad reinante. Justo en la entrada, se cruzó con el maestrescuela, que venía con el semblante preocupado.

—Gracias a Dios que os encuentro —exclamó al ver a Rojas—. Pero ¿dónde os habíais metido? ¿No vendréis de algún garito o taberna?

—Lamento defraudaros —contestó Rojas con ironía—, pero he estado toda la noche en el convento de San Francisco, donde he hecho importantes averiguaciones sobre el caso. Es más, todo parece indicar que estoy muy cerca de resolverlo. Tan sólo me falta atar algunos cabos.

—¿Ah, sí? Me alegra mucho oír eso.

—En cuanto todo esté listo, hablaré con vos.

—¿Y no podéis adelantarme nada?

—Como me temía, se trata de una venganza relacionada con la guerra de los bandos, de eso no hay ninguna duda. Lo que no sé aún es quién se encuentra detrás de los crímenes. Pero ahora ya sé dónde debo buscar.

—¿Y cómo habéis llegado a esa conclusión?

—La clave está en el archivo de los Linajes; mi amigo fray Germán me está ayudando mucho en ello.

—Os felicito. Estáis haciendo un gran trabajo.

—Por cierto, ¿para qué me buscabais?

—¡Con la sorpresa casi se me había olvidado! —exclamó el maestrescuela—. Lo que voy a deciros —prosiguió, en voz baja— no debe saberlo nadie. Su Alteza la reina doña Isabel se encuentra en Salamanca y desea veros.

—¡¿A mí?!

—Sí, a vos.

—¿Por qué motivo?

—No me lo ha dicho, pero seguramente quiere mostraros su preocupación por los crímenes que estáis investigando. No lo sé muy bien.

—¿Y por qué no habla mejor con vos?

—Porque ya lo hizo hace un rato, y ahora es con vos con quien quiere conversar.

—¿Y cuándo y dónde se supone que ha de tener lugar el encuentro?

—Ahora mismo, lo antes posible, en el convento de las Dueñas. Pero recordad que nadie, salvo algunas monjas y yo, sabe que la Reina está aquí. Así que andad con cuidado.

El convento de las monjas dominicas de Nuestra Señora de la Consolación estaba muy próximo al de los dominicos de San Esteban, demasiado cerca, en opinión de algunos, tanto que, con relativa frecuencia, se oían rumores de algún escándalo. Cuando Rojas llegó al convento, lo mandaron pasar al locutorio. La Reina, por su parte, no se hizo esperar. Era de mediana estatura, con la tez muy blanca y el cabello rubio; los ojos entre verdes y azules, según la luz que los iluminara, y la mirada risueña, en marcado contraste con sus profundas ojeras. Su rostro era redondo y mofletudo, con algo de papada, y los labios, carnosos; su andar, más bien sereno, y sus modales, sumamente corteses, si bien tenía fama de mujer dura y rigurosa. Parecía cansada, como si acabara de llegar de un largo viaje, pero procuraba que no se le notara. Rojas había oído decir que era capaz de recorrer más de quince leguas de una sola cabalgada, si la ocasión lo requería. ¿Habría sido éste el caso?

Después de los saludos protocolarios, la Reina lo cogió del brazo y lo invitó a pasear por el pequeño claustro del convento, desierto y silencioso a esa hora.

—Estoy en deuda con vos —dijo de repente—, no creáis que lo he olvidado.

—¡¿Conmigo?! —exclamó Rojas, extrañado—. Más bien soy yo el que lo está con Vuestra Alteza, pues no fui capaz de preservar la vida del Príncipe, como era mi obligación.

—Eso no estaba en vuestra mano, y vos lo sabéis —lo tranquilizó la Reina—. Sin embargo, conseguisteis dar con los que lo mataron, y lo hicisteis con la debida discreción y poniendo en riesgo vuestra vida. Ahora que ya ha terminado el tiempo de duelo, que no el dolor que siento como madre, pues ése me acompañará siempre, estoy en disposición de reconocerlo. Podéis pedirme lo que queráis.

—Vuestra Alteza no tiene que otorgarme nada. Ya fui recompensado como debía.

—Así y todo... Os lo ruego.

—Está bien. Ya que insiste Vuestra Alteza, me atreveré a solicitar un pequeño favor, aunque no para mí —aclaró—. Hay una doncella de catorce años, doña Luisa de Medrano, hija de don Diego López de Medrano y doña Magdalena Bravo de Lagunas, a quienes habéis honrado con vuestra protección, que tiene gran deseo de seguir los pasos de doña Beatriz Galindo, a la que venera por sus muchos conocimientos y acreditada sabiduría. Ruego, pues, a Vuestra Alteza haga lo posible para que pueda estudiar en la corte, donde ya se encuentran su madre y una hermana.

—¿Eso es todo? —le preguntó la Reina, sorprendida.

—Y aún me pesa, pues temo que con ello pueda causarle a Vuestra Alteza o a doña Beatriz alguna molestia.

—¿Y no queréis nada para vos?

—Sepa Vuestra Alteza que, en este momento, a mí me basta con poder hacer feliz a doña Luisa.

—¿No estaréis enamorado de ella? —preguntó la Reina, con fingido enojo.

—Desde luego, debo confesaros que es tan hermosa como inteligente. Sin embargo, no es ése el caso. Sabed que yo apenas la conozco, pero, por lo que he visto y oído, ya ha dado pruebas más que suficientes de su gran inteligencia y sabiduría, así como de sus muchos conocimientos de latín, que ha adquirido gracias a los desvelos de uno de sus parientes y, sobre todo, a su inquebrantable voluntad...

—No hace falta que sigáis —lo interrumpió la Reina—. Conozco muy bien a sus padres y me fío totalmente de lo que decís. La invitaré a la corte para que pueda estudiar con doña Beatriz y los otros maestros que allí enseñan. Me alegra mucho saber que, en este aspecto, las damas que me rodean son un modelo para algunas doncellas de la nobleza castellana.

—¿No habéis pensado, por cierto, crear una academia en Salamanca para las doncellas de noble linaje como la que fundó en Valladolid Pedro Mártir de Anglería para los varones?

—Seguramente, sabréis que soy una decidida partidaria de la educación de las mujeres de la nobleza y que, por mi parte, he hecho todo lo que está en mi mano para que así sea, como instruir a mis expensas a un gran número de doncellas. Pero no puedo cambiar las viejas costumbres de la noche a la mañana. En estos casos, la política nos aconseja ser cautos e ir poco a poco. Tened en cuenta que, hasta no hace mucho, ni siquiera los hijos varones de los nobles recibían la más mínima educación, y lo llevaban a gala.

—No obstante, Vuestra Alteza...

—Me temo, estimado Rojas, que ya habéis agotado vuestro cupo de peticiones por hoy. Tiempo habrá, sin duda, de que volvamos a hablar de este asunto, si es que tanto os interesa y no es tan sólo una preocupación pasajera, motivada por cierta persona.

Rojas había oído decir que la Reina era dura en las negociaciones y que nunca se mostraba dispuesta a dar su brazo a torcer. Pero él no tenía intención de rendirse fácilmente; así que decidió cambiar de estrategia.

—¿Sabéis que hay doncellas capaces de poner en peligro su honestidad y la honra de su familia e incluso su vida por asistir, disfrazadas de varón, a las clases del Estudio?

—¿Os referís a la muchacha que ha sido hallada muerta en una de las aulas de las Escuelas Mayores?

—Ya veo que Vuestra Alteza está muy enterada.

—Soy la Reina y, como tal, tengo la obligación de estar informada de todo lo que ocurre en mis dominios. Saber es poder, no lo olvidéis. Y también me he enterado de que vos sois el encargado de hacer las pesquisas. ¿No habréis creído que he venido a Salamanca sólo para agradeceros lo que hicisteis en su día? Y os recuerdo que, cuando murió el Príncipe, me juré a mí misma no volver a poner los pies en esta ciudad.

—Ya le dije a Vuestra Alteza que no había nada que agradecer. En cuanto a mi oficio de pesquisidor, sin duda Vuestra Alteza sabrá que fue deseo del maestrescuela...

—La verdad es que no me gusta nada este maestrescuela —lo interrumpió—, demasiado sinuoso para mi gusto. Pero estoy segura de que ha sido la mejor decisión que podía tomar.

—La confianza de Vuestra Alteza me halaga.

—Dejaos de cumplidos y decidme qué es lo que habéis averiguado hasta la fecha.

—Aún es pronto para asegurarlo, pero todo parece indicar que estos crímenes tienen que ver con el viejo conflicto de los bandos.

—¡¿Otra vez esos dichosos bandos?! —exclamó la Reina—. Creía que ese asunto estaba ya definitivamente zanjado.

—Lo más seguro es que se trate sólo de una venganza llevada a cabo por alguna de las familias que se sintieron maltratadas por el primer acuerdo de paz.

—Pero si de eso hace ya una eternidad —exclamó la Reina con gesto de cansancio.

—Se ve que algunos no olvidan fácilmente —explicó Rojas.

—Espero, en cualquier caso, que resolváis este asunto lo antes posible y de la manera más eficaz. No me gustaría tener que vérmelas de nuevo con esos malditos bandos. Nos dio mucho más trabajo pacificarlos que conquistar el reino de Granada. De hecho, preferiría tener que combatir, a brazo partido, en el campo de batalla que tratar de imponer la concordia entre caballeros cristianos acostumbrados a odiarse y a obrar a su antojo.

—Tal vez si Vuestra Alteza me hablara de las circunstancias que rodearon el primer ajuste de paz, yo podría llegar a entender mejor lo que pasa ahora.

—Han sucedido tantas cosas, desde entonces —suspiró—, que no sé si me voy a acordar con exactitud. Sabed que, una vez ganada esta ciudad para nuestra causa, nuestro primer objetivo fue intentar pacificar a los bandos que la tenían dividida y desgarrada y que, a la larga, podían constituir un serio obstáculo para nuestro proyecto de unidad. Con este fin, mandamos hacer algunas pesquisas, que enseguida nos mostraron que nos enfrentábamos a una situación muy complicada. Por una parte, queríamos premiar y mantener contentos a los que nos habían apoyado en nuestra guerra contra los partidarios de doña Juana y el rey de Portugal, que, como bien sabéis, fueron los caballeros de San Benito, cuya ayuda fue fundamental en la batalla de Toro. Por otra, necesitábamos someter, de una vez por todas, a los caballeros del bando de Santo Tomé y obligarlos a firmar la paz con los de San Benito, pero sin destruirlos ni acabar con algunos de sus privilegios, pues sabíamos que, a la larga, eso podría acarrearnos problemas; de ahí que enseguida levantáramos el destierro que pesaba sobre varias mujeres de importantes linajes que habían apoyado la causa contraria. Pero pronto nos dimos cuenta de que ambos deseos eran incompatibles, ya que los de San Benito lo querían todo para ellos y no se privaban de mostrar su rencor contra los de Santo Tomé a la menor ocasión. Así que tratamos, por todos los medios, de buscar alguna solución de compromiso.

»Para ello, nos servimos de la persona que más se había distinguido por intentar conciliar a los dos bandos y que más prestigio tenía dentro de la ciudad, que no era otra que fray Juan de Sahagún. Fue él el encargado de tranquilizar los ánimos y de intentar convencer a las dos parcialidades de que lo más sensato para ellos era reunirse y firmar el acuerdo de paz. Pero la desconfianza de unos y la testarudez de otros dieron al traste con el plan. Y, al final, fueron muy pocos los que lo firmaron, y la mayoría, del bando de San Benito. No obstante, logramos presentarlo como un milagro de fray Juan de Sahagún que venía a avalar nuestra política de pacificación. Y lo cierto es que muchos terminaron por creérselo.

»Pero el espejismo duró muy poco, pues enseguida surgieron los problemas. De hecho, a los pocos meses, a comienzos de 1477, mataron a don Alfonso de Solís, que, de forma deliberada y contra nuestra voluntad, había sido excluido del pacto. Al parecer, había muerto a manos de don Gonzalo Maldonado, perteneciente al bando de San Benito, si bien su nombre no figuraba entre los firmantes del acuerdo. Pero esto no se pudo demostrar, entre otras cosas porque el crimen no fue denunciado por la familia hasta dos años y medio después de haberse cometido. Según el denunciante, que, si no recuerdo mal, era sobrino de la víctima, este retraso se debía a que ningún pariente o allegado de don Alfonso de Solís podía presentarse en Salamanca sin que su vida corriera grave peligro, y a que no confiaban en una justicia que, en su opinión, estaba en manos de sus enemigos. Así que habían decidido esperar a que nosotros visitáramos la ciudad para hacer efectiva la acusación. Con esto, los Solís no sólo pretendían que se les hiciera justicia por la muerte de don Alfonso, sino también que se les reconocieran sus derechos y se les permitiera volver a Salamanca con las debidas garantías.

»El caso es que, una vez enterados de todas las circunstancias referidas al asunto, resolvimos desestimar la demanda, pues teníamos constancia de la denuncia presentada un año antes por un pariente del supuesto autor del crimen, don Alfonso Maldonado, en la que éste sostenía que había sido atacado por dos caballeros del bando de Santo Tomé, don Fernando de las Varillas y don Diego de Valdés, amigos declarados de los Solís, lo que sin duda había que interpretar como un intento de venganza por la muerte de don Alfonso; de modo que, a nuestro entender, ya no cabía la posibilidad de reclamar justicia. Por otro lado, no estaba clara la participación de don Gonzalo Maldonado en el crimen; de hecho, algunos testigos hablaban, incluso, de una tercera persona. No obstante, les aseguramos que haríamos todo lo que estuviera en nuestra mano para que, con el tiempo, pudieran recuperar algunas de sus tierras y volver a la ciudad, como así ha ocurrido.

—¿Qué sabe Vuestra Alteza de la muerte de fray Juan de Sahagún? —preguntó Rojas de repente.

—¿No pensaréis que tuvo algo que ver con todo esto?

—Hay quien cree que pudo ser envenenado, y que más tarde le cortaron la lengua.

—Pero eso carece de sentido —rechazó la Reina con firmeza—. Si algo quedó fuera de dudas en este asunto, fue la buena voluntad de fray Juan. Todos, hasta los más mezquinos de ambos bandos, le reconocieron sus ímprobos esfuerzos y sacrificios en favor de la paz. Lo que ocurrió fue que la causa aún no estaba madura y hubo que esperar bastantes años para alcanzar la concordia definitiva. Por eso, me preocuparía mucho que estos crímenes pudieran poner en peligro lo que tanto nos costó conquistar. Decidme, ¿creéis que estamos ante un posible rebrote del conflicto?

—No lo sé con certeza, pero al menos hay riesgo de que algunos puedan volver a las andadas.

—Entonces debéis detener lo antes posible al criminal —ordenó la Reina.

—Antes tengo que averiguar quién es. Y eso me temo que no me va a ser cosa fácil.

—Os aseguro que la Santa Hermandad o el Santo Tribunal de la Inquisición no se andarían con tantos remilgos.

—Conozco sus métodos —admitió Rojas— y sé que son efectivos. Lo malo es que, por cada culpable que apresan o ajustician, resultan encarcelados o ejecutados varios inocentes.

—Es el precio que hay que pagar para que se haga justicia. Y tampoco creo que sean del todo inocentes esos que, según vos, son encarcelados o ejecutados injustamente.

—Pero todo el mundo tiene derecho a ser juzgado. Vuestra Alteza convendrá conmigo en que una persona es inocente, mientras no se demuestre lo contrario.

—¡Qué curioso! Yo siempre había pensado que era justamente al revés —replicó la Reina, con algo de sorna—. De todas formas, depende de lo que más convenga en cada caso, ¿no creéis?

—¿De qué sirve entonces estudiar Leyes en la Universidad, si después no las aplicamos o lo hacemos a nuestra conveniencia?

—Entiendo muy bien vuestra postura —concedió—. Pero, sea como fuere, estos crímenes no deben quedar impunes, pues ponen en entredicho el buen nombre de la ciudad y, sobre todo, de la Universidad. Y sabed que es voluntad de los Reyes favorecerla y engrandecerla en el futuro, ya que le hemos encomendado una importante misión.

—Comprendo —reconoció Rojas—. Los Reyes para la Universidad y la Universidad para los Reyes, ¿no es eso?

—Yo no habría sabido expresarlo mejor —reconoció la Reina, admirada—; de hecho, sería un bonito lema para poner en un medallón, aunque sin duda quedaría mucho mejor en griego o en latín.

—*Hoi basileis tei enciclopaideiai aute tois basileusi* —tradujo Rojas de inmediato.

—En verdad, sois una persona sorprendente —reconoció la Reina—. Y lo que yo necesito en este momento es gente como vos: un valioso hombre de letras que, cuando es preciso, se convierte en un hombre de acción. ¿Por qué no os venís a la corte conmigo? Podríais llegar muy alto si os lo propusierais.

—Sinceramente —repuso Rojas—, no creo que sirva para eso.

—No os mostréis tan humilde —le aconsejó la Reina—. Valéis mucho más de lo que os imagináis o de lo que queréis dar a entender.

—Por otra parte, no sé si Vuestra Alteza tiene noticia...

—Ya imagino lo que vais a decirme ahora.

—¿Sabe acaso Vuestra Alteza...?

—¿Que sois converso? Naturalmente que sí. Ya os he dicho que estoy muy bien informada. Pero os equivocáis totalmente si creéis que eso me importa. Lo único que, como Reina, me interesa es estar rodeada de los mejores, de los más capaces, ya sean judíos o cristianos, nuevos o viejos, mujeres u hombres, castellanos o genoveses.

—Desde luego, me siento muy halagado con la proposición...

—En todo caso —lo interrumpió—, no tenéis que decidirlo hoy. Pensadlo con tranquilidad, una vez que terminéis vuestras pesquisas. Mi deseo es que, si aceptáis, lo hagáis totalmente convencido. Yo no quiero tener a mi lado a nadie contra su voluntad.

—Así lo haré. Ahora, siento que tengo el corazón dividido. Por un lado, me tientan la acción y la vida pública, os lo confieso; por otro, la vida tranquila y descansada del hombre de letras, que es lo que siempre he deseado.

—¿Sabéis qué es lo que más me complacería a mí en este momento? Quedarme en este claustro para siempre, olvidada de todos y sin acordarme de lo que sucede ahí fuera. Pero, por suerte o por desgracia, no puedo permitirme ese lujo, pues la conciencia y el corazón me dicen que hay que seguir batallando hasta el final. Ser rey no admite tregua; cuando, por fin, logras que un frente se cierre, ves que otros muchos se abren a cada lado y te obligan a seguir en la brecha.

—Me imagino lo duro que tiene que ser —comentó Rojas.

—Pero alguien tiene que hacerlo, ¿no creéis? Y a mí no se me da mal del todo —añadió con orgullo.

—Vuestra Alteza nació, sin duda, para ello. ¡Lo que daría yo por tener una parte de vuestra fortaleza y de vuestra decisión!

—Yo no sabía que las tenía hasta que llegó el momento de hacerme valer —confesó—. Y ahora tengo que irme; me aguardan en Medina del Campo. Decidle a vuestra protegida, doña Luisa de Medrano, que se vaya preparando para venir a la corte. Yo misma hablaré con su madre para que se encargue de todo. Y añadid que me ha alegrado mucho saber que doña Beatriz Galindo tiene sucesora. En este momento, La Latina tiene otras preocupaciones, como fundar conventos y hospitales, y ya va siendo hora de que alguien tome el relevo.

—Se lo agradezco a Vuestra Alteza de corazón.

—De corazón lo hago yo también. Ha sido un placer conversar con vos. Y una última cosa. No habléis con nadie de todo esto. Recordad siempre que yo no he estado aquí y que, por tanto, este encuentro no ha tenido lugar.

—No sé a qué encuentro se refiere Vuestra Alteza —bromeó Rojas, para indicarle a la Reina que no era necesario insistir.

—Que Dios os guarde entonces.

—Lo mismo le deseo a Vuestra Alteza.

Capítulo 19

Rojas salió del convento de las Dueñas impresionado y algo confuso. Iba tan distraído con sus pensamientos que casi se tropieza con Lázaro al doblar la esquina, camino del Colegio de San Bartolomé.

—¡Amigo Lázaro, qué sorpresa encontrarte por aquí!

—Lo mismo digo yo. Cualquiera diría que os habéis hecho trotaconventos. Ayer os vi hablando con un golondrino y hoy os descubro saliendo de las Dueñas.

—¡¿Con un golondrino?! No te entiendo.

—En la calle, llamamos golondrinos a los frailes dominicos —explicó el muchacho, con tono condescendiente.

—¡¿Ah, sí?! ¿Y por qué motivo?

—Naturalmente, por el color de su hábito.

—Muy ingenioso. ¿Y a los franciscanos?

—Pues qué va a ser: pardales. Y los pardales y los golondrinos siempre andan a la gresca. ¿No os habéis fijado?

—Ahora que lo dices... —admitió Rojas con ironía—. ¿Y qué otra clase de pájaros de ésos hay?

—Están también los cigüeños o mercedarios —prosiguió Lázaro—; los grullos o bernardos; los tordos o jerónimos; los palomos o mostenses... y algunos otros pajaritos y pajarracos de los que no quiero acordarme ahora.

—¡Qué gran estudiante se está perdiendo la Universidad! —exclamó Rojas, sorprendido.

—Y ahora que ya conocéis las distintas variedades de aves que hacen su nido en los conventos de Salamanca, habladme del golondrino con el que os vi hablando ayer por la Rúa Nueva.

—¿Es que acaso me sigues?

—¿Por qué habría de seguiros yo? —rechazó.

—Tal vez para pasar el rato. No lo sé. El pájaro al que te refieres —le explicó— es el herbolario del convento de San Esteban y se llama fray Antonio de Zamora. Somos buenos amigos y me ayuda en las pesquisas.

—¿Qué pasa, que ya no queréis mi colaboración? —preguntó el muchacho, visiblemente dolido.

—¿Quién ha dicho eso?

—Es evidente que ahora lo preferís a él.

—¡Qué curioso! Fray Antonio también se mostró muy celoso la primera vez que le hablé de ti.

—¿Es eso verdad? —inquirió, incrédulo.

—¿Por qué habría de mentirte?

—¿Para consolarme, tal vez?

—Pero si tú no tienes motivo de queja. Ven, anda, acompáñame un momento al Colegio de San Bartolomé, que quiero darte algo.

—¡¿A mí?! ¡¿Por qué?! —preguntó Lázaro, desconfiado.

—Por nada. Hace tiempo que quiero dártelo.

Cuando llegaron a la celda, Rojas abrió una de las arcas que tenía cerca de la cama. Dentro había varios libros, papeles y algunas ropas, entre ellas las propias de todo estudiante.

—Toma. Éstas son las prendas que me dieron cuando vine a estudiar a Salamanca.

—¡¿De verdad son para mí?! —preguntó el muchacho, sorprendido.

—Pues claro —confirmó Rojas—. A mí ya no me sirven, ¿no te parece? Supongo que a ti te vendrán bien. En aquel entonces, yo tendría más o menos la misma edad que tú.

—¿Os importa que me las pruebe?

—Desde este momento son tuyas; así que haz lo que quieras con ellas. Lo único que te pido, eso sí —le advirtió—, es que no las utilices para hacer travesuras o cosas peores.

—Eso no hace falta que me lo pidáis —protestó el muchacho.

Lázaro a duras penas podía disimular la emoción. Estaba tan conmovido por el gesto de Rojas que no era capaz de ponerse bien la loba.

—Déjame que te ayude —se apiadó Rojas.

Cuando terminó de ajustársela, le colocó encima el manteo y, sobre la cabeza, el bonete de cuatro picos.

—¡Vestido así pareces otro! —comentó entonces Rojas—. Te sienta de maravilla.

—Pues yo me siento un poco raro —se atrevió a decir Lázaro.

—Suele suceder al principio, hasta que uno se acostumbra.

—No sé si yo podría...

—Naturalmente que sí —insistió Rojas—. No vas a dejar de ir al Estudio por un quítame allá esas ropas.

—De todas formas, os prometo que lo intentaré; no me gustaría defraudaros, después de lo que estáis haciendo por mí.

—No hago nada que no te merezcas, créeme. Y ahora quítate esas ropas y llévalas al mesón.

—¿Y qué le digo a mi madre?

—Pues la verdad: que te las he regalado yo.

—¿Y si ella no quiere que estudie?

—Por eso no debes preocuparte. Ya hablaré yo con tu madre cuando termine todo esto; seguro que la convenzo. Mientras tanto, te ruego que te mantengas totalmente al margen de las pesquisas, que no hables con extraños y que salgas lo menos posible del mesón. ¿Me has entendido?

—Os he entendido —balbuceó el muchacho—, pero no comprendo las razones de...

—Créeme —lo interrumpió—; lo hago únicamente para protegerte. Estar conmigo resulta muy peligroso en estos momentos.

Nada más dejar al muchacho, se apoderó de él una intensa sensación de congoja. Y, conforme pasaba el tiempo, crecía su desasosiego. Por otra parte, tenía la impresión de que alguien lo seguía. Así que apretó el paso para intentar desorientarlo. Cuando por fin lo consiguió, tras atravesar la iglesia de San Isidro y salir por una puerta medio escondida que había en la sacristía, se dirigió al convento de San Francisco. Al menos allí estaría seguro y trataría de completar su trabajo. Una vez terminado, podría trazar con calma su estrategia para detener al autor de los crímenes sin que nadie se le adelantara y sin poner en peligro ninguna vida.

Pero las cosas no sucedieron como había pensado. Estaba ya el convento a la vista cuando se dio cuenta de que algo grave había ocurrido. Para empezar, el aire olía a quemado y, del cielo, caía una especie de nieve negra en forma de pavesas. Y al llegar a la entrada, observó que había una agitación inusual.

—¿Qué ha pasado? —le preguntó a uno de los hermanos que estaban en la puerta dando órdenes.

—Se trata de un incendio en la biblioteca —le informó éste.

—¡¿En la biblioteca?! ¿Y le ha ocurrido algo a fray Germán?

—No lo sabemos —contestó el fraile—; aún estamos intentando apagarlo. Y nos vendrían bien dos manos más.

—Contad con ello.

—¿Sabéis por dónde se va?

—He estado aquí muchas veces.

Cuando llegó a las escaleras que conducían a la biblioteca, se encontró con una hilera de frailes y criados que partía del claustro donde estaban los aljibes y llegaba hasta la primera planta del convento. De mano en mano, se iban pasando los cubos de agua, que luego volvían para ser llenados de nuevo. Rojas subió de tres en tres los escalones, procurando no entorpecer el ir y venir de los baldes. Arriba, la situación era algo más caótica, a causa del humo y las llamas que aún quedaban por extinguir y que amenazaban con extenderse a otras dependencias del convento. Cuando llegaba un cubo arriba, el último de la fila lo recogía, entraba en la biblioteca y arrojaba el agua a las llamas. Después, volvía y se incorporaba de nuevo a los primeros puestos de la hilera, hasta que venían otros hombres, más frescos, a relevarlos para evitar que el calor los sofocara.

Unas dos horas después de su llegada, lograron dominar el fuego de la biblioteca. Para entonces, eso sí, ya no quedaba ni rastro de los libros ni de los muebles que había contenido. Por suerte, entre los restos no se halló ningún cadáver.

—¿Sabéis dónde se encuentra fray Germán? —preguntó Rojas.

—Yo mismo lo vi entrar en la biblioteca, cuando el fuego ya había empezado, y salir con algunos papeles y códices entre los brazos. Luego, no he vuelto a verlo. Así que me imagino que habrá ido a ponerlos a salvo.

—¿Habéis mirado en la celda donde guarda sus libros y papeles?

—¿Y qué iba a hacer en ella en medio de un incendio? Como ya os he dicho, él fue uno de los primeros en enterarse del fuego.

—Así y todo, me gustaría comprobarlo.

La celda estaba en un recodo del pasillo, en una zona a la que apenas habían tocado las llamas. Cuando llegaron a la puerta, a Rojas le extrañó que el cerrojo estuviera echado por fuera.

—Lo del cerrojo fue idea del prior —le explicó el fraile—, para impedir que abandonemos nuestra celda por la noche. Pero casi nunca se usa. No sé por qué estará cerrado. En todo caso, es una prueba de que no hay nadie dentro.

—¿Os importa que abra? —preguntó Rojas, empuñando el pomo, tras haber descorrido el cerrojo.

—Si así os quedáis más tranquilo...

Fray Germán estaba tirado en el suelo, al otro lado de la puerta. Rojas se puso de rodillas junto a él y comprobó que estaba muerto. Aparentemente, no presentaba ninguna herida ni quemadura, por lo que lo más probable era que hubiera fallecido a causa del humo que había entrado por las rendijas. En la parte trasera de la puerta, se veían algunas marcas que indicaban que el fraile había intentado abrirla por la fuerza. Tras registrar concienzudamente la celda, Rojas verificó que en su interior no había ningún rastro de los códices y papeles que, con tanto esfuerzo, su amigo había salvado del fuego de la biblioteca.

Capítulo 20

Rojas deambulaba por las calles como un alma en pena. La muerte de fray Germán lo había dejado completamente abatido y roto. En ese momento, le hubiera apetecido gritar, darse con la cabeza contra un muro o golpear a alguien. Pero se había quedado sin palabras, sin energía y sin voluntad, como si el fuego lo hubiera consumido a él por dentro hasta dejarlo con el alma en carne viva.

—Fernando, escuchadme, ¿qué os pasa?

La voz que le gritaba le resultaba familiar, pero parecía venir de muy lejos, como si le hablara desde el fondo de un pozo profundo y estrecho.

—Fernando, deteneos, os lo suplico.

Ahora la voz parecía haberse enganchado a él y tironeaba con fuerza del brazo, hasta hacerle daño. Irritado y molesto, Rojas se dio la vuelta con el puño cerrado, dispuesto a descargar toda la rabia acumulada durante esos días.

—¡¿Y tú qué haces aquí?! —preguntó, al darse cuenta de que se trataba de Lázaro de Tormes.

—Os estaba buscando —balbuceó el muchacho, compungido.

—Te dije bien claro que te mantuvieras al margen de este asunto y que salieras lo menos posible a la calle.

—Y eso he hecho, pero ha venido un hombre al mesón y me ha pedido que os diera este papel —le dijo, mostrándoselo—. Insistió en que era muy importante, caso de vida o muerte.

—Está bien, dámelo y márchate. Pero antes —le advirtió, mientras lo sujetaba por un brazo— escucha con atención lo que te voy a decir. No quiero que, a partir de ahora, me busques ni me ayudes ni me sigas. No deseo volver a verte, en resumidas cuentas, hasta que todo esto haya terminado, ¿me has entendido?

—Me temo que ahora sí —admitió Lázaro, con la voz estrangulada.

—Pues lárgate de una vez —le ordenó con voz agria y gesto desabrido.

El muchacho se dio la vuelta sin decir nada y comenzó a caminar a trompicones y algo encogido, como zarandeado por un fuerte viento. Mientras lo veía alejarse, Rojas tuvo la impresión de que se le escapaba y de que ya no volvería a recuperarlo. «Dos grandes pérdidas en un mismo día —se lamentó—. Pero al menos Lázaro seguirá vivo».

Cuando dejó de ver al muchacho, se acordó del papel que éste le había entregado. Lo desdobló poco a poco, con cierta aprensión, pues pensaba que, en él, alguien podía haber escrito su destino, tal vez su sentencia de muerte. La letra era firme y cuidada, y decía así:

Tengo una información muy valiosa que ofreceros. Pasad a verme esta noche por la fiesta de Antruejo que va a celebrarse en la plaza de San Martín. Os esperaré junto a la puerta del mesón de la Solana. Yo os reconoceré.

No tengáis miedo; nada malo puede pasaros, pues habrá mucha gente.

Alguien que está de vuestro lado.

El mensaje le pareció demasiado escueto y ambiguo; por no hablar de la ausencia de firma. El lugar de encuentro, además, no le gustaba, pues por allí andaría Lázaro, o al menos eso esperaba. Y, aunque la hora de la cita no era muy precisa, era evidente, por el griterío que se oía a lo lejos, que la fiesta en la plaza hacía ya rato que había comenzado, por lo que no tenía tiempo de avisar a nadie ni de pasarse por el Colegio. Por otra parte, se sentía enfermo, dolorido y exhausto, a causa del esfuerzo que había realizado para apagar el incendio y del tiempo que había pasado velando el cadáver de fray Germán. Así que esa entrevista era lo último que le apetecía. La cautela final tampoco incitaba mucho a acudir a la cita, si bien Rojas no temía por su vida, sino por la de aquellos a los que, de una manera u otra, había involucrado en el asunto, que eran los que en verdad estaban en peligro. Por eso, precisamente, no podía dejar de atender la llamada.

Hasta ese momento, no había caído en la cuenta de que la ciudad celebraba las Carnestolendas; unos días para reír y festejar antes de la llegada de la Cuaresma y la abstinencia de carne. Esto le llevó a acordarse de Sabela. ¿Cuánto tiempo hacía que no pensaba en ella? Muy pronto dejaría con sus compañeras la Casa de la Mancebía para pasar el tiempo de vigilia en la aldea de Tejares, hasta la llegada del llamado Lunes de Aguas, esto es, el siguiente al de Pascua, en el que éstas regresaban a la ciudad y eran recibidas con gran algarabía por los estudiantes. «Ojalá yo pudiera hacer lo mismo —pensó—. Sustraerme de este maldito trabajo durante cuarenta días y cuarenta noches y dedicarme a completar la *Comedia de Calisto y Melibea*». Pero sabía que la culpa lo perseguiría allá donde fuera. Y también la memoria de fray Germán y la de fray Jerónimo y la del mozo del garito y la de los otros muertos a los que no había conocido en vida, y, por supuesto, la de los que, en el futuro, pudiera causar la misma mano.

Según sabía, el Concejo le había encargado a Juan del Enzina que organizara las fiestas de Carnestolendas o Antruejo. En un principio, el poeta y músico se había negado, pues hacía poco más de cuatro meses que había muerto, en el palacio del obispo, el príncipe don Juan, al que tenía en gran aprecio, lo que había supuesto una gran pérdida para la Corona y para la ciudad. Pero, al final, acabó aceptando, ya que muy pronto se marcharía de Salamanca, y estas fiestas serían para él como una despedida. Con sólo treinta años, Juan del Enzina había compuesto ya numerosas obras de teatro, musicales y poéticas, de las que Rojas había leído una buena muestra en el *Cancionero* que el propio autor había recopilado hacía dos años. Recientemente había optado al puesto de cantor de la catedral, pero se lo habían dado a su contrincante Lucas Fernández, por lo que había decidido abandonar la ciudad en busca de mejor fortuna. Durante años, había organizado todo tipo de festejos para la pequeña corte del duque de Alba; así que tenía gran experiencia en estos menesteres, si bien los de esa noche tenían un carácter mucho más popular.

Cuando llegó a la plaza, se vio sorprendido por un tremendo griterío. Unos corrían detrás de una moza vestida de pastora o bailaban al son de la gaita y del tamboril; otros se reían con los dichos y facecias que un gracioso les contaba junto al fuego o intentaban romper la olla con los ojos tapados y bien provistos de palos. Mientras los caballeros corrían la sortija con sus lanzas, los hortelanos se disponían a entablar un singular combate armados con todo tipo de calabazas. Y, por supuesto, eran muchos los que comían y bebían hasta hartarse, sentados ante las grandes mesas que había delante de las tabernas y mesones o de pie, mientras contemplaban alguna de las muchas diversiones esparcidas por toda la plaza.

En un pequeño tablado, muy cerca del lugar donde estaban la horca y la picota, se estaba representando la *Égloga de Antruejo,* que el propio Juan del Enzina había escrito unos años antes para el duque de Alba. Como era de esperar, se trataba de una clara invitación a los goces de la vida ante la inminente llegada de la Cuaresma. Al final, los cuatro pastores que la protagonizaban concluían la obra cantando un villancico que lo resumía todo:

> *Hoy comamos y bebamos*
> *y cantemos y holguemos,*
> *que mañana ayunaremos.*
> *Por honra de San Antruejo*

parémonos hoy bien anchos,
embutamos estos panchos,
recalquemos el pellejo,
que costumbre es de concejo
que todos hoy nos hartemos,
que mañana ayunaremos.
Honremos a tan buen santo
por que en hambre nos acorra;
comamos a calca porra,
que mañana hay gran quebranto.
Comamos, bebamos tanto
hasta que nos reventemos,
que mañana ayunaremos.
Bebe, Bras; más tú, Beneito.
Beba Pedruelo y Lloriente.
Bebe tú primeramente,
quitarnos has de este pleito.
En beber bien me deleito;
daca, daca, beberemos,
que mañana ayunaremos.
Tomemos hoy gasajado,
que luego viene la muerte;
bebamos, comamos fuerte,
vámonos para el ganado.
No perderemos bocado,
que comiendo nos iremos,
y mañana ayunaremos.

Después de cada parte, todos los asistentes coreaban el estribillo a voz en grito, lo que aumentaba el entusiasmo y las ganas de vivir y de gozar de la concurrencia, salvo en aquellos que, como Rojas, se veían entristecidos por la pena y el sentimiento de culpa.

—¡Pero si sois vos, Fernando de Rojas! —gritó a su lado un estudiante, con la voz impostada—. No pensaba encontraros por aquí.

Rojas lo miró desconcertado. Sin duda, su semblante le resultaba conocido, pero había algo en su aspecto que no encajaba.

—Soy yo, Luisa de Medrano —le reveló, por fin, quitándose el bonete.

Era doña Luisa, en efecto, y parecía aún más hermosa que cuando la había visto en su casa con ropa de doncella.

—Os pedí que no volvierais a vestiros de estudiante —le recordó Rojas.

—Pero hoy es la noche de Antruejo —replicó ella— y está permitido disfrazarse. He visto a muchos nobles vestidos de villano, y hasta vos parecéis un mendigo.

—No es lo mismo, y, además, yo estoy trabajando.

—¿Seguís con vuestras pesquisas?

—Como seguramente sabréis, ha habido nuevos crímenes, y la ciudad se ha vuelto muy peligrosa; deberíais decírselo a doña Aldonza. ¿No estará por aquí?

—No, no está. Su familia, para variar, no la ha dejado venir.

—En este caso, han hecho bien. En cuanto a vos —añadió—, tengo que deciros algo importante, pero antes tenéis que prometerme que regresaréis pronto a casa y que no volveréis a vestiros de esta guisa.

—Pero ¿por qué ese empeño en...?

—Le he escrito a la Reina contándole vuestro caso —la interrumpió—, y me ha asegurado que os va a invitar a la corte, para que podáis proseguir vuestros estudios con Beatriz Galindo.

—¡¿Es eso cierto?!

—¿Creéis vos que estoy ahora en condiciones de mentir o bromear? Pronto tendréis noticias de vuestra madre.

—Perdonad mi desconfianza —se disculpó—. Pero vuestra noticia me hace tan feliz que me cuesta mucho trabajo creerlo. Y así, tan de repente. No sé cómo daros las gracias.

—Si de verdad queréis agradecérmelo, haced lo que os he pedido. Ya tendréis tiempo de disfrutar... ¿No habréis venido sola?

—Por supuesto que no; he venido con mi hermano.

—Pues entonces pedidle que os acompañe a casa.

—¿No preferiríais venir vos?

—Creedme, hoy es mejor que no os vean conmigo. Mi compañía se ha vuelto demasiado peligrosa.

—¿Vendréis a verme a la corte?

—Cuando llevéis algún tiempo, tal vez; de momento, no quiero distraeros.

—Mientras tanto, ¿os puedo escribir al Colegio de San Bartolomé?

—Vuestras cartas serán bien recibidas y debidamente contestadas. Os lo prometo. Y, ahora, id a buscar a vuestro hermano.

—Gracias por haberme hecho tan feliz. Y, por favor, cuidaos un poco, que no tenéis muy buen aspecto.

Rojas, conmovido, se dio la vuelta para no emocionarse y hacer más difícil la despedida. *«Partió la gloria de veros, / no el placer de obedeceros»*, dijo para sí, recordando unos versos del propio Juan del Enzina, muy distintos a los que, en ese momento, iba repitiendo todo el mundo a su alrededor:

> *Hoy comamos y bebamos*
> *y cantemos y holguemos,*
> *que mañana ayunaremos.*

Para él, sin embargo, era la hora de proseguir el vía crucis en que se había convertido esa noche. Sin más tardanza, se dirigió al mesón de la Solana. Junto a la puerta, había varias cubas y toneles ante los que la gente se arremolinaba para hartarse de carne y de vino, mientras reía y cantaba. En uno de ellos, se veía a un hombre solo. Éste iba embozado y con el sombrero calado hasta las cejas y llevaba puesta una nariz falsa que parecía una berenjena. Así que se acercó a él.

—Es un disfraz muy ingenioso —le dijo el hombre a Rojas, nada más verlo llegar.

—No es un disfraz —replicó Rojas, un tanto molesto.

—Por eso mismo —repuso el otro, enigmático.

—He venido en cuanto me han dado el mensaje —informó Rojas a modo de justificación.

—Permitidme que yo no os diga mi nombre ni os muestre mi rostro, pues soy tan sólo un emisario.

—Os escucho.

—Los que me envían me han pedido que os diga que lamentan mucho la muerte de vuestro amigo.

—Demasiado tarde para lamentaciones, ¿no os parece? Decidles a esos cobardes que os envían que, si han tenido algo que ver con la muerte de fray Germán, acabaré con ellos, sean quienes sean y estén donde estén, ¿me habéis entendido?

—Me temo que os equivocáis. Yo no hablo en nombre de los autores de esas muertes ni de sus cómplices, sino en el de aquellos que están tan interesados como vos en que todo esto termine de una vez, antes de que la ciudad entera se vea salpicada de nuevo por la sangre.

—¿Es eso una amenaza?

—Es más bien una oferta de ayuda.

—¿Qué piden ellos a cambio?

—Que os deis prisa, pues el tiempo apremia.

—¿Se puede saber quiénes son ellos para interesarse tanto por estos crímenes?

—Lo siento; nada de nombres —se apresuró a decir—. Si vos mismo no lográis adivinarlos es que no merecéis saberlos.

—¿Y cuál es entonces esa información que quieren darme?

—Que vigiléis bien vuestras espaldas. El criminal está más cerca de lo que pensáis. Ahora intentará acabar con vos, pues sabéis demasiado, mucho más de lo que imagináis. Tan sólo os falta disponer todas las piezas sobre el tablero y ver qué posición ocupa realmente cada una. Pero tenéis que hacerlo pronto, antes de que os eliminen u os dejen fuera del juego.

—¿Eso es todo lo que queríais comentarme?

—También me gustaría ofreceros un poco de vino; debéis de estar sediento.

—Lo estoy, sí, y tan ayuno de información como antes, ya que apenas me habéis contado nada.

—Hay cosas que no se pueden decir abiertamente sin poner en peligro a quien las dice o provocar la incredulidad de quien las escucha. De vos dependerá que lo que os he revelado sea valioso o no. Y ahora —añadió, cambiando de tono— bebamos un poco, que es la noche de Antruejo, y sería un grave pecado no dar buena cuenta de este excelente vino de Toro.

El desconocido le sirvió vino en un jarro y le invitó con un gesto a que bebiera, mientras él hacía lo propio. En ese momento, apareció un hombre vestido de rústico gañán, si es que no lo era de verdad, a juzgar por sus modales, que tropezó con él, haciendo que todo el vino se derramara.

—Podríais tener más cuidado —protestó Rojas.

—Lamento mi torpeza, señor —se disculpó el hombre—. Si queréis, puedo invitaros a vos y a vuestro amigo a otra jarra.

—No, no es necesario, id con Dios.

—Insisto —dijo el gañán, con tanta vehemencia que el sombrero se le cayó, dejando al descubierto una tonsura que a Rojas le era muy familiar.

—Por todos los... ¡Pero si sois vos! ¿Y puede saberse qué es lo que...?

—¡Chis! —exclamó fray Antonio, poniendo el dedo índice en los labios—. Vais a espantar a vuestro amigo. Mirad cómo se escapa —añadió señalando al desconocido, que se había puesto ya en marcha, sin esperar más explicaciones.

—Deprisa, hay que detenerlo —gritó Rojas, saliendo tras él.

Fray Antonio no quiso quedarse a la zaga y comenzó a correr en otra dirección, con la idea de salirle al encuentro. Pero no resultaba fácil moverse entre el gentío que llenaba la plaza. En su camino, Rojas tuvo la desgracia, además, de cruzarse con la *muerte,* o al menos con alguien que iba disfrazado de tal guisa y que no quería dejarlo pasar, lo que hizo que un corro de gente los rodeara. Si tiraba por un lado, la máscara hacía lo propio; si por el otro, ésta se iba hacia él, hasta que Rojas, irritado, le quitó la guadaña e hizo amago de partírsela en la cabeza, con lo que la *muerte* salió corriendo tan deprisa que parecía que huía de sí misma. Liberado de tan importuna presencia, Rojas intentó reanudar la persecución, pero ya no alcanzó a ver su objetivo. Al poco rato llegó fray Antonio, que no había tenido mejor suerte.

—Ahora sí que lo hemos perdido —proclamó entre jadeos.

—Si no hubierais aparecido de esa manera —le reprochó Rojas.

—Tenía que hacerlo, para evitar que bebierais.

—De modo que por eso me hicisteis derramar el vino.

—Podría estar envenenado.

—¿Y por qué había de estarlo?

—Bueno, no lo sé. La situación daba que sospechar —se justificó—, y ya hemos visto que el vino puede ser peligroso mezclado con determinadas sustancias; así que más valía prevenir que luego curar. La prueba de que ese individuo no era trigo limpio es que salió volando nada más verme.

—Lo cual no es de extrañar, dada vuestra facha.

—Pues mirad vos quién fue a hablar.

—La verdad es que sois ya el tercero que me lo dice esta noche. De todas formas, voy a volver a la plaza, por si acaso regresa. Pero antes dejadme que os acompañe hasta el convento.

Los dos amigos abandonaron la plaza de San Martín y se adentraron en la calle de los Albarderos. Faltaba poco para la medianoche y todo parecía indicar que, de un momento a otro, iba a ponerse a nevar.

—Lo que deberíais hacer, querido Rojas —replicó el fraile, con tono paternal—, es ir a descansar de una vez. Os propongo una cosa. Venid mañana, temprano, a mi celda. Allí podremos poner en orden todo lo que habéis averiguado en estos días y resolver el enigma. Seguramente, es cuestión de pensar en ello con calma y, hasta donde se me alcanza, dos cabezas bien descansadas piensan más que una al borde del agotamiento.

—Sin duda, tenéis razón —reconoció Rojas—. Pero no quiero implicaros más en este caso.

—¿Qué tontería es ésa? Ya sabéis que lo hago con gusto.

—Mirad lo que le ha pasado a fray Germán —le advirtió—. Supongo que os habréis enterado.

—Pues claro que estoy informado. Y sabed que, cuando me avisaron, volví a temer por vos, hasta que me dijeron que estabais a salvo, aunque muy afligido por la muerte de fray Germán. Creedme que lo lamento mucho. Pero no voy a dejaros que penséis que a mí me puede pasar lo mismo.

—Ya sé que vos sois capaz de defenderos solo y de salvarme a mí la vida de paso, como habéis hecho esta noche —añadió con ironía.

—¿Y a que no sabéis quién me pidió que os mantuviera vigilado?

—¿El maestrescuela?

—¡Qué va! —rechazó—. Vuestro amigo Lázaro de Tormes.

—¿Lázaro? ¡No es posible!

—Vino al convento después de que lo despidierais con cajas destempladas. Parecía muy dolido. Pero, así y todo, se preocupó por vos y corrió a buscarme.

—¿Y cómo sabía dónde me podíais encontrar?

—Se ve que leyó el papel que tenía que entregaros.

—¡Pero si Lázaro no sabe leer! —exclamó Rojas, sorprendido.

—O se lo leerían, qué más da. El caso es que vino a avisarme; yo supuse que vos le habríais hablado de mí.

—La verdad es que fue Lázaro el que nos vio hablando ayer por la Rúa Nueva, y esta misma mañana me preguntó que quién era ese golondrino con el que estaba.

—De modo que fue eso. ¿Y decís que me llamó golondrino? Tiene gracia el muchacho —reconoció entre risas—. Bueno, a lo que iba. En cuanto Lázaro me contó lo que pasaba, me hice con estas ropas de gañán, pues no era cuestión de venir a la noche de Antruejo con los hábitos, y me dejé caer por la plaza.

—¿Y por qué elegisteis este disfraz?

—Porque no tenía otro a mano y porque, al fin y al cabo, eso es lo que soy, un gañán de convento. Pero lo importante es que ahora tenéis al menos a dos personas que cuidan de vos, a pesar de lo mal que las habéis tratado y aunque para ello hayan tenido que cometer algunas indiscreciones.

Habían llegado ya al puentecillo que conducía a la entrada del convento, por encima del arroyo de Santo Domingo, y allí fue donde se detuvieron para despedirse.

—Está bien, me habéis convencido —concedió Rojas—. En cuanto pueda, os lo aseguro, le pediré perdón a Lázaro. Y a vos os vendré a ver mañana por la mañana al convento. Por cierto, dejad dicho en portería que me estáis esperando, para que me permitan entrar sin problemas. No es muy decoroso que digamos andar saltando tapias a mi edad.

—Os ruego que perdonéis a mis hermanos; ya sabéis cómo son —se disculpó—. Mañana procuraré estar al tanto de vuestra llegada. Y, ahora mismo, ¿qué vais a hacer?

—Me iré a dormir. Así que no os preocupéis.

—Andad con Dios.

—Que paséis buena noche. Y gracias por vuestra compañía.

Capítulo 21

Al levantarse por la mañana, Rojas comprobó que, en efecto, había nevado. La noche, para él, no había sido nada buena, pues se había despertado varias veces a causa de un mal sueño en el que veía a su amigo fray Germán envuelto en llamas, mientras él intentaba sacar agua de un pozo sin conseguirlo. Y, cuando por fin lograba izar el cubo hasta el brocal, descubría horrorizado que, en su interior, se encontraba la lengua de fray Jerónimo. Impresionado, agitó con vigor la cabeza, como si quisiera borrar de su memoria esas imágenes. Después, se remojó la cara para despejarse.

Era hora de ponerse en marcha. Sus ropas de colegial de San Bartolomé tenían tan mal aspecto y estaban tan estropeadas que tuvo que buscar otras. Por suerte, en una de las arcas encontró algunas prendas limpias que ponerse. «¡Cuánto tiempo hacía que no vestía de paisano!», exclamó para sí. Sobre la camisa se puso un jubón de redecilla que usaba para protegerse de los golpes, cuando practicaba con la espada, y, encima, un coleto de ante para resguardarse del frío. Luego, cubrió sus piernas con unas calzas largas y sus pies, con unos borceguíes que aún no había estrenado, regalo de su madre. El sombrero y la capa tuvo que pedírselos prestados a su compañero y maestro de esgrima, que también le dejó una espada.

Después de tomar, en la cocina, un caldo con pan migado, para combatir el frío y la modorra, se fue a ver a fray Antonio, como habían quedado. Cuando preguntó por él, en la portería, le dijeron que no estaba. Insistió, y, de malos modos, le contestaron que había pasado la noche fuera del convento y que aún no había regresado. Rojas, desconcertado, les pidió que lo comprobaran. Pero los porteros insistían en que el herbolario no se encontraba en San Esteban. Así que no le quedó más remedio que saltar el muro. Primero, lo buscó en el huerto, vacío a esas horas; luego, en la farmacia, donde lo aguardaba, mano sobre mano, su discípulo; y, por último, en su celda, en la que tampoco halló ningún rastro del fraile.

Antes de irse, decidió pasarse por la iglesia. Los porteros lo descubrieron cuando se disponía a entrar en el templo y le dieron el alto. Enseguida, acudió el prior acompañado de dos frailes que llamaban la atención por su aspecto robusto y su gran envergadura.

—¿Con qué permiso habéis entrado en el convento? —le preguntó el prior—. Tengo dicho a los hermanos porteros que no os dejen pasar.

—Estoy buscando a fray Antonio. Es muy urgente.

—El hermano herbolario no ha vuelto —explicó el prior— desde que anoche abandonó el convento con gran urgencia, sabe Dios para qué.

—Eso no es cierto —replicó Rojas—. Yo mismo lo he acompañado hace unas horas hasta el puente que cruza el arroyo y he visto cómo se dirigía a la puerta del convento.

—¡Os repito que aquí no ha entrado nadie en toda la noche! —protestó el prior, exasperado—. Y no os permito que pongáis en duda mis palabras dentro de la casa del Señor.

—¿Y no os habéis preguntado dónde puede estar? Podría haberle ocurrido algo.

—Sin duda, eso lo sabréis vos mejor que yo, puesto que habéis estado hasta hace no mucho con él. Y si, como insinuáis, es cierto que le ha sucedido algo, seréis vos el que tendrá que dar cuenta de ello a la justicia. Ya me encargaré yo de que así sea.

—Permitidme, al menos, que les pregunte a los demás si saben algo —insistió Rojas, sin hacer caso a las últimas palabras del prior.

—Os ruego que echéis a este hombre a la calle —ordenó a los dos frailes que lo acompañaban—, a patadas si es necesario.

Sin perder un instante, lo agarraron cada uno por un brazo y, casi a empellones, lo condujeron hasta la entrada.

—Estáis en un error —les fue explicando Rojas por el camino—. Fray Antonio podría estar en peligro. Tenéis que ayudarme.

Pero ellos, naturalmente, no lo escuchaban. Ya en la puerta, lo soltaron y, de una patada, lo arrojaron a la calle.

—Si os volvemos a ver por aquí —lo amenazaron—, tened por seguro que no seremos tan benevolentes.

—Ni yo tan manso, os lo aseguro —replicó Rojas, poniendo su mano sobre el pomo de la espada.

—Eso habrá que verlo —se burlaron los frailes.

Rojas estaba indignado. No le importaba tanto el hecho de que los dominicos lo hubieran expulsado del convento de esa manera, cosa que tarde o temprano tenía que ocurrir, como lo poco que parecía preocuparles la desaparición de fray Antonio. Pero no había tiempo que perder. Tenía que serenarse y encontrar a su amigo. Y, para ello, debía descubrir, de una vez, quién era el autor de las muertes.

Se fue a la casa del maestrescuela para solicitar su ayuda. Pero éste había salido a atender un asunto importante con varios alguaciles y no había dicho a qué hora iba a regresar. De modo que volvió al Colegio y se encerró en su celda para poner en orden todo lo que sabía e intentar resolver el caso antes de que pudiera pasarle algo a su amigo. Para ello, fue colocando encima de la mesa todas las notas que había ido tomando en los últimos días. Mientras lo hacía, se acordó del consejo que le había dado esa noche el desconocido: «Tan sólo os falta disponer todas las piezas sobre el tablero y ver qué posición ocupa realmente cada una. Pero tenéis que hacerlo pronto, antes de que os eliminen u os dejen fuera del juego».

Evidentemente, el mensajero hablaba en sentido figurado. No obstante, Rojas pensó que un tablero de ajedrez podría ayudarle a concertar mejor sus pensamientos y a aclarar sus ideas. De modo que cogió uno de madera de nogal que guardaba en un arcón y lo puso sobre el escritorio. Después, sacó la bolsa que contenía las piezas. No es que Rojas fuera un experto jugador de ajedrez; lo poco que sabía lo había aprendido en un libro escrito por un condiscípulo suyo, Luis Ramírez de Lucena, que había sido publicado en Salamanca el año anterior, junto con una especie de novela sentimental, bajo el título común de *Repetición de amores y arte de ajedrez*. Allí había aprendido el valor de las figuras y las reglas fundamentales. Pero ahora no se trataba de jugar una partida, sino de hacer visible, de alguna manera, la compleja trama del caso.

En primer lugar, fue situando a las víctimas, representadas por los peones blancos. Entre ellas incluyó, claro, a fray Juan de Sahagún, pues a esas alturas parecía evidente que la causa de los crímenes podía remontarse al primer acuerdo de paz entre los bandos y a las consecuencias que éste había traído consigo. De modo que eran ocho, en total. Rojas puso en medio del tablero a las cinco que habían muerto según la pauta y, a un lado, a las que podrían considerarse víctimas circunstanciales. Dentro del primer grupo, apartó ligeramente a fray Juan de Sahagún, para indicar que su muerte había tenido lugar en una época anterior; y, dentro del segundo, a fray Jerónimo, pues, según el herbolario, podría haber muerto a manos de otra persona, aunque él no acababa de creerlo.

En el centro quedaron, pues, los tres estudiantes y la criada de los Monroy. Después, fue colocando, detrás de cada una de las víctimas, una pieza para representar a sus respectivas familias: blanca, en el caso de que perteneciera a la parcialidad de Santo Tomé, y negra, si formaba parte del bando de San Benito. Con la ayuda de fray Germán, Rojas había descubierto que la primera víctima era hijo de uno de los pocos firmantes de la concordia de 1476 por el lado de los tomesinos, don Diego de Madrigal, que no aparecía en la de 1493, pues al parecer ya no vivía en Salamanca, y que había sido receptor de un seguro o amparo real, si bien no había podido averiguar el motivo.

Gracias a las pesquisas del avispado Lázaro, Rojas sabía que la siguiente víctima era hijo de Juan Sánchez el Morugo, que había sido criado de don Alfonso de Solís y que, en algún momento, podría haber llevado a cabo algún hecho del que su hijo se avergonzaba. La víctima número tres también podría considerarse circunstancial, puesto que el verdadero objetivo era doña Aldonza Rodríguez de Monroy, nieta de doña María la Brava y hermana de don Gonzalo, miembro del bando de Santo Tomé, si bien estaba casado con doña Inés Maldonado, cuya familia pertenecía al de San Benito. Por último, el cuarto muerto era hijo barragán del arzobispo de Santiago, don Alonso de Fonseca y Acevedo, que, aunque no vivía en Salamanca, formaba parte del bando de San Benito y ejercía un gran poder dentro de la ciudad.

Luego, estaba el caso de fray Juan de Sahagún, al que todos señalaban como principal artífice de la concordia de 1476. Rojas fue colocando, en las casillas próximas a la suya, varias piezas negras y algunas blancas para representar a los firmantes del acuerdo. A ese respecto, cabía pensar que los pertenecientes al bando de Santo Tomé podían haberse sentido traicionados por el fraile, tras haber descubierto que en realidad el ajuste era un engaño o una trampa. Ya el hecho de que fueran tan pocos los que firmaron parecía indicar que la mayoría de ellos sospechaba de las verdaderas intenciones del acuerdo o, simplemente, que no estaban en condiciones de suscribirlo por estar perseguidos o desterrados. Para representarlos, Rojas depositó, en una esquina del tablero, las piezas blancas que restaban. En tal caso, no era difícil imaginar que los que no firmaron podrían haber considerado traidores a aquellos de su bando que sí lo hicieron, salvo que, de alguna forma, hubieran sido forzados a hacerlo, lo cual demostraría entonces que, en efecto, el acuerdo no era más que una trampa destinada a acabar de una vez por todas con los de Santo Tomé.

Por otro lado, estaban aquellos caballeros que aparecían excluidos de manera explícita del primer ajuste de paz, esto es, don Alfonso de Solís y don Alfonso de Almaraz y sus respectivos hijos, por lo que del grupo de piezas anterior retiró los dos caballos y los dos alfiles blancos y los colocó aparte. Para éstos, estaba claro que todos los que habían firmado el acuerdo podían considerarse traidores, incluso aquellos que lo hubieran hecho obligados por alguna circunstancia, y, de manera especial, el artífice del mismo, fray Juan de Sahagún. En cuanto a los Almaraz, Rojas había podido comprobar que ya estaban presentes en el segundo ajuste de paz, lo que, en principio, los descartaba como sospechosos; así que, de momento, los dejó fuera. Sin embargo, ningún Solís figuraba como firmante del nuevo acuerdo, entre otras cosas porque a don Alfonso de Solís lo habían matado a comienzos de 1477, es decir, poco tiempo después de haberse firmado el primer ajuste de paz; de modo que derribó sobre el tablero uno de los caballos blancos.

Según algunos rumores, había muerto a manos de don Gonzalo Maldonado, perteneciente al linaje más importante del bando de San Benito, aunque no estaba entre los firmantes del primer acuerdo; así que Rojas puso un caballo negro junto a la figura caída. El crimen, sin embargo, no fue denunciado hasta dos años y medio después, a comienzos de junio de 1479, debido, según alegaban, a que ningún miembro de la familia Solís podía presentarse en Salamanca sin que su vida corriera grave peligro. Enterados del asunto, los Reyes resolvieron desestimar el caso, pues tenían constancia de un ataque contra un miembro de la familia Maldonado por parte de dos caballeros del bando de Santo Tomé, muy amigos de los Solís. Alguien había hablado, además, de la posible participación en la muerte de don Alfonso de una tercera persona; de modo que Rojas situó un peón negro junto al caballo del mismo color.

Naturalmente, la resolución real debió de provocar un gran descontento en la familia Solís, por lo que no habría sido extraño que eso hubiera dado pie a un nuevo intento de venganza, cosa que, al parecer, no se produjo, salvo que se considerara como tal la muerte de fray Juan de Sahagún, que, no por casualidad, tuvo lugar algunos días después de que los Reyes comunicaran su decisión. Pero nadie, en aquel momento, sospechó nada, ni siquiera doña Isabel, por lo que no hubo ninguna pesquisa en ese sentido. Tan sólo fray Antonio y algunos otros habían intuido algo, aunque de forma confusa, pues les faltaban muchos datos para poder llegar a la verdad.

Ahora, sin embargo, las piezas comenzaban, por fin, a encajar. Aún quedaban, desde luego, muchas incógnitas por resolver en relación con los motivos de la muerte de algunas de las víctimas, pero no era difícil imaginar algunas hipótesis. El arzobispo de Santiago, por ejemplo, bien podría haberse beneficiado de la difícil situación en la que había quedado la familia de los Solís. Éstos, por otra parte, podrían haberse sentido afrentados por el matrimonio de don Gonzalo Rodríguez de Monroy con doña Inés Maldonado. Por no hablar de la posible deslealtad de uno de los sirvientes de don Alfonso o de la más que probable traición de don Diego de Madrigal.

Así pues, casi todo apuntaba en la misma dirección: el noble linaje de los Solís, ahora representado por un alfil blanco. En ese momento, Rojas se acordó de fray Jerónimo y comenzó a buscar, entre los papeles y notas referidos a esa familia, algún nombre o apellido que empezara por O. Pero no halló ninguno. ¿Qué podría significar, pues, esa O escrita sobre la nieve? Mientras le daba vueltas en la cabeza a la dichosa letra, miró por la ventana de su celda, y entonces se hizo la luz. Después de tantos días nublados, al fin los salmantinos iban a disfrutar de una mañana soleada. ¿Y si en lugar de la letra O se tratara de un sol? ¡Nada menos que el sol de los Solís! Recordó entonces el escudo de su linaje destruido por los partidarios del bando de San Benito. «Según se dice por ahí —le había contado doña Luisa de Medrano—, los Solís no han querido restaurarlo, para mantener viva la memoria de la afrenta».

Por lo que sabía, don Alfonso de Solís había dejado a su muerte varios hijos; el primogénito, don Alfonso, había heredado, como era costumbre, el mayorazgo y vivía ahora en el palacio familiar, por lo que ése podría ser el alfil. Así que no perdió más tiempo y se dirigió a la plaza de Santo Tomé. Por el camino, fue repasando punto por punto su argumentación, al tiempo que visualizaba todas y cada una de las piezas del tablero. El desconocido tenía razón. Bastaba con disponerlas de forma adecuada, según las verdaderas relaciones que había entre ellas y sin fiarse, en ningún momento, de las apariencias. Examinó otras posibilidades, pero cada vez estaba más convencido de que ésa era la única solución.

Cuando llegó a la plaza, no pudo evitar mirar hacia la casa donde vivía doña Luisa. Sin darse cuenta, ella le había servido de gran ayuda. Tenía que agradecérselo, antes de que se marchara a la corte. En ese momento, le vino a la cabeza fray Antonio. ¿Estaría dentro de la casa o lo tendrían retenido en otro sitio? Había llegado, al fin, la hora de saberlo. Llamó a la puerta con insistencia, y un criado no tardó en abrir.

—¿Qué es lo que deseáis? —preguntó éste con desconfianza.

—Necesito hablar con don Alfonso de Solís. Es muy urgente.

—Mi señor me ha dicho que no se le moleste.

—Es algo muy importante. Os ruego que le aviséis.

—Os repito que don Alfonso no quiere que...

—¿Qué es lo que pasa, Blas? —inquirió alguien desde lo alto de la escalera que conducía a la planta de arriba—. ¿Quién pregunta por mí?

—Perdonad que haya irrumpido así en vuestra casa —se adelantó a contestar Rojas—, pero debo haceros algunas preguntas en relación con unos crímenes ocurridos en estos últimos días.

—¡¿Unos crímenes?!

—La muerte de varios estudiantes.

—¿Y por qué habría de saber yo algo de esas muertes?

—Porque todo parece indicar que alguien de la familia Solís podría estar detrás del asunto.

—¡Eso es una calumnia! —exclamó—. ¿En qué os basáis para decirlo?

—Por lo que he podido averiguar, se trataría de una venganza que podría tener sus raíces en el primer acuerdo de paz entre los bandos. Y todos los indicios señalan hacia aquí.

—Eso no son más que conjeturas —protestó don Alfonso—. Si hubiéramos querido vengar la muerte de mi padre ya lo habríamos hecho en su momento, ¿no creéis?

—De hecho, existen sospechas —replicó Rojas— de que vuestra familia podría estar también detrás de la muerte de fray Juan de Sahagún.

—Pero ¿vos sois consciente de lo que estáis diciendo? —preguntó el caballero con asombro—. ¿No os parece que esta familia ya ha sufrido bastante como para que ahora vengáis con esas acusaciones?

—No es mi intención hacer procesar a toda la familia, sino a aquel que haya cometido los crímenes. Y, por el bien de los vuestros —le advirtió—, os aconsejo que colaboréis.

—Me temo que no sabéis lo que decís. Y ahora marchaos de mi casa, si no queréis que os eche como a un perro. Blas, tráeme la espada —le ordenó a su criado.

—Lo que estáis haciendo se llama obstrucción a la justicia —señaló Rojas con firmeza.

—¿Acaso vos sois la justicia?

—Daos preso en nombre del maestrescuela del Estudio —ordenó, sacando la espada de la cinta.

—¡¿En nombre del maestrescuela, decís?! —exclamó don Alfonso, sorprendido.

—¿Por qué os extraña? Estos crímenes —explicó— están bajo la jurisdicción de la Universidad, dado que la mayor parte de las víctimas son estudiantes.

—Entonces, ¿por qué no le preguntáis a él? —apuntó don Alfonso con tono sarcástico.

—No os entiendo.

—Que le pidáis cuenta a él de todos esos crímenes. El maestrescuela —informó— es tan Solís como yo.

—¡¿Es que acaso el maestrescuela es familiar vuestro?! —preguntó Rojas, confuso.

—¿Que si es familiar mío, me preguntáis? ¡Es mi hermano pequeño, maldito ignorante! —le escupió.

—¿Y el apellido?

—Se lo cambió, cuando se fue de aquí, hace casi veinte años.

—¡No es posible! —rechazó Rojas, incrédulo.

—¿Creéis que os mentiría en una cosa como ésta y en un momento tan delicado como el presente? Ojalá no lo fuera; en mi familia viviríamos más felices. ¡Pero tuvo que volver! —añadió con tono pesaroso.

—¿Y qué es lo que vuestro hermano tiene que ver con estos crímenes?

—Sin duda, eso es algo que deberíais preguntarle a él. Como comprenderéis —le explicó—, yo soy el primero al que le gustaría saberlo, aunque sólo sea para poder proteger al resto de mi familia de vuestras acusaciones. No me extrañaría, por otra parte, que todo esto no fuera más que una patraña urdida para inculparme a mí y así poder quedarse con todo lo que es mío. Cuando regresó hace tres años a Salamanca, yo ya me imaginaba que esto podía acabar mal.

—¿Queréis decir que puede haber sido el maestrescuela? —preguntó Rojas, con estupor.

Don Alfonso no contestó. Pero estaba claro que, a esas alturas, su silencio tan sólo podía interpretarse como aquiescencia. Rojas, sin embargo, se negaba a creerlo. Era tan absurdo que no podía ser verdad; aunque más absurdo le parecía el hecho de que pudiera ser algo inventado. En cualquier caso, era urgente hablar con él; comprobar que no había nada de cierto en todo aquello; interrogarlo a conciencia, si era necesario, pues su obligación era considerarlo sospechoso hasta que no se demostrara lo contrario. No obstante, aún no sabía cómo afrontar la cuestión. Si al menos pudiera contar con la ayuda de alguien que le enseñara a discernir lo verdadero de lo falso. En ese momento se dio cuenta, con consternación, de que se había olvidado de fray Antonio. «¿Estará ahora en manos del maestrescuela?», se preguntó, sin poder evitarlo.

—Supongo que sois consciente de que, con vuestro silencio, estáis haciendo que todas las sospechas recaigan sobre vuestro hermano, el maestrescuela —le recordó Rojas a don Alfonso, que se limitó a asentir—. En ese caso —continuó—, quiero advertiros que, como me hayáis mentido o tengáis algo que ver con el asunto, os lo haré pagar muy caro.

—Por mi parte, no tengo nada que temer —le contestó el caballero, desolado—. A pesar de todos los agravios e infortunios padecidos, sigo siendo una persona de honor.

—Si es así, os dejaré al margen, os lo aseguro.

Capítulo 22

Hacía tanto frío en la calle que hasta el aire parecía haberse congelado. De hecho, le costaba mucho abrirse paso y más aún respirar. Mientras caminaba como un alma en pena en medio de una ventisca, le venían a la cabeza algunos recuerdos relacionados con el caso, y todos lo llevaban a pensar, de una forma u otra, en el maestrescuela. Ahora entendía por qué el criminal conocía tan bien las dependencias de las Escuelas Mayores o tenía fácil acceso a la cárcel del Estudio; o por qué el maestrescuela estaba tan interesado en saber qué le había contado fray Jerónimo o dónde moraba; o por qué la tarde en que encontró su cadáver en lo alto del andamio, él estaba metido en la cama, a causa de un enfriamiento; o por qué, conforme avanzaba la investigación, crecía su aspereza, su desconfianza y su empeño en desacreditarlo como pesquisidor; o por qué el desconocido le había dicho que vigilara bien sus espaldas, que el criminal estaba más cerca de lo que pensaba. ¿Cómo podía haber estado tan ciego? ¿Cómo es que no había visto nada de lo que pasaba justo a su lado, ante sus propias narices?

Estaba ya llegando a la casa del maestrescuela, cuando lo vio salir acompañado de dos alguaciles de gran corpulencia, llamados Andrés y Damián, probablemente sus cómplices en los crímenes, pues era imposible que lo hubiera hecho él todo. Su primera intención fue dirigirse a ellos, espada en mano, y delante de todo el mundo que a esas horas pasaba por la Rúa Nueva, pero enseguida pensó que lo mejor era seguirlos e intentar sorprenderlos en pleno delito; tal vez fuera ésa la única oportunidad de encontrar a fray Antonio con vida. Lo malo era que iba a tener que hacerlo solo. De todas formas, tampoco tenía muchas opciones. ¿En quién podía confiar cuando acababa de descubrir que la autoridad que le había encargado investigar unos crímenes era la principal sospechosa de haberlos cometido?

El maestrescuela y los dos alguaciles caminaban deprisa y en silencio por la calle de los Moros. De vez en cuando, se paraban para ver si alguien los seguía, por lo que Rojas tenía que mantenerse a distancia. Por otro lado, contaba con la ventaja de que no iba vestido con sus habituales ropas de colegial. Al llegar al arroyo de los Milagros, miraron bien a uno y otro lado antes de cruzar el pequeño puente de madera. Luego, comenzaron a ascender por las peñuelas de San Blas, hasta que, por fin, se detuvieron ante una casa de una sola planta, situada en medio de un paraje agreste y poco poblado, próximo al convento de San Francisco.

Desde lejos, pudo ver cómo el maestrescuela abría la puerta y se adentraba en la casa, mientras los dos alguaciles se quedaban fuera vigilando, uno en la parte delantera y el otro en la trasera, donde estaban las cuadras y el corral. Después de acercarse a la casa por uno de los laterales y examinar con calma la situación, Rojas concluyó que lo más sensato era intentar entrar en ella con sigilo por una de las paredes del corral, ya que, si se enfrentaba a los guardianes y no conseguía reducirlos de inmediato, éstos podrían alertar al maestrescuela, con lo que pondría en peligro la vida de fray Antonio, si es que estaba allí.

Habituado a saltar el muro del convento de San Esteban, encaramarse a la barda que cercaba el corral no representó para él ningún problema. Una vez dentro, se acercó con cuidado a la puerta de acceso a la casa. Antes de entrar, se detuvo para ver si captaba algún ruido procedente del interior que delatara la presencia del maestrescuela. No tardó en oír movimiento en uno de los lados de la vi-

vienda. Se dirigió hacia allí con mucho cuidado. Parecía como si estuvieran corriendo muebles o cambiando cosas de sitio. Después, comenzó a percibir un sonido más tenue que no logró identificar. Rojas abrió con cuidado la puerta. Ésta daba a un pasillo que comunicaba con varias cámaras. Se adentró en él hasta llegar a aquella de la que procedían los ruidos. Desde el umbral, pudo ver al maestrescuela, de espaldas, rompiendo papeles y arrojándolos al suelo con gesto de rabia. Sin pensárselo dos veces, saltó sobre su objetivo. Con una mano le tapó la boca para que no gritara y con la otra le puso la punta de la espada en un costado.

—¿Dónde está fray Antonio? —le susurró en la oreja—. Decídmelo en voz baja u os mato aquí mismo.

Cuando vio que el maestrescuela se había recuperado de la sorpresa, le quitó la mano de la boca y se la puso en el cuello.

—Si me matáis —balbuceó don Pedro—, nunca sabréis dónde está escondido.

—Espero, por vuestro bien, que no esté muerto —lo amenazó—, porque entonces quitaros la vida sería poco para mí; antes, os despellejaría y con vuestros despojos daría de comer a los perros de la calle.

—Fray Antonio está vivo —le informó—. ¿Por qué habría de matarlo? Era el cebo para traeros hasta aquí. Y la prueba es que habéis venido.

—Sólo que he sido yo el que os ha pescado.

—Me temo que eso está todavía por ver —replicó el maestrescuela, que parecía haber recobrado la calma—. Como habréis observado, fuera hay dos hombres de mi confianza que podrían entrar aquí en cualquier momento. De modo que, como mínimo, tendremos que llegar a un acuerdo.

—Con vos ya no hay acuerdos que valgan —sentenció Rojas con firmeza.

—Entonces me pondré a gritar para que vengan mis cómplices.

—Hacedlo, y os encontrarán muerto.

—Sabed que, en ese caso, tienen instrucciones de mataros no sólo a vos, sino también al muchacho y al fraile. Y lo harán con mucho gusto, no os quepa duda.

—Ya veo que no sois más que un cobarde. De todas formas, estoy dispuesto a correr ese riesgo. Así que llevadme junto a fray Antonio —le ordenó, mientras hacía presión sobre la espada hasta sentir que la punta atravesaba la ropa y comenzaba a rozar la piel del maestrescuela.

—Está bien, está bien. Vuestro amigo está en esa cámara —dijo, señalando al fondo.

—¡Pues abrid la puerta de una vez, si no queréis que os ensarte! —le exigió, al tiempo que lo lanzaba de un empujón hacia ella.

El maestrescuela obedeció sin protestar. Del interior de la cámara salió entonces un fuerte hedor a excrementos y a humedad. Rojas cogió una de las velas encendidas que había sobre la mesa y le hizo un gesto al maestrescuela para que entrara. Después lo hizo él, con la espada bien empuñada por si tenía que defenderse. Dentro sólo había un jergón, sobre el que enseguida distinguió a fray Antonio. Le acercó la vela a la cara y vio que estaba amordazado; luego, comprobó que tenía las manos atadas a la espalda. Parecía aterido y no dejaba de tiritar.

—Venga, rápido —apremió al maestrescuela—. Desatadlo y quitadle la mordaza.

Una vez liberado, se acercó a él, sin dejar de vigilar al maestrescuela.

—¿Estáis bien? —le preguntó a fray Antonio.

—Comienzo a estarlo —consiguió decir éste con voz temblorosa y apagada—. Pero tengo mucho frío y no puedo moverme.

—Aguantad un poco —le rogó—. Ahora mismo os procuraré algo de calor. Os pondréis bien, no os preocupéis. ¡Unas mantas, rápido! —le ordenó al maestrescuela.

Éste salió de la cámara, seguido de Rojas, que no quería perderlo de vista ni un solo instante. Tras coger varias mantas que había en un arca, regresó y cubrió con ellas a fray Antonio.

—Ahora quiero que encendáis ese brasero que he visto en la otra cámara. Y mucho cuidado con lo que hacéis. Nada me gustaría más en este momento que atravesaros con la espada. No sois más que un miserable. ¿Qué queríais, matarlo de frío? —le preguntó en voz baja para que fray Antonio no pudiera oírlo.

—Creedme, no era mi intención que vuestro amigo sufriera. En cuanto a los crímenes, no os voy a engañar. Si habéis venido hasta aquí, es porque algo habréis averiguado, ¿no es cierto? Pero ¿cómo habéis sabido que era yo? —le preguntó, mientras comenzaba a preparar el brasero.

—Apremiado por las circunstancias, esta mañana llegué a la conclusión de que el criminal tenía que ser un Solís. Así que me fui al palacio de vuestra familia, pensando que podía tratarse de don Alfonso. Pero éste lo negó todo de forma contundente. Después, cuando iba a detenerlo y se enteró de que yo era ayudante del maestrescuela, me reveló vuestra verdadera identidad y, creyendo que todo esto no era más que una burda maniobra vuestra para inculparlo, no tardó en desviar las sospechas hacia vos.

—Ya comprendo —comenzó a decir el maestrescuela, conteniendo a duras penas la rabia—. Supongo que el muy cobarde me tiene miedo y prefiere verme en la cárcel, aunque eso sea una afrenta para la familia.

—¿Reconocéis entonces ser el autor de las muertes de los cuatro estudiantes, el antiguo mozo de garito y fray... —titubeó— Germán de Benavente?

—Sé que era amigo vuestro —reconoció el maestrescuela—, pero no tuve más remedio. Sabía demasiado —explicó— y se resistió a darme los documentos de los acuerdos de paz.

—Maldito canalla —le escupió Rojas, con desprecio—, de buena gana os atravesaría de parte a parte. Pero tenéis suerte de que aún crea en Dios y en la justicia.

—Haríais mal en matarme antes de conocer la verdad.

—Con lo que sé me basta. Pero no soy yo quien tiene que juzgaros. ¿Son ésas todas las muertes de las que sois responsable?

—Podéis añadir a la lista a algún que otro fraile más —comentó el maestrescuela con tono jactancioso.

—¿Os referís a fray Juan de Sahagún?

—¡¿Cómo lo habéis averiguado?! —exclamó el otro, sorprendido—. No puedo creer que os lo haya dicho el cobarde de mi hermano.

—En realidad, fue fray Antonio quien relacionó aquel crimen con estos de ahora, dado que en todos ellos el criminal parecía seguir una pauta.

—Ahora va a resultar que ese humilde fraile es más inteligente de lo que yo creía.

—De eso no os quepa duda. Aunque él tampoco está libre de error —añadió—, pues pensaba que a fray Jerónimo lo había mandado matar don Alonso de Fonseca, pero está claro que también fuisteis vos.

—Así es —confirmó—. No quería que, en sus revelaciones sobre el arzobispo y su hijo, saliera mi familia a colación, pues podríais atar cabos. Por otra parte, él había sido discípulo de fray Juan de Sahagún, y, al parecer, siempre sospechó que a éste lo habían matado por algo que tenía que ver con el conflicto de los bandos.

—¿Fue por eso por lo que le cortasteis la lengua?

—Naturalmente. Pero también lo hice para desconcertaros, pues supuse que, a esas alturas, ya estaríais convencido de que seguía una pauta. El brasero ya está preparado —anunció, después de remover un poco la lumbre.

—En ese caso, vayamos a buscar a fray Antonio. Si hacéis algún movimiento extraño —le advirtió, una vez más—, tened por seguro que acabaré con vos.

Después, volvieron a la cámara donde aguardaba el fraile. Entre los dos, lo sentaron sobre la cama y, tras incorporarlo, lo agarraron bien por la cintura y lo llevaron junto al brasero. A continuación, el maestrescuela lo arropó con las mantas, ante la mirada atenta de Rojas, que no se fiaba de su aparente mansedumbre.

—Ahora tengo que ataros —le anunció.

Rojas le ligó sólo las manos, pues quería poder llevárselo consigo de un lado a otro, en el caso de que alguno de sus cómplices entrara en la casa. Cuando acabó, se acercó a la puerta de la calle con mucho sigilo y colocó delante de ella una tinajera con dos vasijas medianas que había en un rincón, para que hiciera gran ruido en cuanto intentaran abrir la puerta.

—¿Y qué pensáis hacer ahora? —le preguntó el maestrescuela, una vez regresó a la cámara.

—De momento, esperaremos a que fray Antonio se reponga. Más tarde, ya buscaré el modo de que salgamos de aquí sin ningún rasguño.

—¿Y por qué no lo intentáis ahora? —inquirió el maestrescuela.

—Porque no quiero arriesgar la vida de fray Antonio; bastante ha sufrido ya. Cuando se encuentre bien, al menos tendrá alguna oportunidad de escapar, en el caso de que a mí me ocurra algo.

—¿Y si alguno de mis cómplices sospechara algo y le diera por entrar antes?

—Por eso no os preocupéis; os usaré como rehén y no dudaré en mataros si es necesario.

—Ya veo que habéis pensado en todo.

—Con gente como vos es mejor hacerlo así.

—Nos espera, entonces, una velada muy entretenida —comentó el maestrescuela con ironía.

Arrimado al brasero, fray Antonio asistía mudo y absorto a la escena. Seguramente, le habría gustado intervenir, pero aún no tenía fuerzas para ello.

—Decidme, ¿por qué matasteis a fray Juan de Sahagún? —preguntó Rojas, de repente, pues no se conformaba con haber detenido al culpable; quería saber también la verdad.

El maestrescuela cerró los ojos y frunció el entrecejo, como si tuviera que hacer grandes esfuerzos para recordar.

—Sabed que yo era casi un niño cuando lo maté —comenzó a decir, con voz muy pausada—, y lo hice porque mi familia lo consideraba un traidor y, de alguna manera, el principal causante de la muerte de mi padre. Por entonces, estaba ya tan acostumbrado a ver que la sangre de un crimen tan sólo se lavaba con la del culpable o la de alguno de sus allegados que apenas lo dudé. En casa, además, yo era el segundón —añadió—, y quería que los demás me admiraran y me respetaran por algo. Y ahí encontré una buena oportunidad.

—¿Y no pensasteis ni por un momento que a fray Juan también pudieron engañarlo e, incluso, traicionarlo los del bando de San Benito? —inquirió Rojas—. Según aquellos que lo conocieron, su único anhelo era traer la paz a Salamanca; y ése era el principal asunto de sus predicaciones.

—Ya lo creo que sí —replicó el maestrescuela, con ironía—, aunque fuera a costa de terminar con uno de los bandos. Para unos, la paz de la alegría y la prosperidad; para otros, la paz de la muerte o el expolio. Para unos, los palacios; para otros, los cementerios. De modo que no deberíais fiaros de las apariencias; ya veis lo que ha ocurrido conmigo, sin ir más lejos. Ni menos aún de las palabras, pues éstas fueron inventadas para mentir, incluso cuando dicen la verdad.

—Entonces, ¿por qué habría de creeros a vos?

—Porque, después de lo que he hecho, yo ya no tengo nada que ganar ni que perder.

—¿Y qué me decís del acuerdo de paz? —preguntó Rojas.

—Que vale menos que el papel en el que está escrito. De todas formas, no se trata de cuestionar lo que en él se dice o lo que no dice, sino de saber cuáles eran las verdaderas intenciones de los firmantes.

—¿Qué queréis decir? —se interesó Rojas.

—Muy sencillo —contestó—. Que, cuando los caballeros del bando de San Benito se reunieron en la casa de don Álvaro de Paz, no tenían pensado firmar ningún ajuste de pacificación, sino acabar, de una vez por todas, con los del bando de Santo Tomé. Por suerte, éstos fueron avisados a tiempo y casi ninguno acudió a ese maldito cónclave. De ahí que, al final, los convocantes tuvieran que improvisar un acuerdo; de tal modo que lo que tenía que haber acabado en un baño de sangre terminó sólo, por el momento, en papel mojado.

—¿Estáis insinuando que se trataba de una trampa?

—No lo insinúo; lo afirmo: una auténtica ratonera —confirmó—. De hecho, tenían previsto matar a todos los caballeros de Santo Tomé dentro de la casa. En la convocatoria, se les había pedido que acudieran sin armas, para evitar altercados antes de la firma. Ellos, sin embargo, iban armados hasta los dientes.

—¿Y creéis vos que fray Juan de Sahagún estaba enterado de todo eso?

—Fuera consciente o no de lo que iba a suceder, él fue el que más los animó a que asistieran a la reunión.

—Pero ¿cómo podéis estar tan seguros de que era eso lo que tenían planeado?

—Ya os he dicho que los de Santo Tomé fueron advertidos.

—¿Por quién?

—Por sus espías.

—¿Teníais espías? —preguntó Rojas, sorprendido.

—Cada bando tenía los suyos —contestó, como si se tratara de una obviedad.

—No obstante, varios tomesinos firmaron la concordia.

—Pero, como sin duda habréis observado, eran pocos y de escasa relevancia. Y eso fue precisamente lo que los libró de morir esa tarde. Eso y el haber firmado, al final, ese maldito documento —añadió—; lo que, sin duda, los convertía en colaboradores del enemigo y, por lo tanto, en traidores a su propio bando.

—Si hubiera sucedido como vos decís, es evidente que no les quedó más remedio. Al fin y al cabo, ellos habían ido allí para eso.

—En todo caso, habían acudido a firmar una capitulación —matizó—, pero no una claudicación o, peor aún, una rendición incondicional y, para algunos, una sentencia de muerte.

—No es eso lo que se desprende del conjunto del acuerdo.

—Pero sí de varias de sus partes. ¿Acaso no dice que quedan excluidos del acuerdo Alfonso de Solís, Alfonso de Almaraz y los hijos de ambos, todos ellos del bando de Santo Tomé? ¿Dónde está ahí el espíritu de concordia y reconciliación que debería haber presidido el ajuste de paz? ¿No era ése motivo más que suficiente para que los representantes del bando tomesino, por muy insignificantes que fueran, se negaran a firmar el documento hasta haberlo hablado con los demás?

—¿Y a qué se debe según vos esa exclusión?

—Creía que a estas alturas ya lo habríais averiguado. ¿Seguís sin caer en la cuenta?

—¿Os referís a la licencia para constituir el mayorazgo que los Reyes otorgaron a vuestro padre, a pesar de haber sido contrario a su causa?

—Entre otras muchas cosas —confirmó el maestrescuela—, pues debéis saber que el odio y la rivalidad entre los Maldonado y los Solís venían de muy lejos. Por eso, no soportaban que mi padre hubiera obtenido el perdón real ni, menos aún, sus buenas relaciones con algunos grandes linajes de la nobleza castellana. Y lo que pasó después de la firma del acuerdo es una buena prueba de ello. Aún no se había secado la tinta con la que se rubricó, cuando mataron a mi padre de una manera alevosa.

—¿Y por qué vuestra familia no pidió justicia a los Reyes?

—¿Para qué? En ese momento, no teníamos pruebas ni testigos. Y los de San Benito ya se cuidaron bien de que el instigador del crimen no estuviera en la lista de los firmantes. Mi hermano Alfonso, además, optó por esperar a que vinieran tiempos mejores. Mientras tanto, los Maldonado se burlaban de nosotros. Era tal nuestra impasibilidad que tuvieron que ser nuestros aliados, los Varillas y los Valdés, los encargados de vengarnos.

—¿Os referís al ataque contra don Alfonso Maldonado?

—Por desgracia, fue un fracaso —reconoció el maestrescuela—. Así que, pasado un tiempo, una parte de mi familia decidió denunciar la muerte de mi padre, pero, para entonces, los Reyes no nos hicieron ningún caso, como si ya nadie quisiera saber nada del asunto. Fue justo en ese momento cuando yo me decidí a intervenir.

—En todo caso, sigo sin acabar de entender por qué matasteis a fray Juan de Sahagún. ¿No os hizo reflexionar el hecho de que tuviera fama de santo?

—Puede que para muchos fuera un santo, pero, a mis ojos, era un traidor y, en buena medida, el causante de la muerte de mi padre.

—¿Y qué me decís de las gentes a las que ayudaba y de los muchos milagros que se le atribuían? —replicó Rojas.

—Eso son necedades —rechazó el maestrescuela—. ¿Queréis saber quién era, en realidad, fray Juan de

Sahagún? —preguntó con un gesto de suficiencia—. Un hipócrita y un farsante. En lugar de consagrarse por entero a la teología, que es para lo que vino a estudiar a Salamanca, se dedicó a hacer supuestos milagros, como si lo que en verdad buscara fuera la aclamación del vulgo y no el reconocimiento de la Universidad. Y vos sabéis tan bien como yo que esos aparentes prodigios son casi siempre obra del Maligno o simples trucos para impresionar a los pobres creyentes, y, por lo tanto, nada que tenga que ver con la grandeza o el poder de Dios.

—No creo que sea ése el caso de fray Juan de Sahagún.

—¿Seríais vos capaz de distinguir con claridad a un santo de un mago, un milagro cristiano de un prodigio pagano, una plegaria de un conjuro, un ruego a Dios de una invocación al Diablo?

—Es posible que no, pero eso no significa que...

—Vistos desde fuera, admirado Rojas —lo interrumpió—, los milagros pueden parecer de origen divino, por su carácter aparentemente maravilloso y sobrenatural, pero enseguida uno se da cuenta de que son un juego de niños para quien conoce las ciencias ocultas, como, sin duda, las conocía ese fraile agustino. En mis viajes, he visto en más de una ocasión cómo un charlatán hacía subir las aguas de un pozo echando unos polvos en ellas y haciendo girar un péndulo en el brocal. ¿Sorprendido? Pues más fácil todavía es detener a un toro cuando se sabe tratar con esta clase de animales y se conocen bien sus costumbres y su lenguaje. De todas formas, hay que reconocer que tuvo gracia eso de «Tente, necio». ¡Cuántas veces habremos observado que lo más importante, para llegar al alma de las gentes, no es el milagro en sí, sino todo lo que lo rodea! Basta un gesto oportuno o una frase afortunada para conquistar la voluntad de la plebe. Y en eso hay que reconocer que fray Juan de Sahagún era muy hábil.

—No obstante, eso no justificaría...

—Por supuesto que no. Pero prueba que no era un santo; ni siquiera trigo limpio. Así que no os extrañe —concluyó— que lo que a algunos les pudo parecer un milagro en realidad no fuera más que un acto de traición y una cobardía.

—Si hubiera sido así, vuestra familia tenía que haberlo denunciado.

—¿Ah, sí? ¿Ante quién? ¿Ante una justicia y un Concejo que estaban controlados por el bando de San Benito? ¿O ante una Corona y una Iglesia que no sólo consentían este hecho, sino que lo apoyaban?

—Imagino vuestra impotencia, pero, así y todo, teníais que haber confiado en Dios.

—De hecho, mi familia lo hizo. Durante varios meses, mi pobre madre le rogó que interviniera. Y yo, al final, interpreté su silencio como un signo de aquiescencia con respecto a mis propósitos. Así que puede decirse que yo me convertí en el instrumento de Dios. Si Él no intervino de forma directa en el asunto, fue porque quería que una mano inocente como la mía hiciera justicia.

—Eso es una blasfemia —protestó Rojas—. Dios nunca aprobaría eso.

—¿Y por qué permitió la muerte de mi padre?

—Dios no interfiere en los hechos de los hombres; por algo nos hizo libres.

—Entonces, ¿los milagros?

—Eso no tiene nada que ver —rechazó Rojas, dándose cuenta, no obstante, de que esta vez el maestrescuela lo había cogido en un renuncio—. De todas formas —continuó—, tened por seguro que Dios castigará a los verdaderos culpables con la pena eterna. La venganza nunca puede ser la solución.

—Desde luego, el haber matado a uno de ellos no le devolvió la vida a mi padre ni a nosotros la posición que perdimos o los bienes que nos robaron, pero al menos nos proporcionó cierta satisfacción. Y no olvidéis que yo he tenido que pagar un alto precio por ello. Pero volvería a hacerlo, si fuera necesario. Nunca me he sentido mejor que cuando deposité el veneno en el cáliz de fray Juan de Sahagún, vestido de monaguillo, por si alguien me descubría. Debí de cogerle entonces gusto a la sangre; de ahí que haya vuelto a las andadas a la menor oportunidad.

—¿Por qué le arrancasteis la lengua?

—Eso fue una ocurrencia de última hora —reconoció el maestrescuela con cierta satisfacción—. Y no lo hice para ocultar las huellas del veneno, pues quería dejar bien claro que era un acto de venganza, sino para que todo el mundo supiera que había muerto por mentiroso y por traidor, y que, por lo tanto, se trataba de un castigo ejemplar.

—¿Y qué fue lo que pasó después?

—Una vez enterrado fray Juan de Sahagún, mi familia me puso a salvo enviándome a estudiar a París y Bolonia, donde aprendí muchas cosas y no todas ellas *sanctas*. Después, hice algunos viajes, para completar mi formación. En ellos, debo confesarlo, viví muchas aventuras y padecí numerosos percances. Incluso, fui capturado por piratas berberiscos que me tuvieron encarcelado durante varios años en Túnez, donde sufrí toda clase de vejaciones, hasta que fui liberado por los hermanos trinitarios. Para darle gracias a Dios como es debido, peregriné a Roma, y, por último, regresé de nuevo a Bolonia, con el fin de terminar mis estudios.

»Hace ahora tres años que retorné a Salamanca convertido nada menos que en teólogo y doctor en Cánones y Leyes. Por aquí, las aguas parecían haber vuelto a su cauce, como si nada hubiera sucedido. Como sabréis, los dos bandos habían firmado una nueva concordia de paz, en la que, una vez más, mi familia se quedaba fuera del reparto. Es verdad que habíamos logrado recuperar algunas propiedades, pero no la importante posición de la que antaño disfrutábamos. Por seguridad, decidí mantenerme al margen de la familia, cosa que mi hermano me agradeció, pues no quería que se supiera que yo había regresado.

Con mi experiencia, mi dinero y mis estudios, no me costó mucho conseguir una dignidad catedralicia y, más tarde, ser nombrado maestrescuela del Estudio. Había llegado la hora —concluyó— de proseguir mi venganza.

—¡¿Casi veinte años después de la primera muerte?!

—¿No habéis oído nunca decir que la venganza es un plato que se sirve frío y hay que disfrutarlo muy despacio? Cuando regresé a Salamanca —continuó, sin esperar respuesta—, muchos de los causantes de la desgracia de mi familia ya habían muerto o vivían fuera de la ciudad. Pero aquí estaban algunos de sus parientes y beneficiarios. Del mismo modo que yo había sufrido por lo que le hicieron a mi padre, ellos pagarían ahora el mal causado por sus familias. ¿No os parece justo?

En un primer momento, Rojas no supo qué responder. El argumento de que las culpas de un criminal pudieran recaer sobre los hijos o los hermanos siempre le había parecido absurdo y mendaz, pero debía reconocer que él lo había utilizado, sólo que al revés y con un buen fin, cuando, de muchacho, tuvo que declarar a favor de su padre ante un tribunal de la Inquisición.

—A mí, desde luego, me lo parece —prosiguió el maestrescuela—. El caso es que, en los últimos meses, he ido encontrando, entre los matriculados en el Estudio, a algunos parientes de aquellos que, de una forma u otra, arruinaron mi vida, destrozaron a mi familia o traicionaron a mi linaje. Así que me puse manos a la obra. Para empezar, elegí a aquellos cuyo comportamiento como estudiantes dejaba mucho que desear. De este modo, sus muertes podrían interpretarse de nuevo como un castigo ejemplar. Por otra parte, no quería que se vieran como crímenes aislados; así que decidí matarlos de la misma manera. Fue entonces cuando se me ocurrió darle un poco más de interés al asunto y establecer una pauta. Esto me permitiría, además, vincular estos crímenes con el primero de la serie, aquel con el que, sin pretenderlo ni darme cuenta de ello, yo me había iniciado en el camino de la sangre. El hecho de haberle cortado en su día la lengua a fray Juan de Sahagún me sirvió, sin duda, de inspiración. Por eso, decidí que a cada uno le arrancaría una parte del cuerpo que tuviera algo que ver no sólo con las culpas de sus padres o hermanos, sino también con sus propias debilidades, y que, a su vez, se correspondiera con alguno de los cinco sentidos corporales, principal origen de todas nuestras flaquezas y pecados.

—¿Y no temíais que alguien pudiera relacionarlos y comenzara a atar cabos?

—Mucho me temo que, hasta el momento, vos sois el único que lo ha hecho, y eso entraba, por cierto, dentro de lo previsible. En cuanto a las familias de las víctimas, supongo que habrán pensado que esto tiene algo que ver con viejas querellas o deudas pendientes, pero es muy difícil que ellos por sí mismos logren averiguar quién está detrás de las muertes. Lo más probable —conjeturó— es que no tarden en sospechar los unos de los otros, que era justamente lo que yo buscaba, ya que, como habréis imaginado, mi objetivo último no es otro que provocar una cadena de venganzas que conduzca a una nueva guerra de los bandos.

—¿Tanto odio habéis acumulado, durante todos estos años, como para desear algo así?

—Tanto que podría llenar con él el cauce del río Tormes, y aún sobraría para hacer rebosar todos los pozos de la ciudad. ¿No creeríais que iba a conformarme entonces con unos cuantos vástagos? Además, ya sabéis lo que dijo Jesucristo: «No penséis que he venido a poner paz en la tierra; no he venido a traer la paz, sino la espada. Porque he venido a separar al hombre de su padre, y a la hija de su madre, y a la nuera de su suegra, y los enemigos del hombre serán los de su propia casa»; San Mateo, capítulo 10, versículos 34-36.

—Me temo que estáis interpretando demasiado literalmente esas palabras —replicó Rojas—. Si seguís leyendo, veréis que dice: «El que ama al padre o a la madre más que a mí, no es digno de mí; y el que ama al hijo o a la hija más que a mí, no es digno de mí...». Con ello trata simplemente de recordarnos que el amor a Dios ha de estar por encima de todo.

—¿No pretenderá un converso decirle a un teólogo cristiano cómo ha de interpretar el Nuevo Testamento?

—Está bien, dejemos eso ahora —aceptó Rojas, con resignación—. Vayamos a preguntas más concretas. ¿Por qué matasteis a Diego de Madrigal?

—Porque su padre traicionó al bando de Santo Tomé y, especialmente, a mi linaje.

—¿Y por qué le cortasteis las manos?

—Primero, porque su padre firmó un acuerdo de paz que no sólo dejaba fuera a mi padre, sino que lo sentenciaba a muerte, como enseguida se vio; y, segundo, porque él mismo era un tahúr.

—¿Y al que se hacía llamar Pero Mingo?

—Porque su padre, Juan Sánchez el Morugo —le informó, con un gesto agrio—, fue cómplice necesario de la muerte del mío; quiero decir que fue él quien, con engaños y artimañas, lo entregó a su enemigo, y luego ayudó a matarlo.

—¿Estáis seguro de ello? —preguntó Rojas.

—Tengo cartas que lo demuestran —confirmó el maestrescuela—. Sabed que él era criado de confianza de mi padre desde hacía mucho tiempo, y, a la menor oportunidad, lo traicionó por unas cuantas monedas y la promesa, nunca cumplida, de verse nombrado escudero. Pero, por desgracia, mi familia tardó muchos años en averiguarlo. Mientras tanto, él siguió a nuestro servicio, como si tal cosa, convertido, además, en testigo de nuestro infortunio. Al hijo le saqué los ojos por todo eso y por pretender ver el futuro usando artes adivinatorias.

—Pero, por lo que yo sé —explicó Rojas, irritado—, el hijo se avergonzaba de la conducta de su padre;

de hecho, hacía tiempo que no quería saber nada de él. Por eso cambió de nombre.

—El padre, sin embargo, sí que lo apreciaba —replicó el maestrescuela—; así que me imagino que habrá sufrido mucho con la muerte de su hijo, y eso es lo único que a mí me importaba. Recordad que esto es como una guerra en la que todo vale.

—Supongo que, al menos, la muerte de la criada de los Monroy sería una equivocación.

—Naturalmente, la víctima tenía que haber sido doña Aldonza, hermana de don Gonzalo Rodríguez de Monroy, que, no conforme con robarnos una parte de nuestra hacienda, las tierras que poseíamos en la villa de Encinas, traicionó al linaje de los Solís, con el que el suyo estaba firmemente emparentado, para casarse con alguien de la familia que mató a mi padre. El caso es que, como iba disfrazada —se justificó—, hasta que no la mutilé, no me di cuenta del error cometido.

—Podría haber sido cualquiera.

—Cualquiera no —rechazó el maestrescuela—, pues uno de mis hombres la siguió desde la casa de los Monroy hasta las Escuelas.

—¿Y ni siquiera después de eso os planteasteis echaros atrás?

—¿Por qué iba a hacerlo? Al fin y al cabo, ella misma era culpable de acudir a oír las lecciones del Estudio disfrazada de varón, aunque lo hiciera para complacer a su señora. Sólo por eso ya merecía que le cortaran las orejas. Y a ello había que añadir, claro está, el hecho de que su señor se hubiera convertido ahora en un espía al servicio del bando de San Benito. ¿O es que tampoco os parece justo que las culpas de los amos recaigan sobre sus sirvientes?

—¡Estáis loco! —exclamó Rojas, indignado—. Esa idea es propia de bárbaros. ¿En qué libro la habéis leído, también en el Nuevo Testamento?

—Yo más bien diría que procede del Viejo; vos deberíais saberlo mejor que yo.

—Pasaré por alto esta nueva insidia, que es *peccata minuta* al lado de vuestros crímenes.

—¿Y no queréis saber por qué maté a un hijo del arzobispo de Santiago? —preguntó el maestrescuela, con tono jactancioso.

—Supongo que también tendréis motivos más que sobrados —respondió Rojas con ironía.

—No lo sabéis bien. En primer lugar, debo deciros que a éste es al que con más gusto he matado. De hecho, tuve que contenerme para no acuchillarlo, pues el veneno me parecía una muerte demasiado dulce para él. Pero logré reprimirme y seguir la pauta que me había marcado. A ese hideputa lo ajusticié por haber violado a mi hermana María dentro del convento de Santa Úrsula, hace algunos años. Ella misma me lo contó, cuando fui a visitarla poco tiempo después de mi regreso. Y no es la única doncella que ha sufrido los abusos de ese maldito bastardo. Así que no me pidáis que os diga por qué le corté las narices. Preguntadme, más bien, por qué no le corté otra cosa, mientras aún estaba vivo. Y eso sin contar con que su reverendísimo padre era el que había usurpado la mayor parte de nuestras tierras, aprovechándose de la debilidad de mi familia, con lo que mi hermana se quedó sin dote y se vio obligada a profesar. ¿No os parece una cruel ironía? De modo que aquí tenéis, de forma resumida, los motivos de mis principales crímenes —y, mientras los enumeraba, iba señalando con el pulgar de una mano cada uno de los dedos de la otra—: éste preparó el acuerdo, éste lo firmó, éste mató a mi padre, éste a mi familia traicionó y este maldito canalla se benefició.

A Rojas le recordaba una de esas retahílas que solía decirle su madre, cuando era pequeño y quería que se riera, sólo que en este caso no tenía ninguna gracia.

—Supongo que ahora podréis entender por qué estos últimos meses —continuó don Pedro—, desde que me nombraron maestrescuela, no he hecho otra cosa que urdir y llevar a cabo mi venganza. A diferencia del primero, en estos crímenes de ahora he querido cuidar hasta los últimos detalles, incluidos los lugares en los que tendrían que aparecer los cadáveres: dentro de una tinaja, en un serón, sobre una cátedra, en el interior de un torno. Todos ellos cargados, al menos para mí, de sentido e ironía. Pero había un obstáculo para llevar a cabo mi proyecto sin correr ningún riesgo.

El maestrescuela se detuvo para crear expectación. Rojas lo miró, intrigado.

—¿Un obstáculo? —preguntó, por fin.

—Me refiero, naturalmente, a vos.

—¡¿A mí?! —exclamó Rojas, sorprendido.

—¿A quién si no? Hace unos meses —explicó el maestrescuela—, tuve la oportunidad de ver cómo resolvíais el caso de las muertes de fray Tomás y del príncipe don Juan, por lo que enseguida me di cuenta de que ibais a representar un gran peligro para mí. De modo que decidí acabar también con vos.

—Entonces, ¿por qué os empeñasteis en que yo hiciera las pesquisas de estos crímenes?

—Para no despertar sospechas y, de paso, teneros bien controlado. Si yo no os lo hubiera pedido, alguno lo habría sugerido enseguida y, al final, no me habría quedado más remedio que solicitar vuestra ayuda a regañadientes. Y, si no, vos mismo lo habríais hecho por vuestra propia cuenta. Tenéis el instinto de la caza, y no podéis evitarlo. Habéis nacido para perseguir criminales, y moriréis en el desempeño de vuestra tarea.

—¿Insinuáis acaso que estoy en peligro?

—Hoy habéis demostrado que sois un pesquisidor muy inteligente, pero tenéis un grave defecto: os pierde el corazón. De ahí que, como esperaba, os hayáis metido directamente en la boca del lobo para intentar salvar a este pobre cordero —añadió señalando con la barbilla hacia fray Antonio.

—Me halaga saber que tenéis tal concepto de mí. Pero, no sé por qué, me da la impresión de que no sois del todo consciente de vuestra verdadera situación en este momento. Decidme, en cualquier caso, por curiosidad, ¿cómo pensabais resolver este asunto, una vez que me hubierais matado?

—Hace ya tiempo que tengo preparado un chivo expiatorio para que cargue con todas las muertes, incluida la vuestra. De esta forma, el caso quedaría cerrado, vos habríais desaparecido para siempre y yo habría culminado con bien este segundo acto de mi venganza. ¿No queréis saber quién es? —preguntó el maestrescuela con voz siniestra.

—Os mentiría si os dijera que no —reconoció Rojas.

—Se trata nada menos que de...

En ese momento, se oyeron las campanas del convento de San Francisco y, más cerca, en el interior de la casa, el ruido de unas tinajas al quebrarse contra el suelo. Rojas, sorprendido, se puso en guardia de inmediato, pero no pudo evitar que el maestrescuela se levantara de su asiento y se dirigiera hacia donde estaba fray Antonio. Aunque éste trató de esquivarlo, no fue capaz de impedir que el otro le cayera encima y lo lanzara de un empellón contra el brasero. Rojas empuñó entonces su espada dispuesto a atacar con ella al maestrescuela, pero éste había decidido usar al fraile como escudo protector. Las mantas, mientras tanto, habían comenzado a arder. Iba a intentar apagarlas cuando vio que uno de los alguaciles estaba ya a punto de entrar en la cámara.

—Mátalo, Damián, mátalo, que yo sabré arreglármelas solo —le gritó el maestrescuela con todas sus fuerzas.

En ese momento, fray Antonio logró desembarazarse de las mantas e intentó ponerse en pie, pero el maestrescuela le dio una patada y lo hizo caer de nuevo. Rojas trató de defenderlo, pero el cómplice se le echó encima y tuvo que darse la vuelta para repeler su ataque. Aunque Rojas era más diestro con la espada, el otro tenía más fuerza; así que le costaba mucho parar sus estocadas. Al final, consiguió acorralarlo contra un rincón y limitar así sus movimientos. Con el rabillo del ojo, pudo ver cómo el maestrescuela intentaba liberarse de sus ligaduras quemando la cuerda con la llama de una vela; de modo que tenía que darse prisa, antes de que se desatara y pudiera sumarse a la refriega. El alguacil le lanzó entonces una estocada frontal, lo que hizo que su flanco izquierdo quedara al descubierto por un instante. Rojas, que lo vio venir, se giró con fuerza para hacerse a un lado, al tiempo que le clavaba la espada en el costado desprotegido. El otro, a causa del embate, perdió pie, y Rojas aprovechó para estoquearlo de abajo arriba.

Después, se dio la vuelta con la espada chorreante de sangre. El maestrescuela, que ya se había desatado, estaba prendiendo fuego al montón de papeles que antes había apilado en medio de la cámara. Rojas trató de impedírselo, pero en ese momento vio venir hacia él al otro cómplice. Parecía un toro enfurecido a punto de embestir. Rojas, en lugar de hacerse a un lado o retroceder, agarró su arma con todas sus fuerzas y se mantuvo firme, dispuesto a soportar la acometida. Cuando el alguacil quiso darse cuenta, ya no pudo echarse atrás; la espada le había atravesado el corazón. Pero era tal el ímpetu que traía que, antes de caer, se llevó a Rojas por delante y lo arrastró hasta el otro extremo de la cámara.

Desde el suelo, Rojas pudo observar que el fuego ya se había extendido por algunos lugares de la habitación. No muy lejos de la pira, fray Antonio intentaba incorporarse, sin conseguirlo. En un principio, él no tuvo mejor suerte. Pero, a la tercera, logró al fin ponerse en pie. En ese momento, vio cómo el maestrescuela, tras comprobar que sus dos cómplices habían muerto, salía huyendo hacia la calle.

—Alto ahí, deteneos —gritó Rojas desde donde se encontraba.

—Me temo que tendréis que elegir entre perseguirme y salvar a vuestro amigo —le advirtió el maestrescuela—. Lo dejo en vuestras manos —añadió, arrojando la vela que llevaba consigo sobre otro montón de papeles que había junto a la entrada.

Capítulo 23

Por un momento, Rojas estuvo tentado de salir tras el maestrescuela, pero logró contenerse, ya que lo más importante, en ese momento, era salvar a su amigo. Ya tendría tiempo luego de detener a su rival, pues no le iba a ser fácil huir, ahora que todo había quedado al descubierto.

—¡Fray Antonio! —gritó—. Tenemos que salir cuanto antes de aquí.

El fraile se limitó a emitir un breve gemido, pues a duras penas podía respirar a causa del humo. Rojas se arrodilló junto a él, le pasó un brazo por debajo de los hombros y el otro por debajo de los muslos, y lo levantó. Luego, se incorporó con gran esfuerzo y se dirigió hacia la puerta, burlando las llamas, que crecían a su paso. Al salir de la cámara, creyó ver en el suelo un cartapacio que le era familiar. Cuando, al fin, llegó fuera, agradeció el tremendo frío que hacía en la calle.

Después de dejar a fray Antonio sentado en una piedra que había enfrente de la casa, volvió a entrar en ella para salvar el cartapacio, que a punto estaba ya de ser devorado por las llamas. Dentro estaban, en efecto, los dos acuerdos de paz y el libro de registro. Con su valioso botín bajo el brazo, regresó junto a su amigo, que lo miraba con gran asombro. Para entonces, la casa había comenzado a arder como una antorcha en lo alto de las peñuelas.

—Tenemos que irnos —le rogó a fray Antonio.
—¿Adónde me lleváis?
—Al convento de San Francisco.
—¿Habéis perdido el juicio? —protestó el fraile—. ¡¿Un dominico en un convento franciscano?! De ninguna manera.

—Es lo que tenemos más cerca, y me imagino que no querréis presentaros en este estado en vuestro propio convento. ¡Qué iba a pensar el prior! —añadió con ironía—. En el convento de San Francisco, sin embargo, no os conoce nadie.

—Me importa muy poco lo que pueda pensar ese ignorante, pero reconozco que tenéis razón.

—¿Os encontráis ya bien? —se interesó Rojas.

—Tanto como bien... Estoy cansado, sucio y hambriento, con la mitad del cuerpo chamuscada y la otra mitad aterida. Pero me vendrá bien andar un poco e ir recuperando el movimiento de los miembros.

Rojas lo ayudó a levantarse. El fraile apenas se tenía en pie, pero no quiso contrariarlo. Así que el bachiller lo sujetó por la cintura, haciendo que se apoyara totalmente en él, y empezaron a caminar.

—En el convento —le explicó Rojas—, podréis comer, reposar un poco y cambiaros de ropa.

—¡¿No querréis que me ponga un hábito de franciscano?! —volvió a protestar el fraile—. Eso va contra la regla. Me podrían expulsar de mi convento.

—¿Y no es eso lo que estáis deseando?

—No, hasta que consiga una plaza en la próxima expedición de Colón, ya lo sabéis.

—Será sólo mientras os adecentan las ropas que traéis —le explicó—. No creo que os pase nada por vestiros un rato de pardal.

—¡¿De pardal?! —exclamó el fraile, desconcertado—. Ah, ya comprendo; supongo que así es como los llama Lázaro, y, desde luego, no le falta razón...

—Hablando de Lázaro —lo interrumpió Rojas—, tengo miedo de que el maestrescuela pueda intentar hacerle algo.

—Lo razonable sería que éste intentara huir ahora que os lleva ventaja —señaló el fraile—. Pero, por otra parte, tengo la certeza de que no descansará hasta acabar con vos. Y, para ello, no dudará en utilizar a Lázaro como señuelo, igual que hizo conmigo.

—Lo mismo pienso yo. Así que debo darme prisa, si quiero impedirlo.

—Andad, entonces. No os preocupéis por mí, que ya me encuentro mejor.

—De ninguna manera —rechazó Rojas.

—Podéis dejarme contra el muro trasero del convento, que me servirá de firme apoyo, y, poco a poco, lo iré rodeando yo.

—¿Y si resulta que el maestrescuela se ha escondido por aquí cerca para ver lo que hacemos? Por mucho que porfiéis —añadió tajante—, no me iré hasta que no estéis dentro del convento.

Lo cierto era que no faltaba mucho para llegar a él. Pero la nieve y el hielo acumulados en torno al edificio dificultaban mucho la marcha. Cuando, por fin, llegaron a la portería, Rojas les explicó a los frailes lo que había pasado y les pidió que atendieran a su amigo, mientras él iba a la caza del maestrescuela, pues había un muchacho que corría peligro.

En cuanto los franciscanos se hicieron cargo de fray Antonio, Rojas abandonó el convento y se dirigió al mesón de la Solana, que ese día no estaba muy concurrido, pues era Miércoles de Ceniza y, por lo tanto, tiempo de ayuno y abstinencia.

Como el dueño no supo darle razón del muchacho, se fue a ver a la madre, que estaba en la cocina con un niño en brazos. Ésta le contó que Lázaro acababa de irse con un hombre que había llegado al mesón diciendo que era el maestrescuela del Estudio y preguntando por él.

—¿Y no os explicó nada más? —inquirió Rojas, apesadumbrado.

—Tan sólo comentó que venía de vuestra parte, pues teníais necesidad de los servicios de Lázaro. ¿Es que ha sucedido algo? —se atrevió a preguntar la mujer.

—Dios quiera que no —deseó Rojas sin poder disimular su aflicción—. Tengo que irme —se despidió—; ahora no puedo contaros más.

Sin perder un instante, comenzó a buscarlos por la plaza de San Martín. Pero enseguida pensó que allí había demasiada gente, y eso no era bueno para los propósitos del maestrescuela. Así que se dirigió hacia la Universidad. Aunque su paso era rápido, no dejaba de mirar hacia un lado y otro por si observaba algo extraño. Después de recorrer la Rúa de San Martín, cruzó la puerta del Sol y se adentró en la Rúa Nueva. Al pasar, echó un vistazo a las Escuelas Mayores y al callejón que conducía al Hospital del Estudio. Pero sólo detectó la presencia de algunos estudiantes remolones. Luego siguió su recorrido. Hacia la mitad de la calle, giró a la izquierda y se acercó a la casa del maestrescuela. Enseguida, le salió a abrir uno de los sirvientes.

—¿Está don Pedro? —preguntó, con impaciencia.

—Hace un momento pasó por aquí. Pidió una espada y se marchó —informó el criado—. Antes de irse, dejó esto para vos.

Se trataba de un papel doblado. Decía así:

Lamento no poder recibiros en mi casa. Os aguardo en lo alto de la torre de campanas. Venid pronto y sin compañía, por la cuenta que os tiene. Tengo una sorpresa para vos.

—¿Estaba alguien con él? —inquirió Rojas, sin ocultar su preocupación.

—Fuera lo aguardaba un muchacho —contestó el criado.

—Gracias; me habéis sido de gran ayuda —se despidió.

Una vez en la calle, se dirigió corriendo a la catedral. Cuando pasó junto a la torre de campanas, miró hacia lo alto, por si veía alguna señal. No era un mal sitio para citarse con alguien a quien se pretendía matar. Seguramente, el maestrescuela estaría vigilando sus pasos, mientras se dirigía a grandes zancadas al pórtico de la Penitencia. A diferencia del mesón de la Solana, la catedral estaba muy concurrida a esas horas, pues todavía se estaba celebrando el rito de la imposición de la ceniza. A lo lejos, podía oír la voz del sacerdote en el momento de dibujar con ella una cruz en la frente del feligrés: *Memento, homo, quia pulvis es et in pulverem reverteris (Recuerda, hombre, que polvo eres y en polvo te convertirás).*

Mientras se persignaba, sobrecogido por las palabras que acababa de oír, Rojas se encaminó hacia la puerta de la torre de campanas. Tras franquearla, comenzó a subir a la carrera por las empinadas y estrechas escaleras de caracol. De vez en cuando, tropezaba en alguno de los numerosos escalones o se golpeaba con la curvada pared de piedra; y no tardó en sentir que los pulmones le comenzaban a arder. Pero no se detuvo. Tenía miedo de no llegar a tiempo, y no podía permitirse ningún respiro.

Cuando, por fin, arribó a lo alto de la torre, lo primero que vio fue a Lázaro, que estaba amordazado y tenía las manos atadas a una argolla de hierro que había en el muro.

—Lázaro, ¿estás bien?

El muchacho asintió con la cabeza, sin dejar de señalar con los ojos el lugar en el que estaba escondido su captor, que no tardó en aparecer empuñando una espada.

—Ahora sí que estáis en mis manos —le anunció el maestrescuela—. Ya os dije que os perdería el corazón.

—Vos, sin embargo, habéis perdido la cabeza —replicó Rojas, sin dejarse impresionar.

—Pero, al final, seréis vos quien pierda la vida. Y lo peor —añadió con tono sarcástico— es que se la vais a hacer perder a ese pobre muchacho al que le tenéis tanto cariño.

—Eso habrá que verlo —protestó Rojas—. Vos no sabéis lo que puede un corazón cuando se lo pone a prueba.

—Ni vos —replicó el maestrescuela— lo que puede la cabeza cuando no se deja cegar por los sentimientos.

Para demostrarlo, le lanzó sin previo aviso una estocada. Pero Rojas logró esquivarla, al tiempo que sacaba su arma para defenderse. En ese momento, y ante la mirada atónita de Lázaro, que hacía todo lo posible por desatarse, comenzó una encarnizada pelea en el reducido espacio del campanario. Los contendientes iban de un lado a otro parando golpes e intentando hacer sangre, con cuidado de no acercarse demasiado a los vanos de las campanas, pues carecían de barandilla o pretil. Sin poder evitarlo, Rojas recordó la mañana en que el maestrescuela fue a visitarlo al Colegio para encargarle el caso y lo encontró practicando con la espada. ¿Quién podía imaginar entonces que él mismo era el autor de aquel horrendo crimen y de los que vendrían después y que iban a acabar batiéndose por ello? Rojas estaba muy sorprendido, por lo demás, con la destreza y la acometividad del maestrescuela, por lo que se temía que le iba a costar mucho vencerlo.

Aunque procuraban mantenerse en el centro de la torre, hubo un momento en que se acercaron peligrosamente al lugar en el que se encontraba Lázaro. Rojas, al ver que el muchacho corría el riesgo de resultar herido, lanzó un ataque frontal contra su contendiente, para luego volverse con presteza hacia su amigo y, de un solo tajo, cortar la cuerda que lo mantenía atado a la argolla.

—Escapa, Lázaro —le gritó—, huye tan deprisa como puedas.

—Sois muy hábil y generoso —reconoció el maestrescuela—. Pero no me preocupa que el muchacho se vaya; sabré dónde encontrarlo, una vez que acabe con vos.

—No os va a resultar nada fácil —auguró Rojas, recrudeciendo sus acometidas, ahora que no había peligro de herir a Lázaro.

—A esta hora, os aguardan ya en el infierno —contraatacó con rabia el maestrescuela.

—Yo creía que, estando con vos, ya estaba en él —rechazó Rojas.

—Ahí habéis estado muy agudo, lo reconozco, pero no tanto como el filo de mi espada —arremetió de nuevo don Pedro.

—No lo sé, la verdad —replicó Rojas con sorna—, aún no lo he probado.

—Pues ahí tenéis, maldito insolente —gritó el maestrescuela, revolviéndose contra él.

Cuando Rojas vio que no iba a ser capaz de parar la estocada, decidió echarse a un lado, pero no pudo impedir que la espada le golpeara en el brazo derecho, lo que hizo que su arma saliera despedida y fuera a caer debajo de una de las campanas de la torre, justo al borde del vano en el que ésta volteaba.

Herido y desarmado, Rojas comenzó a retroceder en busca de algo con lo que defenderse. Sin perder un instante, el maestrescuela se lanzó contra él para asestarle la estocada definitiva, pero, de pronto, algo le impidió descargar el golpe y lo hizo caer al suelo. Detrás estaba Lázaro, con la cara sonriente.

—¿Con qué le has dado, que ha sonado a hueco? —preguntó Rojas, sorprendido.

—Con este pequeño badajo que he encontrado por ahí —respondió el muchacho mostrándoselo—. ¿Estáis bien?

—Podría estar peor, si no hubiera sido por ti. Rápido, ayúdame a atarlo con esas cuerdas —le pidió, mientras recogía la espada del maestrescuela.

—¡Cuidado, que vuelve a rebullir! —avisó entonces Lázaro, al ver que don Pedro se incorporaba.

El maestrescuela aprovechó el desconcierto de su rival para deslizarse por debajo de la campana y hacerse con su espada. Cuando, por fin, la tuvo en su poder, intentó levantarse, pero, justo en ese momento, la campana comenzó a voltear de forma tan oportuna que golpeó al maestrescuela en un costado e hizo que se precipitara al vacío.

—¿Has sido tú? —preguntó Rojas, desconcertado.

—Ya veis que no —respondió Lázaro, mostrándole las manos vacías.

—En este caso, he sido yo —proclamó fray Antonio, saliendo del hueco de la escalera en hábito de franciscano—. Cuando he visto que el maestrescuela se hacía con la espada, lo único que se me ha ocurrido es hacer voltear la campana tirando con todas mis fuerzas de la soga. La verdad es que no pretendía matarlo —se disculpó, algo compungido—; sólo quería aturdirlo y asustarlo un poco, con el fin de ganar tiempo...

—Por eso no debéis preocuparos, pues lo habéis hecho para salvarnos la vida. El que cayera precisamente del campanario —añadió sonriendo— podéis considerarlo como una intervención divina. Si recordáis, esta historia comenzó con una cuerda, la que hizo tropezar al alguacil, y lo justo era que terminara con otra...

—Mientras no sea alrededor de mi cuello —replicó el muchacho, divertido.

Los tres rieron de buena gana la ocurrencia, al tiempo que comenzaban a bajar las escaleras.

—¿Y vos cómo habéis sabido que estábamos aquí? —preguntó Rojas a fray Antonio.

—A poco de iros, me escapé del convento y me fui directamente a la casa del maestrescuela, pues imaginé que pasaríais por allí. Cuando estaba doblando la esquina de su calle, vi que salíais corriendo en dirección a la catedral. Me costó Dios y ayuda subir estas malditas escaleras, pero intuía que estabais en peligro y no me rendí.

—Podíamos haber muerto todos —comentó Rojas, emocionado por lo que había hecho su amigo.

—Habría sido por una buena causa —apuntó fray Antonio, con orgullo.

—Entonces, ¿el maestrescuela es el autor de los crímenes? —preguntó Lázaro, interesado.

—Así es.

—¡Lo presentía! —exclamó el muchacho.

—¿Y por qué no me lo dijiste?

—Porque no me habríais creído. Era sólo una corazonada; no sé por qué, el maestrescuela siempre me dio mala espina.

—Pero si no lo conocíais.

—Eso es lo que creéis vos.

—Pues ojalá yo hubiera tenido el mismo pálpito que tú —confesó Rojas.

—Lo teníais demasiado cerca para daros cuenta de ello —señaló fray Antonio—. En todo caso, bien está lo que bien acaba. Y vos habéis vuelto a demostrar que sois un buen pesquisidor.

—Desde luego, no lo habría conseguido sin vuestra ayuda o la de Lázaro, que habéis arriesgado vuestras vidas para salvar la mía.

—Ambos estábamos en deuda con vos.

—En mi caso, ya lo sabéis, son las ventajas de llamarse Lázaro y haber nacido en el río —señaló el muchacho entre risas.

—Hablando de agua —anunció Rojas—, creo que los tres nos merecemos un buen jarro de vino.

—A ser posible sin bautizar —añadió el muchacho.

—Ya lo dijo el sabio: *In vino amicitia* o, lo que es lo mismo, en el vino está la amistad —concluyó el fraile guiñándole un ojo a Lázaro.

Cuando llegaron a la calle, Rojas examinó el cadáver del maestrescuela, tendido sobre la nieve ensangrentada, y descubrió, con sorpresa, que éste tenía clavado un virote de ballesta en el cuello, con lo que fray Antonio quedó mucho más tranquilo. Ambos concluyeron que lo más probable era que se lo hubiera disparado uno de los hombres del arzobispo de Santiago, tras descubrir, gracias a ellos, que el maestrescuela era el autor de los crímenes. Y, aunque no era éste el fin que Rojas hubiera deseado para el caso, dado que el culpable se había librado de comparecer ante la justicia, al menos esperaba que con esta muerte las aguas pudieran volver de nuevo a su cauce tan pronto como la nieve se derritiera, y sin dejar ningún rastro de sangre.

Al poco rato, llegaron los alguaciles de la Universidad, que habían sido alertados por algunos estudiantes. Rojas les contó someramente lo que había sucedido y les ordenó que se hicieran cargo del cadáver, hasta que el juez dispusiera cómo había que proceder. También les indicó que se pasaran por la casa de las peñuelas de San Blas, donde encontrarían los cuerpos calcinados de sus antiguos compañeros, cómplices del maestrescuela.

Una vez que se fueron, Rojas se puso en cuclillas y empezó a escribir con su dedo índice sobre la superficie de la nieve.

—¿Se puede saber qué hacéis? —le preguntó el fraile, intrigado.

—Tan sólo escribo su nombre —dijo, refiriéndose al maestrescuela—, para que se deshaga enseguida y se lo lleve la corriente, pues la nieve es agua —añadió— y en agua se convertirá.

Capítulo 24
(Lo que pasó después)

Con la ayuda de fray Antonio de Zamora y Lázaro de Tormes, Fernando de Rojas logró probar que don Pedro Suárez, el maestrescuela de la Universidad, era el único autor de las muertes de los cuatro estudiantes, el antiguo mozo de garito, fray Jerónimo y fray Germán de Benavente. A petición de la Reina y del obispo de Salamanca, el caso de fray Juan de Sahagún quedó fuera del proceso, pues ya había transcurrido mucho tiempo y no añadía nada al esclarecimiento de los otros crímenes. Por otra parte, podía poner en cuestión uno de los principales milagros que se le atribuían al agustino, el de la concordia de los bandos, arrojando así alguna sombra sobre su buen nombre, lo que sin duda podría constituir un obstáculo para su beatificación y canonización. Tampoco se hizo ningún esfuerzo por averiguar quién había ordenado matar al maestrescuela. «Hay cosas que es mejor no remover», sentenció a este respecto el juez del caso. Como recompensa por su labor, doña Isabel la Católica le ofreció a Rojas el cargo de pesquisidor real para delitos de sangre dentro de los términos de Castilla.

Fray Juan de Sahagún fue declarado beato por el papa Clemente VIII el 19 de junio de 1601. Un año después, Salamanca hizo «voto de guardar y honrar el día de su muerte». Pero aún tendrán que pasar casi nueve décadas para que pueda subir al honor de los altares. Fue el papa Alejandro VIII el que lo proclamó santo el 16 de octubre de 1690, si bien es cierto que el que firmó la bula de canonización, algunos meses más tarde, fue su sucesor, Inocencio XII, lo que causó gran alborozo en toda la ciudad. Por último, el 23 de julio de 1868, el papa Pío IX accedió, al fin, a la petición del obispo de la diócesis salmantina de nombrar a San Juan de Sahagún Patrono Principal de Salamanca, noticia que habría alegrado mucho a la reina doña Isabel, a fray Antonio de Zamora y al propio Fernando de Rojas.

Don Alonso de Fonseca y Acevedo, también conocido como Alonso II de Fonseca, decidió abandonar el arzobispado de Santiago y retirarse a vivir en Salamanca en 1507, no sin antes promover a la silla a su propio vástago, don Alonso de Fonseca y Ulloa. Como existía la prohibición explícita de que un hijo sucediera a su padre en el cargo, llegó a un arreglo con el papa Borgia, Alejandro VI, para que un sobrino de éste, Pedro Luis de Borja, ocupara la sede durante un breve período y así poder burlar la ley. En recompensa por sus turbios manejos, Alonso II de Fonseca recibió el título honorífico de Patriarca de Alejandría. A partir de entonces, aumentaron considerablemente sus intromisiones en el gobierno de la diócesis salmantina y en otros asuntos de la ciudad. A su muerte, que tuvo lugar en 1512, fue enterrado en la iglesia del convento de Santa Úrsula o de la Anunciación. En 1529, Alonso III de Fonseca le encargó al escultor Diego de Siloé la labra de un sepulcro de gran magnificencia a los pies de la capilla mayor, para honrar y perpetuar la memoria de su padre.

En 1502, se produjeron en Salamanca varios alborotos provocados por grupos de estudiantes descontentos. Al año siguiente, volverán los conflictos entre linajes, que arreciarán tras la muerte de Isabel la Católica, sembrando, una vez más, el miedo y la intranquilidad en la ciudad. A partir de 1507, podrá hablarse de nuevo de guerra desatada. Pero ya no se trata de un enfrentamiento entre los de San Benito y Santo Tomé, sino de la lucha entre dos facciones pertenecientes al primero de los bandos, agrupadas, por un lado, en torno al doctor Maldonado de Talavera y, por otro, al arzobispo Alonso de Fonseca, que contaba con el apoyo, además, de la familia Anaya-Acevedo.

Doña Beatriz Galindo no abandonó nunca sus estudios. Tras la muerte, en 1501, de su marido, don Francisco Ramírez de Madrid, capitán del Rey y secretario del Consejo, con quien se había casado seis años antes por expreso deseo de los Reyes y con quien tuvo dos hijos, permaneció fiel a la Reina, de la que llegó a ser confidente y amiga. Su espíritu devoto y caritativo la llevó a fundar en Madrid el hospital de la Concepción de Nuestra Señora o de La Latina y dos monasterios. Murió el 23 de noviembre de 1535.

Gracias a las clases de Beatriz Galindo y otros ilustres maestros de la corte, doña Luisa de Medrano se convirtió pronto en una erudita latinista, lo que la llevaría a dar clases en la Universidad de Salamanca. Según puede comprobarse en el *Cronicón* del rector Pedro de Torres: *El día 16 de noviembre de 1508, en la hora tercia, lee la hija de Medrano en la Cátedra de Cánones*. Lucio Marineo Sículo sostiene, por su parte, que llegó a ser catedrática de Gramática y Retórica en ese mismo curso, en sustitución de Nebrija; de ahí que le dedique el siguiente elogio: *Tú que en las letras y elocuencia has levantado bien alta la cabeza por encima de los hombres, que eres en España la única niña y tierna joven que trabajas con diligencia y aplicación no la lana, sino el libro; no el huso, sino la pluma; no la aguja, sino el estilo*. Fue precisamente este humanista italiano el que, por error, cambió en sus escritos el nombre de Luisa por el de Lucía de Medrano, que es con el que luego ha pasado a la posteridad.

Francisca de Nebrija, que había colaborado con su padre en la redacción de la primera gramática castellana, sustituyó a éste, cuando murió en 1522, en la cátedra de Retórica de la Universidad de Alcalá de Henares, del mismo modo que, algunos años antes, en la Universidad de Bolonia, el profesor Andrea de Giovanni había sido reemplazado por su hija Novella, que solía leer las lecciones de su padre tras una cortina para que su belleza no distrajera a los alumnos.

Por desgracia, la prematura muerte de la reina Isabel la Católica, en 1504, dio al traste con el proyecto de fomentar la educación de las mujeres de la nobleza y de la propia corte. A partir de entonces, las doncellas deseosas de estudiar tuvieron que conformarse, de nuevo, con lo que les enseñaban algunos tutores y maestros en sus casas o con lo que buenamente aprendían en el interior del convento, salvo aquellas que, siguiendo el ejemplo de Teresa de Cartagena, Beatriz Galindo o Luisa de Medrano, se atrevieron a saber por su cuenta, aunque para ello tuvieran que vestirse de hombres y poner en peligro su honra y el honor de la familia.

Como ya se contó en el Epílogo de *El manuscrito de piedra,* fray Antonio logró cumplir pronto su sueño de trasladarse a las Indias. Tras muchas gestiones y desvelos, logró embarcarse en el tercer viaje de Colón. Al final, se quedó a vivir en La Española, cerca de la naciente ciudad de Santo Domingo, en la costa sur de la isla. Allí se convirtió en el primero en clamar contra la explotación y la esclavitud de los indios, llegando a tener gran influencia en el joven Bartolomé de Las Casas.

Una vez cerrado el caso, Fernando de Rojas corrió a buscar a Sabela a la aldea de Tejares, situada río abajo, como a media legua de Salamanca, que, como ya se dijo, era el lugar donde las mozas de la Casa de la Mancebía tenían su retiro durante la Cuaresma. Después de mucho indagar, la encontró en casa de unos parientes. Rojas estaba tan desmejorado y exhibía tantas magulladuras que, en un primer momento, Sabela casi no lo reconoció.

—¿Tanto he cambiado? —se atrevió a preguntar el bachiller.

—Mucho más de lo que me esperaba —respondió ella.

—¿Y no te alegras de verme?

—Ya casi me había acostumbrado a estar sin ti —le confesó.

—¿Por qué me dices eso? —protestó él—. Te aseguré que volvería.

—A juzgar por tu aspecto, se diría que sigues vivo de milagro.

—Ninguna vida está exenta de riesgos y peligros —se justificó—. Tú misma...

—¿Te refieres al modo de ganarme el sustento? —replicó—. Sabes de sobra que, para muchas mujeres, ésta es la única opción que nos queda. Nosotras no podemos elegir. Pero tú sí.

Rojas palpó bajo su manto la carta que le había enviado la Reina, y que aún no había contestado.

—Entre otras cosas, había venido a decirte que acaban de ofrecerme un buen puesto. ¿Por qué no dejas la mancebía y te vienes a vivir conmigo? Será lejos de aquí, donde nadie nos conozca.

Sabela lo miró sorprendida, como si no acabara de creérselo.

—¿Es eso cierto? —preguntó.

—Lo es.

—Está bien; dejaré la mancebía y me iré contigo, si tú me prometes que no volverás a aceptar ningún otro caso.

—Eso no podré hacerlo —le confesó—. La Reina quiere nombrarme pesquisidor real.

—Entonces —le advirtió—, tendrás que elegir entre la Reina y yo.

Aunque la situación era verdaderamente difícil y bastante enojosa, Rojas no fue capaz de reprimir una sonrisa cómplice.

—¿Por qué no nos tomamos un tiempo para decidirlo? —dijo, al fin—. Aprovechemos lo que queda de Cuaresma y las vacaciones de Pascua para estar juntos y descansar.

Como es sabido, Rojas tuvo tiempo también de completar la *Comedia de Calisto y Melibea*. De hecho, la terminó justo el Lunes de Aguas, que era cuando acababa el período de abstinencia y las prostitutas volvían a Salamanca, para bailar y comer el hornazo con los estudiantes en las riberas del Tormes. Ese año volvieron todas menos Sabela, que se perdió por el camino.

Gracias a las gestiones de Fernando de Rojas, Lázaro de Tormes consiguió matricularse el curso siguiente en las Escuelas Menores, donde enseguida dio muestras de gran aplicación e inteligencia. Esto le permitió ingresar luego en el Colegio Mayor de San Bartolomé y estudiar Leyes, hasta obtener el grado de licenciado en 1508. La ceremonia tuvo lugar, como era costumbre, en la capilla de Santa Bárbara de la catedral. A su salida, por la puerta grande del templo, fue recibido por una gran multitud, que lo aclamó y lo vitoreó como a un héroe. Ese día, en el mesón de la Solana, tuvo lugar un gran festejo, para celebrar la gran hazaña de que un muchacho de su origen y condición se hubiera redimido gracias al estudio.

Después de algunos años aquí y allá, Lázaro González, que era como entonces se llamaba, se fue a ejercer como abogado a Toledo, donde llegó a alcanzar gran renombre e, incluso, el favor de algunos poderosos, pues en ese tiempo estaba en su prosperidad y en la cumbre de toda buena fortuna. Por supuesto, siguió manteniendo su relación de amistad con Fernando de Rojas, que a la sazón residía en Talavera de la Reina, a unas quince leguas de Toledo. De hecho, se veían de cuando en cuando y se escribían con relativa frecuencia.

En sus cartas, Lázaro le relataba aquellos casos interesantes de los que tenía noticia o a los que tenía que enfrentarse como abogado y, a veces, le pedía consejo. En cierta ocasión, le contó el de un pregonero de vinos nacido en Salamanca y de más o menos su misma edad que acababa de casarse con una criada del arcipreste de San Salvador, y al que las malas lenguas no dejaban vivir, debido a los rumores que sin cesar propalaban sobre la honestidad de su mujer, lo que ponía en grave peligro no sólo su buena fama o la felicidad de su matrimonio, sino también su libertad, pues, como bien sabía, el hecho de ser un marido consentidor estaba penado con diez años de galeras.

Intrigado por el asunto, Rojas le rogó a su amigo que le relatara el caso por extenso. Con este fin, Lázaro se fue a visitar al pregonero, ofreciéndole su ayuda como abogado, siempre y cuando le diera cuenta de todo lo sucedido. El pregonero le dijo que, en ese caso, lo mejor sería empezar el relato por el principio, pues así tendría entera noticia de su persona antes de establecerse en Toledo. Durante varias horas, Lázaro lo escuchó sin apenas pestañear y se conmovió tanto con lo que el buen hombre le contó que, por un momento, llegó a pensar que ésa podría haber sido su propia vida, si no hubiera tenido la gran suerte de que Fernando de Rojas se cruzara en su camino.

Así que, al día siguiente, decidió escribir una carta mensajera para su amigo en la que, con mucha ironía y buen humor, mezclaría algunos de los sucesos y anécdotas que le había relatado el pregonero con otros de su propia cosecha o que hubiera oído por ahí. Para ello, se sirvió también de algunas fuentes y modelos literarios, y, especialmente, de la *Comedia de Calisto y Melibea,* pues no en vano la vida de Lázaro de Tormes recordaba mucho la de Pármeno, el criado de Calisto, cuando era muchacho. Del personaje de la vieja Celestina tomó, además, algunas palabras, expresiones y motivos, como su gran amor por el vino.

Cuando, en diciembre de 1540, Rojas pudo leer al fin la carta de Lázaro en su retiro de Talavera, quedó tan impresionado y regocijado que, en cuanto le puso término, mandó ensillar el caballo para ir a felicitarlo personalmente, a pesar de su avanzada edad. Tenía, por lo demás, muchas razones para sentirse orgulloso de la obra, como nieta suya que era. En Toledo, lo celebraron con varias azumbres de vino que Rojas había llevado de su propia bodega para la ocasión. A la fiesta, invitaron también al pregonero, que, de alguna manera, había sido el causante de todo aquello, por lo que allí mismo lo nombraron padrino de la criatura, y a un amigo de ambos, don Diego Hurtado de Mendoza, al que proclamaron padre putativo de tan singular obra, dadas las alabanzas que hacía de ella tras haberla leído.

Pocos días después de su regreso a Talavera, alguien hurtó el original de la carta, aprovechándose de la confianza de su destinatario, lo que ocasionó un gran disgusto a Fernando de Rojas, que moriría algunos meses después, en abril de 1541. Tras circular durante mucho tiempo en copias manuscritas como una auténtica carta mensajera, la obra se publicó anónimamente en la ciudad francesa de Lyon en 1553, con el título de *La vida de Lazarillo de Tormes, y de sus fortunas y adversidades*. A partir de ahí, las ediciones se sucedieron con gran rapidez dentro y fuera de España, dando enseguida origen, además, a varias secuelas y continuaciones, escritas, por lo general, por oportunistas sin escrúpulos, que nunca faltan y que siempre están dispuestos a medrar aprovechándose del éxito ajeno, lo que hace que sus imitaciones no sean más que torres con pies de barro. Por último, en 1559, la Inquisición la incluyó en el *Índice de libros prohibidos,* pero era tal su fama y popularidad que, en 1573, se publicó una edición expurgada de la misma, bajo el título de *Lazarillo de Tormes castigado,* preparada por el cosmógrafo y secretario de Felipe II, Juan López de Velasco, con consejo del ya citado Diego Hurtado de Mendoza, en cuyo poder obraba, por cierto, el manuscrito original, aquel que había sido hurtado a Fernando de Rojas. Por desgracia, de todo esto Lázaro González no llegó a enterarse, pues había muerto acuchillado en una calle de Toledo en el mes de enero de 1541, dejando viuda y dos hijos por criar. Pero ésa es una historia en la que, de momento, no podemos entrar.

COMPROMISOS FNAC

TOT TÉ PREU MÍNIM GARANTIT
SI HO TROBES A MILLOR PREU, T'ABONEM LA DIFERÈNCIA

L'OFERTA MÉS ÀMPLIA DE BARCELONA
I SI NO HO TROBES, T'HO ACONSEGUIM DE SEGUIDA

LES NOVES TECNOLOGIES ARRIBEN ABANS A LA FNAC
SI NO HO TENIM, ÉS QUE ENCARA NO EXISTEIX

SABEM EL QUE VENEM
PERQUÈ NOMÉS VENEM EL QUE CONEIXEM BÉ

T'ACONSELLEM EL QUE NECESSITES DE DEBÒ
PERQUÈ A LA FNAC NINGÚ NO REP COMISSIÓ SOBRE LES VENDES

VOLEM QUE QUEDIS SATISFET
SI ET PENEDEIXES DE LA COMPRA, LA POTS TORNAR

Els nostres articles estan garantits per dos anys segons el reial decret legislatiu 1/2007 (Llei General per a la Defensa dels Consumidors i Usuaris i altres lleis complementàries).

La devolució es farà amb la mateixa forma de pagament amb la qual es va efectuar la compra.

En cas de tiquet regal, es reembossarà amb un val de canvi o una targeta regal Fnac.

Els articles de segona mà estan garantits per un any segons el reial decret legislatiu 1/2007.

Agradecimientos y deudas

Quiero dar públicamente las gracias a José Antonio Sánchez Paso, por la atenta lectura del original (su hija Irene, por cierto, nació cuando esta novela comenzaba a dar sus primeros pasos); a Clara Isabel López Benito, a la que no conozco, por su estimulante libro sobre los bandos salmantinos; y, desde luego, a los numerosos lectores de *El manuscrito de piedra*. Y, de manera muy especial, al Centro de Desarrollo Sociocultural de Peñaranda de Bracamonte (Salamanca), perteneciente a la Fundación Germán Sánchez Ruipérez; a su director, Javier Valbuena, y a todo su equipo; y, claro está, a aquellos que leyeron mi novela dentro del proyecto Territorio eBook y a los que, de una manera u otra, trabajaron en él (los interesados pueden visitar la página www.territorioebook.net/jambrina). Todos ellos han sido el principal estímulo de mi escritura durante estos dos últimos años. Por otra parte, este libro no estaría ahora en tus/sus manos sin la complicidad y la eficacia de mi agente, Antonia Kerrigan, o sin la confianza y el buen hacer de Pilar Reyes y su excelente equipo editorial.

El manuscrito de nieve es la continuación de *El manuscrito de piedra*, y, al igual que ésta, es hija de la imaginación propia y de algunos libros ajenos. He aquí, pues, el inventario de aquellos textos que me ayudaron a viajar a una época tan fascinante y sugestiva, si bien conviene recordar, una vez más, que esta novela es una obra de ficción y que, por tanto, el autor se ha tomado en ella algunas libertades:

Ajustamiento de paz entre los caballeros de los bandos de San Benito y Santo Tomé, edición facsimilar, transcrip-

ción de Florencio Marcos Rodríguez, Salamanca, Ayuntamiento de Salamanca, 2000; Almudena de Arteaga, *Beatriz Galindo, La Latina. Maestra de reinas,* Madrid, Algaba, 2007; María Inés Chamorro Fernández, *Léxico del naipe del Siglo de Oro,* Gijón, Trea, 2005; Luis Cortés Vázquez, *Salamanca en la literatura,* nueva edición aumentada, Salamanca, Librería Cervantes, 1973; *La vida de Lazarillo de Tormes, y de sus fortunas y adversidades* (atribuido a Alfonso de Valdés), introducción de Rosa Navarro Durán, edición y notas de Milagros Rodríguez Cáceres, Barcelona, Octaedro, 2003; Clara Isabel López Benito, *Bandos nobiliarios en Salamanca,* Salamanca, Centro de Estudios Salmantinos, 1983; Ángela Madruga Real, *Las plazas en torno a la Plaza Mayor de Salamanca. Espacios urbanos del medievo al siglo XX,* Salamanca, Fundación Salamanca Ciudad de Cultura, 2005; Florencio Marcos Rodríguez, *Historias y leyendas salmantinas,* segunda edición, Salamanca, Caja de Ahorros y Monte de Piedad de Salamanca, 1983; Vicenta María Márquez de la Plata y Ferrándiz, *Mujeres renacentistas en la corte de Isabel la Católica,* Madrid, Castalia, 2005; José María Mínguez (coordinador) y José Luis Martín (director), *Historia de Salamanca,* volumen II: *Edad Media,* Salamanca, Centro de Estudios Salmantinos, 1997; *Refranero estudiantil,* edición de José Antonio Sánchez Paso, Salamanca, Consorcio Salamanca, 2002; Luis Enrique Rodríguez-San Pedro Bezares (coordinador), *Historia de la Universidad de Salamanca,* cuatro volúmenes, Salamanca, Universidad de Salamanca, 2002-2009; Juan Manuel Sánchez Gómez, *Retazos de la vida de San Juan de Sahagún,* Salamanca, Fundación Salamanca Ciudad de Cultura, 2009; Manuel Villar y Macías, *Historia de los bandos de Salamanca* (1883), edición facsimilar, Valencia, Librerías París/Valencia, 2007; VV. AA., *Callejero histórico de Salamanca,* Salamanca, Fundación Salamanca Ciudad de Cultura, 2008.

EL MANUSCRITO DE PIEDRA
Luis García Jambrina

A finales del siglo XV, Fernando de Rojas, estudiante de Leyes en la Universidad de Salamanca y futuro autor de *La Celestina*, deberá investigar el asesinato de un catedrático de Teología. Así comienza una compleja trama en la que se entremezclan la situación de los judíos y conversos, las pasiones desatadas, las doctrinas heterodoxas, el emergente Humanismo, la Salamanca oculta y subterránea y la Historia y la leyenda de una ciudad fascinante en una época de gran agitación y cambio.

«Resulta difícil, cuando se va leyendo esta buena novela, no pensar en *El nombre de la rosa*, de Umberto Eco.»
ABC de las Artes y las Letras

«García Jambrina convierte en éxito un *thriller* con el escritor Fernando de Rojas como personaje.»
El País